I0639204

انتشارات آسمانا

زوالِ ما

پیمان یاریان

نشر آسمانا، تورنتو، کانادا
۱۴۰۴/۲۰۲۶
آسمانا

زوالِ ما

نویسنده: **پیمان یاریان**

ناشر: آسمانا، تورنتو، کانادا

طرح روی جلد: واحد طراحی نشر آسمانا

صفحه‌آرا: واحد طراحی نشر آسمانا

نوبت چاپ: اول، ۱۴۰۴/۲۰۲۶

شماره آی‌اس‌بی‌ان: ۹۷۸۱۹۹۷۵۰۳۲۴۸

زوالِ ما

پیمان یاریان

۱

سکوت بود و شب. تاریکی بود و گرما و نفسی که به‌آرامی از دهانی نیمه‌باز بیرون می‌آمد. مهین بانو در طبقه‌ی فوقانی عمارت معتمد و در اتاقی که سال‌ها در آن می‌خوابید، لب‌تخت نشسته بود، بی‌آنکه لایِ پتو را کنار زده باشد. نامه‌ای نیمه مچاله در دست داشت، و طوری چشم به ظلماتِ اتاق دوخته بود، که انگار در سراسر زندگی‌اش در ظلمت دست‌وپا زده است، اما او نمی‌دانست آن‌قدر در آن تاریکی نشسته است، که چیزی نمانده بود فَلَق زهِ آسمان را بکشد. مهین بانو آن‌چنان غرقِ درونش بود، نسیمی هم که از پنجره‌یِ بازِ اتاق تو می‌آمد و به‌صورت و موها و ساق‌های لُختش می‌خورد، اهمیت نمی‌داد. اِنگاری به دنیایی دیگر سفرکرده بود. به‌طوری‌که ذهنش پاپیِ حوادث و آدم‌هایی می‌شد، که آن آدم‌ها یا مُرده بودند و یا منزوی و مطرود روزگار می‌گذراندند. در این حین با عبورِ پرنده‌ای از جلوپنجره‌ی تاریک، تکانی خورد. آرنج‌هایش را به‌آرامی روی کاسه‌ی زانوانش گذاشت و روبه‌جلو خم‌شده نامه را دوباره در کفِ دستانش درهم فشرد. توگویی نفرتی را داشت می‌چُلاند. چشم-هایش را بَست و نفسی عمیق کشید. حسی مابینِ نفرت‌وغم درونش را به دیوار روزگاری کوبید، که سهم او از آن روزگار، محنت بود و تنهایی فرساینده. گردنش را مقداری بلند کرد و چشم به دیوار مقابل دوخت. چیزی پیدا نبود. نیم‌رُخش را رو به پنجره گرفت. قابِ پنجره در ظلماتی لَه‌لَه می‌زد. با بی‌میلی نامه را روی عسلی کنار تخت گذاشت و با خستگی زیاد از جایش بلند شد. نااستوار رو به پنجره رفت و از آن بالا نگاهش را به باغی که در تاریکی نفس می‌کشید، دوخت. با کنجکاوی چشمی گرداند تا نوک درخت‌های مقابل عمارت را ببیند. از شدت ظلمت چیزی ندید. بی‌اراده کمی جلوتر رفت و کفِ دستانش را بر لبه‌ی پنجره گذاشت.

آبِ دهانش را بی‌صدا قورت داد و سعی کرد چهره‌ی "رضا" را به یاد آورد.

سر شب، پس از شام و چایی و کمی حرف‌های پراکنده و روزمره با زارسلیم و حکیم و فاطی‌جان، مقداری دیگر ماند تا از هوای ملایمی که از درها و پنجره‌های باز آشپزخانه‌ی رو به باغ تو می‌آمد، لذت ببرد، و از نورِ رؤیاییِ آنجا کیفور شود، که حکیم در این هنگام، دست‌تو جیب بغل کتش فروبرد و نامه‌ای تازده را بیرون کشید و مقابل مهین بانو گرفت و گفت:

- خانم! امروز یادم رفت این نامه رو به شما بدم. تو صندوق امانات گذاشته بودند.

مهین بانو چشمانش را تنگ کرد، نامه را از حکیم گرفت و زیرچشمی نگاهی بهش انداخت و آن را کنارِ فنجانِ چایی‌اش گذاشت و به زارسلیم، گفت:

- یه نخ سیگار لطفاً.

همه می‌دانستند که زارسلیم چُپُق می‌کشد، منتهی همیشه پاکتی سیگار وینستون برای مهمانانِ خانم و سرهنگ به همراه داشت، تا هر وقتِ مناسب، سیگار به آن‌ها تعارف کند و کبریت برایشان بکشد. اما مرسوم نبود که مهین بانو از زارسلیم سیگار بخواهد. آن‌هم در شب و پس از صرفِ شام و چایی.

زارسلیم دست برد و پاکت سیگار را از جیب گُشادِ شلوارش بیرون آورد. نخی از آن بیرون کشید و دستِ مهین بانو داد، و از آن‌سوی میز خم شد و کبریت را کشید. زارسلیم البته نیم‌نگاهی هم به نامه انداخت که از دید مهین بانو پنهان نماند. مهین بانو پُکی عمیق به سیگار زد و از فاطی‌جان مجدداً چایی خواست. حکیم و زارسلیم نگاهی کوتاه ردوبدل کردند و از سر جایشان بلند شدند و از آشپزخانه بیرون رفتند تا پای پله‌های کم‌عرضِ رو به باغ بنشینند. فاطی‌جان هم استکانی چایی جلوی

مهین‌بانو گذاشت و رفت تا در آن‌سوی آشپزخانه کارهای تکرارِ بشوروبسابِ هر شبش را دنبال کند. مهین‌بانو سیگار را از گوشه‌ی لبش برداشت و با کفِ دست راستش نامه را پیش کشید تا نگاهِ تشنه‌اش را به خطوطِ نوشته شده بر آن بیاندازد. دستانِ نیمه لرزانش را هم آورد و دودِ سیگار از لایِ انگشتانِ درهم‌تنیده‌اش رو به بالا موج برداشت. به‌آرامی دست برد و پاکت نامه را گشود. خطوطِ نامه او را با خود برد. تمامِ وجودش را به آن سپرد و واژه واژه‌اش را تشنه‌وار سَر کشید. به انتهای نامه که رسید دوباره آن را تا زد و داخل پاکت گذاشت. بافکری مشغول و چهره‌ای رنگ‌پریده از سر جایش بلند شد، اما سکندری خورد و کف دست چپش را روی میز گذاشت تا تعادلش را حفظ کند. فاطی-جان سریع دوید، زیر بازویش را گرفت و با لَحنی هراس‌آلود، گفت:

- خانم‌جان، حالت خوبه؟

مهین‌بانو لحظه‌هایی تکیه به بازویِ فاطی‌جان داد و گفت:

- نه، چیزی نیست فاطی.

فاطی‌جان چشمانِ لوچش را به مهین‌بانو دوخت و مهربانانه و پُر تشویش، گفت:

- خانم‌جان، دورت بگردم، یه کم بنشینید تا لیوانی آب براتون بیارم.

مهین‌بانو تکیه از فاطی‌جان گرفت و با قیافه‌ای خیلی جدی، گفت:

- نه فاطی، باید برم بالا، از وقته خوابم گذشته.

فاطی‌جان بلافاصله پرسید:

- خانم‌جان! در این تکه کاغذ چی نوشته بود که حالتون بد شد!؟

مهین‌بانو کمر راست کرد. عرق سردی روی پیشانی و دور لب‌های کرم-زده‌اش برق می‌زد. با بی‌اعتنایی نامه را در دست گرفت و درحالی‌که رو به پله‌های سرسرا قدم برمی‌داشت زیر لب، گفت:

- چیز مهمی نبود. میرم بخوابم، شب‌به‌خیر فاطی.

فاطی‌جان نگاه سمجش را به دنبال خانمش دوخت و گفت:

- شب‌بخیر خانم‌جان.

مهین‌بانو هنگامی‌که پا روی پله‌ها گذاشت صدای فروخورده‌ی زارسلیم و حکیم می‌آمد که چپق می‌کشیدند و گرم حرف زدن بودند. اما او بی‌تفاوت به همه‌چیز از پله‌ها بالا رفت. پا به اتاق که گذاشت، در را سریع بست، کلید را به‌آرامی در قفل در چرخاند، واچرخید و کاسه‌ی سرش را روی در گذاشت.

مدتی به همان حال ماند. سپس نامه را روی تخت انداخت و نرم‌وریز به سمت پنجره رفت و در کمال خونسردی آن را چارتاق باز کرد. نسیمی خُنک تو آمد. سر را بالا گرفت و با تمامِ توان نفسی عمیق کشید و چشمانش را رو هم گذاشت.

اکنون چیزی به صبح نمانده است. مهین‌بانو سراسر شب را پلک برهم نگذاشته و حالا در صندلی چرمی فرو رفته و از زور سردرد و بی‌خوابی احساس می‌کند صورتش باد کرده است. با دو تا انگشت سبابه‌اش شروع به مالیدن شقیقه‌هایش کرد. در طولِ این شب‌زنده‌داری که دلهره‌ای قدیمی بر خواب چیره شده بود، چندین مرتبه خواست سراغ گنجه برود و عکس رضا را از دلِ انبوهِ عکس‌های قدیمی بیرون آورد و نگاهی بهش بیاندازد اما این در حد همان شعله‌ی کم‌سوی خواستن باقی ماند. زیرا ترس از شعله کشیدنش لرز بر اندامش انداخت. آخرین باری که با چشمانی تر نگاهی به عکس رضا انداخته بود، شبی بود که تا یک ساعت دیگر رسماً زن معتمد می‌شد. در این هنگام آرام‌آرام آسمان رنگ باخت. و با اولین تابش خورشید بر دیوار اتاق‌خواب صدای چند ضربه‌ی کوتاه بر دَر آمد. بی‌آنکه چشمانش را بگشاید و یا از مالیدنِ شقیقه‌هایش دست بکشد، گفت:

- بیا تو.

فاطی‌جان با سینی قهوه و بساطِ صبحانه داخل شد. در حالیکه به سمت میز می‌رفت با چشمان لوچش نگاهی به مهین‌بانو کرد و گفت:

- صبح‌بخیر خانم‌جان، بَلا به دور، سردرد دارید!

مهین‌بانو چشمانش را تا نیمه گشود و گفت:

- فاطی، فنجانِ قهوه رو لطفاً بهم بده، صبونه رو هم ببر پایین. میل ندارم!

فاطی‌جان دست از چیدنِ میز صبحانه کشید، فنجانِ قهوه را از داخل سینی برداشت و به طرف مهین‌بانو رفت. مهین‌بانو فنجان را که گرفت لبخندی زورکی بر لبانش آورد و گفت:

- مرسی فاطی.

فاطی‌جان دستانش را جلو دامنِ بلند و سیاه و ساده‌اش درهم تنید و با لحنی نگران، پرسید:

- خانم‌جان، براتون قرص سردرد بیارم؟

مهین‌بانو قلوپی از قهوه را نوشید، ابروهایش را بالا بُرد و گفت:

- نه فاطی، دو تا قرص خورده‌ام. چیزی نیست، خوب میشم.

فاطی‌جان مُصرانه گفت:

- خانم‌جان، اگه لقمه‌ای صبونه بخورین، سردردتون حتماً خوب میشه.

مهین‌بانو سرش را تکان داد و چیزی نگفت. فاطی‌جان هم ادامه نداد. سینی را دوباره به دست گرفت و داشت به طرف در می‌رفت که مهین‌بانو، گفت:

- فاطی.

فاطی‌جان ایستاد و سرش را به طرف مهین‌بانو چرخاند. مهین‌بانو گفت:

- از امروز مهمون داریم. اتاقای اون‌طرفِ عمارت رو با حکیم آبوجارو کنید.

لبخند بلاهت‌آمیزی روی لبان فاطی‌جان دوید و گفت:

- آقا کیانوش به سلامتی دانشجو شدن! می‌خوان این‌جا بمونن!

مهین‌بانو در لباس‌خوابِ حنایی رنگی که تا قوزک پاهایش می‌رسید، پا روی پا انداخت، فنجان قهوه را میان انگشتانِ دو دستش گرفت، و با سیمایی خشک، خسته و آرایش نکرده، گفت:

- نه فاطی، پوران و کیانوش دو هفته دیگه میان. مهمان کسِ دیگریست.

خنده و شوقِ کودکانه، بر چهره‌ی فاطی‌جان خشکید. مهین‌بانو انگار چیز دیگری به ذهن‌اش رسیده باشد، با شتاب، پرسید:

- سرهنگ خوابه؟

فاطی‌جان گفت:

- بله خانم‌جان. الآن باید ایشون رو بیدار کنم.

فاطی‌جان لحظاتی ماند تا که شاید مهین‌بانو اسم این مهمان را بر زبان بیاورد. اما او چیزی نگفت. به طرف در برگشت و با شتابی که همیشه در حینِ راه رفتن داشت، از اتاق بیرون رفت. چشمان مهین‌بانو مدتی کوتاه به دنبال فاطی‌جان ماند. بعد آخرین جُرعه‌ی قهوه‌اش را نوشید و با خستگی زیاد از روی صندلی بلند شد.

فاطی‌جان از اتاق مهین‌بانو که بیرون آمد، یکراست امتداد همان راهرو عریض‌وطویل را گرفت، از کنار گُلخانه‌ی مالامال از گُل‌هایِ مورد علاقه‌ی مهین‌بانو رد شد، و به جلو آخرین در اتاقی که پنجره‌هایش رو به استخر عمارت باز می‌شدند، ایستاد. دستگیره‌ی در را به آرامی پایین کشید و آهسته تو رفت. خُرناس‌های بریده‌بریده و ملایم سرهنگ به گوش‌اش آمد و موجی از بویِ شاش و دارو به مشامش که خورد، دماغش را ورچید، گوشه‌ی روسری‌اش را جلو دماغ و دهان گرفت و سینی را روی میز گذاشت و به سمتِ پنجره رفت. پرده را کشید و اتاق از نیمه روشنایی به درآمد. مُشتی آفتاب بلافاصله افتاد روی صورت پیرو چروکیده‌ی سرهنگ. بی‌درنگ سرهنگ از خُرناس افتاد، و گردنش را رو به دیوار

گرفت تا از گزند آفتاب دور بماند. اما فایده نداشت. فاطی‌جان مخلفات صبحانه را روی میز چید و با صدایی آرام، گفت:

- جناب سرهنگ بیدار شید لطفاً. قهوه‌تون سرد نشه!

فاطی‌جان منتظر واکنش سرهنگ نماند. باز سینی را برداشت و با همان مُلایمتی که آمده بود خارج شد. سرهنگ از لابه‌لای پلک‌های نیمه-گشوده، چشم به سقف اتاق دوخته بود و قیِ گوشه‌ی چشمانش به سفیدی می‌زد. سرش را چند بار به این‌طرف و آن‌طرف چرخاند تا از شرِ آفتابی که یکراست بر صورتش می‌تابید، نجات پیدا کند، اما راهِ فراری نبود. انگار چیزی روی زبانش آزارش می‌داد، مرتب نوک زبانش را بر لبان خشکش می‌کشید. عاقبت پتو را پَس زد، نیم‌خیز شد، کف پاهایش را روی زمین گذاشت و به سختی از سر جایش بلند شد. با قدم‌هایی لرزان و پاهایی خشک، عین چوب، به طرف میز رفت. با دست‌هایی لرزان فنجان قهوه را برداشت و جُرعه‌ای نوشید. درنگی کرد. پلک‌های خسته-اش را بر هم گذاشت و فنجان را دوباره نزدیک دهانش بُرد. بی‌هدف نگاهی موشکافانه به دوروبرش انداخت. برای لحظاتی تکان نخورد. دوباره چشمانش را بر هم گذاشت و نیم‌رخش را به سمتِ پنجره گرفت. رو به در واچرخید، ایستاد، فنجان را دوباره روی میز گذاشت و با دودستی نافکِ شلوارش را چسبید. خیس بود. چانه‌اش را بالا و پایین کرد و لبِ پایینی‌اش را گزید. یادش نمی‌آمد دَم‌دمای صبح خودش را خیس کرده و یا نیمه‌شب. از یک‌سال پیش‌تر از آن‌وقت که سرهنگ بی‌اراده خودش را خیس می‌کرد، این اتاق، سراسر بویِ آمونیاک و ادرار می‌داد. مهین‌بانو از همان سال گذشته برای برادرش پرستاری استخدام کرد که هر روز استحمامش دهد و ملافه‌های رختخوابش را عوض کند. اما اکنون سرهنگ با احساس شرم و گرسنگی وسطِ اتاق با نافکی خیس ایستاده و تا نیم ساعت دیگر خبری از پرستار نبود. از زیر نگاهی به میز صبحانه انداخت. فاطی‌جان همه چیز را مرتب چیده بود. بی‌درنگ پشت میز

نشست و شروع به خوردن کرد. اشتهای سرهنگ زیاد نبود. همین‌که چند لقمه‌ای می‌زد، پا پَس می‌کشید. چشمانش برای مدتی بر نقطه‌ای کور ثابت می‌ماند. اما کم‌کم گرمای اتاق کلافه‌اش می‌کرد. ترسش از این بود که اگر پنجره را باز کند، موجی از پشه و مگسِ باغ روانه‌ی دوروبرش شود و بیشتر آزار ببیند. حس کرد از راهرو صدای پا می‌آید. بالاتنه‌اش راکمی به سمت درگرفت و مدتی گوش خواباند. چیزی نشنید. پیش خودش حدس زد؛ حتماً "خان" گربه‌ی مهین‌بانو است که هر جا میل کند پلاس می‌شود و کسی نمی‌تواند جلوی‌اش را بگیرد. گردنش را که رو به پایین گرفت، نیم‌خندی بر لبش دوید. به آرامی از سر جایش بلند شد و با دانه‌های ریز عرق بر پیشانی‌اش ثانیه‌هایی بر پاهای لرزانش ایستاد و بعد به سمت کمد لباس‌ها رفت. دستانِ لرزان و بی‌توانش را لایِ یکی‌یکیِ لباس‌های تازده فرو کرد و دست‌آخر سیگار نصفه‌نیمه و کبریتی را بیرون کشید. چشمانش را تنگ کرد و نیم‌دایره‌ای گردنش را چرخاند. سیگار را روشن کرد، نفسی عمیق ازش گرفت و چهره‌اش دَرهم رفت. از این‌که مثل سابق خیلی از کارها را آزادانه نمی‌توانست انجام دهد، دلش گرفت. به آرامی به سمتِ پنجره رفت و با نگاهی پُر از حسرت چشم به استخر دوخت. سال‌ها پیش، تابستان که می‌شد، علی تن به آب این استخر می‌زد و سروصدایش میانِ درخت‌های باغ پیچ می‌خورد. سرهنگ از این‌که می‌دید، تنها پسرش، حرفه‌ای شنا می‌کرد، کُلی عشق می‌کرد و حظ می‌برد. گاه‌گداری خودش هم تن به آب می‌داد و دونفری شلوغ‌کاری‌ای راه می‌انداختند که بیاوببین. مهین بانو کمی آن‌طرف‌تر روی صندلی لَم می‌داد و با تبسم به آن‌ها چشم می‌دوخت. در این هنگام سرهنگ نگاه از استخر برگرفت و سرش را به سمت دیوارِ رو به تخت برگرداند. جایِ خالیِ یک قابِ بزرگ بر آن پیدا بود. یادش آمد که مهین بانو چند وقت پیش قابِ عکسِ علی را از روی دیوار برداشته بود. چون بیشتر از این نمی‌خواست برادرش آزار ببیند. سرهنگ گردنش را کج

کرد و روی صندلیِ رو به انبوهِ درخت‌های باغ لَم داد. دستانش را دو طرف بدنش آویزان کرد و روزی را به یاد آورد که دکتر شفیع، پزشک خانوادگی‌شان سراسیمه وارد باغ شد و همین‌که سرهنگ را در آلاچیق دید، پاهایش را آرام‌تر به سویش برداشت. سرهنگ روزنامه را تا کرده بود و با چهره‌ای مغموم در خودش فرورفته بود. دکتر شفیع فهمید که سرهنگ روزنامه را قبل از آمدنِ او خوانده است. شب قبل علی را پشت تپه‌های اوین تیرباران کرده بودند. دکتر شفیع روبه‌رویش ایستاد و پس از لحظه‌هایی، گفت:

- هوشنگ، نمی‌دونم چی بگم! علی امروز یه قهرمانه.

سرهنگ روزنامه را روی میز شیشه‌ایِ پیش رویش پرت کرد و بدون توجه به دکتر شفیع از سر جایش بلند شد و رفت.

۲

مهین‌بانو قبل از آن‌که در آن کُت‌ودامنِ یشمی رو به آینه‌ی قدیمیِ تمام‌قد بایستد و نگاهی به سرتاپایِ خودش بیاندازد، لای در را بازگذاشت تا "خان" از هر جایی‌که سروکله‌اش پیدا شد، خرامان و پشم‌آلود تو بیاید. تمام پنجره‌های راهرو باز بودند و نسیمی ملایم برگ‌های گل‌خانه را به بازی گرفته بود. مهین‌بانو، لحظه‌هایی در خاموشی ایستاد و از دور چشمی به گُل‌ها گرداند، تبسمی کرد و دوباره داخل اتاق شد. از کنار تختخواب گذشت و با عبور از در کوتاهی در انتهای اتاق‌خواب، یک‌وری رو به آینه ایستاد، دستی به موهای جوگندمی کوتاهش کشید و مدتی به همان حال ماند. سوسوی چشمانش نشان از غمی و یا بیم‌وامیدی کهنه داشت. احساس کرد دستانش سردِسرد شده‌اند. دو دستش را درهم تنید و لحظاتی نگاهش را رو به پایین گرفت. و بعد رو به کمد چوب گردوی بزرگی رفت که سال‌ها پیش از مادرش "هلن" هدیه گرفته بود. در کمد را باز کرد و از میان چندین جعبه‌ی مقوایی و چوبی زیادی که معلوم بود باظرافت خاصی چیده شده‌اند، کوچک‌ترین جعبه را برداشت و از دل آن گل سینه‌ی زمردی کوچکی را بیرون آورد. بادل انگشت سبابه‌اش سطح تقریباً زبرش را خیال گونه لمس کرد. انگشتش از حرکت بازایستاد، چانه‌اش را بالا گرفت و خودش در صبح یکی از روزهای فروردین‌ماه ۱۳۳۲ در خیابان نادری دید که وزش نرمه‌بادی میان موهای بلند و یکدست مشکی‌اش حسِ رهایی دلپسندانه‌ای بهش داده بود. آرام و آهسته راه می‌رفت، به روی تک‌تکِ عابرین لبخند می‌زد و به اندازه‌ی یک پَرِ قو سبکبال به نظر می‌رسید. گاهی جلو ویترین یکی از مغازه‌های مورد علاقه‌اش می‌ایستاد و بی‌آنکه دقتی در دیدنِ اشیاء پشت ویترین داشته باشد، شوق درونش را هر دَم به نخِ تازه‌ی یک وابستگی سکرآور

وصل می‌کرد. باز راه می‌افتاد و دستش را تو جیب پالتو فروکرده و جعبه‌ای کوچک را سفت در چنگ می‌فشرد. یاد گرمای دست‌های مردانه‌اش خون به گونه‌هاش می‌دواند؛ وقتی‌که رضا از دور آمد چانه‌اش شروع به لرزیدن کرد. به یک قدمی‌اش که رسید رضا دستانش را از جیب شلوارش بیرون آورد و بلافاصله دستش را به سویش دراز کرد. حالا که فکرش را می‌کند خودش را در آن لحظه دستپاچه دید. سرش را پایین گرفته بود، انگار اگر که راست به چشمانِ رضا می‌نگریست میزان دلباختگی‌اش را لَو داده باشد. رضا با لبخندی که گونه‌هاش را چال می‌انداخت خیلی خودمانی، پرسید:

- چطوری مهین؟

مهین‌بانو جرأتی به خودش داد، چانه‌ی لرزانش را اندکی بالا گرفت و در حالی‌که فقط لبان رضا را می‌دید، گفت:

- خوبم، تو چطوری؟

اولین دیدارشان بیشتر از ده دقیقه به طول نیانجامیده بود. دقیقه‌ی آخر، رضا کادویی را از جیب گشاد شلوارش بیرون آورد و گفت:

- مهین، این آخرین چیزیست که از مادرم بهم رسیده. ماله تو.

مهین‌بانو مُردد جعبه را از دست رضا گرفت، نگاهی به آن انداخت و گفت:

- خوب، این برای تو حتماً خیلی باارزشه. چرا اونو به من میدی؟!

چشمان رضا برقی زدند. دستی به موهای کم‌پشتش کشید و گفت:

- برای این‌که مطمئنم در آینده ما دوتا به هم می‌رسیم.

مکثی کوتاه کرد و باز ادامه داد:

- این درسته که بیشتر از سه ماهه با هم آشنا نشده‌ام، اما لحظه- یی نیست که به تو فکر نکنم.

مهین‌بانو نگاه به پیش پایش دوخته بود و هیچی نمی‌گفت. در این هنگام رضا، گفت:

- نمی‌خوای داخل جعبه رو ببینی؟

مهین‌بانو با انگشتان باریک و بلندش در جعبه را گشود و گُل سینه‌ی زمردی کوچکی را دید. گونه‌هاش از سُرخی گُل انداخته بود. رضا عمیق به چهره‌ی تُرد، گونه‌های برجسته، پیشانی کوتاه و لبان گوشت‌آلود مهین‌بانو می‌نگریست. پنداری هر آن به مانند پلنگی بجهد و او را غرق نوازش و بوسه کند. مهین‌بانو با نگاه تیله‌ای براقش زُمرد را لمس کرد و برای لحظه‌ای آن را بر سینه‌ی پالتویش نگاه داشت و گفت:

- بهم میاد؟

اما پیش از این‌که رضا چیزی بگوید، آن را از روی کتش برداشت و از این‌که بیش از حد خودش را ذوق‌زده نشان داده بود، خجالت کشید. رضا دستانش را دوباره در جیب شلوارش فروکرد و گفت:

- خیلی بهت میاد.

صدای در مهین‌بانو را به خود آورد. روی تخت دراز کشیده و زُمرد را مابین دستانش روی سینه‌اش گذاشته بود. نیم‌خیز شد و سریع از تخت پایین آمد. دستی به موهاش کشید و گفت:

- بیا تو.

در تا نیمه باز شد و فاطی‌جان در آستانه‌اش ایستاد و گفت:

- خانم‌جان، من و حکیم اتاق‌ها رو تمیز کردیم. آت‌وآشغال‌ها رو دور ریختیم و وسایل به‌دردبخور رو بردیم تو زیرزمین.

مهین بانو با قیافه‌ای خیلی جدی، گفت:

- خوبه فاطی. دست‌تون درد نکنه.

مهین بانو دست چپش را تا نیمه بالا آورد و گفت:

- فاطی، بیا این گل سینه رو روی کُتم بزن.

فاطی جان آمد و گُل سینه را روی سمت چپ کُتِ مهین بانو بست و گفت:

- خانم جان، من همیشه فکر می‌کردم این گُل سینه رو فروخته‌اید. سال‌ها بود که ازش استفاده نمی‌کردین.

مهین‌بانو با دلِ انگشت گُل سینه را لمس کرد و با تردید، گفت:

- فاطی، بهم میاد؟!

فاطی جان ، چشمانِ لوچش را تنگ کرد و گفت:

- البته بهتون میاد. مخصوصاً روی این کُت‌ودامن یشمی. شما زیباتر از هر وقت دیگه هستید.

چشمانِ مهین بانو به نقطه‌ای ثابت ماند و چیزی نگفت. فاطی‌جان، گفت:

- خانم جان، من باید برم پایین و به پُخت‌وپَز برسم. کاری به من ندارین؟

مهین بانو بدون آن‌که چشم از آن نقطه‌ی کور بردارد، گفت:

- نه فاطی، برو.

فاطی‌جان از اتاق بیرون آمد، در را بَست و با شتاب از پله‌های سرسرا پایین رفت. به آشپزخانه که رسید، زارسلیم پشت میزِ بسیار بلند، تَک‌وتنها نشسته بود و داشت چایی می‌نوشید. فاطی‌جان با عجله از کنارش رد شد و هول‌هولکی پرسید:

- حکیم رفت خرید؟ خداکنه زود برگرده، کلی کار داریم.

خم شد و فتیله‌ی سماور بزرگ را پایین کشید و با اوقات‌تلخی نیم‌چرخی زد و گفت:

- شمسی این‌جا بوده! چند دفعه به این پتیاره بگم کاریش به فتیله‌ی این سماور مادرمُرده نداشته باشه! چایی از دهن میوفته و دیگه خوردنی نیس.

دوباره برگشت، قوری را با همان خُلقِ تُند از روی آتشدانِ سماور برداشت و استکانی چایی برای خودش ریخت و انگار چیزی یادش آمده باشد، باز پرسید:

- شمسی باز رفته تو باغ! حکیم زودتر رفت پایین، آره؟

زارسلیم استکان کمرباریک چایی را روی نعلبکی گذاشت و با نگاهی که
به میانِ درخت‌های باغ می‌کاوید، گفت:

-    خیالت راحت. قبل این‌که شمسی از خواب بیدار بشه، حکیم
     رفت بازار ترهبار!

فاطی‌جان سری تکان داد و گفت:

-    کاشکی یکی پیدا می‌شد و این دختره‌ی خُل‌وچل رو می‌-
     گرفت. تا آبروریزی نکنه دست‌بردار نیس.

زارسلیم ابروهایش را درهم کشید و با لحنی محکم، گفت:

-    فاطی، دیگه کافیه.

فاطی‌جان زیر لب، نامفهوم و بریده‌بریده، غُرولُندی کرد و سپس دنباله‌ی
کارهایش را از سر گرفت.

شمسی از خواب که بیدار می‌شد یک‌راست به آشپزخانه می‌آمد، توی
لیوانی شیشه‌ای چایی برای خودش می‌ریخت و با پاهای برهنه به باغ
می‌رفت. کاری که همیشه دادوفریادِ فاطی‌جان را درمی‌آورد و برخی
مواقع کار به جیغ‌وداد می‌کشید. فاطی‌جان همیشه می‌گفت شمسی با
کارهای عجیب‌وغریبش می‌خواهد کُفر او را دربیاورد. برخی مواقع
مهین‌بانو از راه می‌رسید و با توپ‌وتشر به هردوشان غائله را می‌خواباند.
اما شمسی آن را به دل می‌گرفت و سر فرصت فاطی‌جان را دوباره می‌-
چزاند.

شمسی ساکت بود و گوشه‌گیر و با کمتر کسی دمخور بود. بیرون از
عمارت دوست‌وآشنایی نداشت. مادربزرگ مادری‌اش تا زنده بود، بهش
سر می‌زد و حال‌وهوایی عوض می‌کرد، اما از وقتی‌که او مُرد، عملاً
شمسی کسی را خارج از آن عمارت سراغ نداشت. سر میز با سایرین غذا
نمی‌خورد و فاطی‌جان مجبور می‌شد غذایش را پشت در بگذارد. همین‌-

که صدای پای فاطی‌جان دور می‌شد، در را باز می‌کرد، سینی غذا را برمی‌داشت و روی تخت شروع به خوردن می‌کرد.
سال‌ها پیش، وقتی‌که معتمد مُرد، زنی پیر با لباس‌هایی ژنده و سرووضعی آشفته در حالی‌که دست دختربچه‌ای ژولیده را گرفته بود، پا به عمارت گذاشت و بی‌مقدمه رو به مهین‌بانو، گفت:

- منِ پیرزنِ مفلوک توانایی سیر کردن شکم این بچه رو دیگه ندارم.

مهین‌بانو سرتاپا سیاه‌پوش زیر آلاچیق نشسته بود و جُم نمی‌خورد. با چشمانی کنجکاو و خیلی جدی به پیرزن اشاره کرد که بنشیند. پیرزن روبه‌روی مهین‌بانو نشست و دختربچه دور آلاچیق شروع به بازی کرد. پیرزن کیسه‌ی دور مچ دستش را گشود و بساط پیچیدن سیگار را روی میز پخش‌وپلا کرد. مهین‌بانو از فاطی‌جان خواست که دو تا چایی بیاورد. پیرزن سیگارش را پیچاند و با نوک زبان دورتادور کاغذ سیگار را خیس کرد و قبل از این‌که کبریت زیر آن بگیرد، اشاره به دختربچه کرد و گفت:

- می‌دونی این بچه‌ی کیه؟

مهین‌بانو آرنج‌هایش را بر دسته‌ی صندلی گذاشته بود و ضمن پاییدن حرکاتِ پیرزن، عمیق به چیزی که می‌خواست بگوید، گوش سپرده بود. پیرزن کبریت را کشید و سیگار را روشن کرد، و با نفسی عمیق از آن دودش را بُریده‌بُریده از دهانش بیرون داد. سه نقطه‌ی خالکوبی عین صورفلکی کمربند جبار روی گوشه‌ی سمتِ چپ لبش بود و وقتی‌که دهان باز می‌کرد، به‌جز چندتا دندان کرم‌خورده، سیاه و کثیف چیز دیگری به چشم نمی‌آمد. زیر چشم‌هایش وَرم داشت و حرکاتش تُهی از هر معنایی بود. در این حین فاطی‌جان آمد و با نگاهی چپکی به پیرزن، دو استکان چایی روی میز گذاشت و دوباره داخل عمارت شد. مهین‌بانو سکوت کرده بود و چیزی نمی‌گفت. در آن وقت فقط صدای پرنده‌های

روی درختان باغ و زمزمه‌ی کودکِ در حال بازی به گوش می‌آمد. پیرزن چایی‌اش را در دو هورت سرکشید و در حالی‌که دود سیگار اطرافش را پوشانده بود، باز پرسید:

- نمی‌خوای بدونی این دختر کیه؟

مهین‌بانو گردن راست کرد، کفِ دستانش را بر لبه‌ی صندلی گذاشت و با نگاهی گذرا به دختربچه در کمالِ بی‌اعتنایی، گفت:

- به من ربطی نداره بدونم بچه‌ی کیه! چرا اومدی این‌جا و اینا رو به من میگی؟! اصلا تو کی هستی؟!

پیرزن پوزخندی زد، دوباره نَفَسِ عمیقی از سیگار گرفت و تشرآمیز، گفت:

- ربطش اینه که این دخترِ معتمدِ، همسر مُرده‌ی شما.

رنگ چهره‌ی مهین‌بانو به سُرخی گرایید. سریع از سر جایش بلند شد و با صدایی خشمگین، گفت:

- لباس سیاهم رو نمی‌بینید! من عزادار شوهرم هستم. بیشتر از دو ماه نیست که اونو از دست داده‌ام. این جفنگیات چیه که سَرِهم می‌کنید! این دروغه. از خونه‌ی من برو بیرون پیرزن.

دختربچه دست از بازی کشید، از پله‌های آلاچیق بالا رفت و خودش را در آغوش مادربزرگش انداخت و صورتش را در دامن مندرس و پُر از وصله پینه‌ی پیرزن پنهان کرد. پیرزن بساطِ سیگارش را داخل کیسه انداخت و گفت:

- مُعتمد یه مردِ بی‌شرف بود. دختر بدبختم زن صیغه‌ای این آقا بود. مُعتمد این اواخر حتی دخترم را هم صیغه نمی‌کرد، در قبالِ همخوابگی‌ای که باهاش داشت، چندرقاز کفِ دستش می‌ذاشت تا خودش و این طفل معصوم از گشنگی نمیرند.

مهین‌بانو دستانش را جلو دهانش گذاشته بود و ناباورانه به پیرزن خیره شده بود. در این هنگام پیرزن یکسری کاغذ تاشده‌ای را از جیب پیراهن ژنده و رنگ‌ورو رفته‌اش بیرون آورد و آن‌ها را روی میز پرت کرد و گفت:
-بیا ببین، اینم مدارکیه که ثابت می‌کنه پدر این بچه مُعتمدِ. نوه‌ی من حرامزاده نیست خانم.
پیرزن نخِ کیسه را دوباره دور مچِ دستش پیچید و با نفرت ادامه داد:
- دخترِ الاغِ من، همین‌که شنید مُعتمد مُرده، مرگ موش خورد و به زندگی‌اش خاتمه داد. احمق بی‌شعور.
پیرزن نگاهِ تندی به مهین‌بانو کرد، دست دختربچه را گرفت و با نگاهی آتشین رو به جلو و قدم‌هایی از سر استیصال از عمارت بیرون رفت.
مهین‌بانو در آن رختِ سیاه تا مدتی هاج‌وواج چشمانش به دنبالِ پیرزن ثابت مانده بود. حسِ خوبی نداشت. مُعتمد مرده بود و از او فرزندی نداشت. زمانی‌که زنش شد، معتمد از همسر قبلی‌اش دختری به اسم پوران داشت. پوران با مادرش بود و هرازگاهی در عمارت آفتابی می‌شد. اما حالا مُعتمد برای همیشه رفته بود و پوران هم کمتر از قبل به آن‌جا می‌آمد. و توی این هیرووبیر سروکله‌ی این پیرزن پیدا شده بود و راست در چشمانش می‌گفت نوه‌اش دختر معتمد است. احساس می‌کرد مسخره‌تر از آن در زندگی‌اش اتفاق نمی‌افتد. به‌آرامی از آلاچیق پایین آمد. برای لحظاتی دست بر سینه گذاشت و بعد خیلی آهسته آفتاب را به‌جا گذاشت و به میانِ درخت‌های باغ رفت. در سایه‌روشنِ میانِ درختان سنگینی ناشناخته‌ای را روی سینه‌اش حس می‌کرد.

۳

مهین‌بانو از پله‌ها که پایین آمد هوا آفتابی بود و بادی ملایم از تمام پنجره‌های باز آشپزخانه، ورودی‌های رو به سرسرا و سالنی که یک سمت آن به پشت عمارت راه داشت، تو می‌آمد. مهین‌بانو از آن نگاه‌هایی که همیشه موشکافانه و جدی بر همه چیز می‌لغزاند تا که گردوغباری ببیند و انگشت سبابه‌اش را بر آن بکشد و فاطی‌جان را سین‌جیم کند، خبری نبود. مقداری خستگی و یا شاید اندکی نگرانی گوشه‌ی لبش نشسته بود. پا به آشپزخانه که گذاشت انگار گره ذهنش یک جاهایی گیر کرده بود. در آن لحظه اصلاً نمی‌خواست به حرف‌ها و گله و شکایت و نِق‌ونوقی که از سرهنگ شنیده بود، فکر کند. قبل از این‌که پایین بیاید و از مرتب بودن همه چیز مطمئن شود، یک تُکِ پا پیش سرهنگ رفته بود. پرستار، سرهنگ را حمام داده بود و به سفارش مهین‌بانو یکی از بهترین لباس‌هایش را تنش کرده بود و داشت مَلافه‌ها را عوض می‌کرد که مهین‌بانو درست در چشمانِ سرهنگ خیره شده و خبر آمدنِ رضا را بهش داده بود. سرهنگ با لحنی تعجب‌آمیز که دلخوری و یا شاید نفرتی چاشنی‌اش بود از خواهرش پرسیده بود:

- رضا! عجب! پس آقای نویسنده، پس از این همه سال، یاد رفقای قدیمی‌اش افتاده! تُحفه!

مهین‌بانو دستانش را به آرامی روی پاهای کم جانِ سرهنگ گذاشته و گفته بود:

- می‌دونم ازش دلخوری، تنها تو نیستی، خیلی‌ها ازش دلخورند و برخی هم به خونش تشنه‌اند. اما تو سعی کُن به روی خودت نیاری. اون فقط یه مهمانه. ما واقعاً نمی‌دونیم چه به سرش اومده.

سرهنگ با لرزش صدایی که از شدت عصبانیت پیدا کرده بود، گفت:
یعنی چی به روی خودم نیارم؟! دنیا فهمید که خاندان پهلوی پسرم رو پشت تپه‌های اوین به رگبار بست، اون وقت، این آقا حتی کارت پستالی هم از سر همدردی نفرستاد. اصلاً من خبر ندارم در طول این همه سال کدوم گوری بوده؟!

مهین‌بانو وسط آشپزخانه که ایستاد و لبه‌های کُتش را به آرامی پایین کشید، بوی چند نوع غذای ایرانی همه جا پیچیده بود. فاطی‌جان تا او را دید، دستانِ خیسش را میانِ پیشبندی که بسته بود، خُشک کرد و گفت:

- خانم‌جان، بنشینید تا استکانی چایی براتون بریزم.

مهین‌بانو سر میز، رو به پنجره‌هایی که تا کفِ آشپزخانه امتداد داشت نشست و چشم به بیرون دوخت. چشم‌اندازش سایه‌روشن‌های تودرتوی باغ در زیر تابش آفتاب بود. در این حین حکیم با خرت‌وپرت‌هایی که گرفته بود، از دَرِ دیگری که راه به کوچه‌باغ داشت، وارد شد و سلام کرد. مهین‌بانو نگاه از باغ برگرفت و سریع پرسید:

- حکیم، در کوچه‌باغ کسی رو ندیدی؟

حکیم خریدهایش را کف زمین گذاشت و گفت:
-نه خانم، کسی نبود. کوچه‌باغ مثل همیشه خلوته.

فاطی‌جان استکان چایی را جلو مهین‌بانو گذاشت و دوباره به پخت‌وپز ادامه داد. حکیم از زیر نگاهی به هردوشان کرد و بیرون رفت، آن‌طرف پله‌های کم‌عرض ایستاد و با کنجکاوی نگاهش را به میان درختان باغ دواند. کسی را ندید. نیم‌نگاهی به پنجره‌های آشپزخانه انداخت و قدم به سوی باغ برداشت. هرازگاهی سر برمی‌داشت تا مطمئن شود کسی او را ندیده است. از قسمت پایینی خانه‌های آن‌سوی عمارت رد شد و رو به اصطبل اسب‌ها پا تُند کرد. از دور سایه‌ای را دید که پشت درختِ تنومند کهنسالِ نزدیک اصطبل پنهان شد. حکیم راهش را به میانِ اطلسی‌ها

کج کرد و در حالی‌که بوی تنیده‌ی پهن و علفِ شَن داده شده هوا را انباشته بود، به میانِ یکسری درخت‌های دور افتاده از باغ، پشت کلبه‌ی چوبی قدیمی سیاه که با شیبی ملایم رو به رودِ باریکی که به کوچه‌باغ راه می‌کشید، رفت. به وسط‌های شیب که رسید ایستاد و تکیه به یکی از درخت‌ها داد. دست تو جیب شلوار برد و نخی سیگار بیرون آورد و قبل از آن‌که روشن‌اش کند، نگاهی سرسری به اطراف باریکه‌ی رود انداخت. کسی نبود. کبریت را کشید، سیگار را گیراند و نفسی عمیق از آن گرفت. و بی‌توجه به صدای پایی که از پشت سرش می‌آمد، صورتش را پیش‌ِرو گرفت. ناگهان صدای زنانه و بَمی، گفت:

- به چی زُل زدی؟

حکیم کامی دیگر از سیگار گرفت، رو برگرداند و پرسید:

- زارسلیم تو رو ندید؟

شمسی در حالی‌که کتابی زیر بغل داشت، سیگار را از دست حکیم قاپید و گفت:

- نه، ندیدم، خیر سرش.

حکیم جلو رفت و زیر گردنش را بوسید. نیم‌خندی تلخ گوشه‌ی لبِ شمسی بود و چنان‌که چشم به دور داشت، پشت سرهم سیگار دود می‌کرد. حکیم لب‌های نمناکش را از زیر گردنش برداشت و جفت سینه‌های برآمده‌اش را با دستانِ بزرگش پوشاند. اما در یک آن شمسی خودش را از دست حکیم که بیرون کشید کتاب بر زمین افتاد و آتش‌مزاج، گفت:

- پریودم، در ضمن امروز اصلاً حوصله‌ات رو ندارم.

حکیم سیگار را از دستش بازستاند و آن را گوشه‌ی لبش گذاشت و پرسید:

- مهمانی که قراره بیاد اسمش چیه؟ خبرداری؟

شمسی تکیه به درخت داد و بدون آن‌که کتاب را از رو زمین بردارد سرش را پایین گرفت و در حالی‌که با نوک پا برگ‌های خشکیده و خس‌وخاشاک را به بازی گرفته بود، گفت:

-   برات مهمه که این شخص کیه؟

حکیم گفت:

-   امروز صبح من و فاطی‌جان، اتاقایه اون‌طرفه عمارت رو تَرتَمیز کردیم. طرف مثل این‌که این‌جا موندگاره.

شمسی با دهانی نیمه‌باز گردنش را کج کرد و گفت:

-   شاید کیانوش باشه! نیست؟!

حکیم کفِ دست راستش را به تنه‌ی درخت چسباند و گفت:

-   نه، مطمئنم کیانوش نیست. هر کی هست، آدم‌حسابی باید باشه که یه سرویسه کامل در اختیارش می‌ذارن.

حکیم کمی دیگر ایستاد و به چهره‌ی درهم کشیده‌ی شمسی خیره شد و بعد ادامه داد:

-   من باید برم. این روزا فاطی‌جان مرتب زاغ‌سیاه منو چوب می‌-

زنه.

حکیم منتظرِ واکنش شمسی نماند. سینه‌ی سربالایی را گرفت و بالا رفت. شمسی دست تو جیب شلوار خاکی‌رنگِ گشادی که پوشیده بود فرو کرد و نخِ سیگاری نصفه‌نیمه را بیرون آورد و بعد بدون آن‌که آن را روشن کند، پای درخت نشست و کتاب را روی پاهاش گذاشت و چشم به دور دوخت. در آن چشم‌ها به جز یأس‌ونومیدی چیز دیگری پیدا نبود. سیگار را گوشه‌ی لبش گذاشت و با کشی که دور مچِ دستش بود، موهای افشان بر شانه‌هاش را محکم بست و سیگار را روشن کرد و پاشنه‌ی سرش را بر تنه‌ی درخت گذاشت و حریصانه و پی‌درپی از سیگار کام گرفت. مدت‌هاست که ذهنِ شمسی درگیر رفتن است. شاید بتوان گفت؛ از آن زمانی که دختربچه‌ای بیش نبود و به زور او را وادارِ به ماندنش در

عمارت کرده بودند، فکر رفتن هرگز دست از سرش برنداشته بود. زمانی که خیلی بچه بود دل به دریا زد و فرار کرد. آن روزها تازه از مادربزرگش جداش کرده بودند و به زور در عمارت نگه‌اش داشته بودند. همه هول کرده بودند. ترسی توأم با نگرانی مهین‌بانو را داشت می‌چلاند. همین‌که زارسلیم خواست به کلانتری نزدیک عمارت مراجعه کند، مادربزرگ شمسی در حالی‌که دستِ نوه‌اش را گرفته بود از انتهای خانه‌باغ سروکله‌شان پیدا شد. مهین‌بانو نفسی به آسودگی کشید اما همه متحیر بودند که شمسی چگونه توانسته در آن تهرانِ بزرگ، مادربزرگش را پیدا کند! از آن پس شمسی همیشه با مهین‌بانو این‌طرف و آن‌طرف می‌رفت. اما در سه سال اخیر شمسی آخرین روزی را که از عمارت پا بیرن گذاشته بود را به یاد نمی‌آورد. هر چند می‌پنداشت که اگر بیرون برود و دیگر برنگردد، کسی نگرانش نخواهد شد. منتهی یک چیزی او را از رفتنی که با تمام وجود خواهانش بود بازمی‌داشت؛ هر بار به این موضوع می‌اندیشید به این نتیجه می‌رسید که ترس وقتی چارچوب ذهن را در چنگ خود گیرد، فکر فلج می‌شود و خونِ جرأتِ درون را زالووار خواهد مکید.

۴

فاطی‌جان پس از کلی این‌ور و آن‌ور گشتن، لای بوته‌ها و گلدان‌های کوچک‌وبزرگِ روی تراس، عاقبت در زیر سایه‌ی پُرشاخ‌وبرگ گل‌های رُز، خان را که غرقِ خوابِ قیلوله‌اش بود پیدا کرد. به آرامی دست برد و یک‌هوا بلندش کرد و در آغوش‌اش گرفت. خان، بَدخُلق و خِرخِرکنان، چپکی نگاهی به فاطی‌جان کرد و زود تسلیم شد تا او را تو ببرد. مهین‌بانو سیگار را از گوشه‌ی لبش برداشت و گردنش را به سوی خان برگرداند. فاطی‌جان گربه‌ی پشم‌آلود و سراسر سفید را جلو پایِ مهین‌بانو گذاشت و به حکیم که تازه داشت تو می‌آمد، با لحنی شماتت‌بار و آمرانه، گفت:

- زارسلیم خیلی وقته میوه‌ها رو توی آبِ حوض انداخته. بیرون‌شون بیار و تو سبد بچین‌شون.

حکیم یکراست به سمتِ حوض‌خانه‌ای رفت که چند پله پایین‌تر از کفِ آشپزخانه قرار داشت. بلافاصله آستین‌هایش را بُرزد، دست تو آب برد و صدای شالاپ‌شلوپِ آب در زیر طاقیِ حوض‌خانه موج برداشت.

مهین‌بانو سیگار را که به آرامی در دلِ زیرسیگارِ شیشه‌ای خردلی گذاشت، دود سفیدی چین‌خورده و چنگ‌نزده به آسمان، دوباره محو می‌شد و باز پُرتشویش موجی دیگر را به دنبال یَدَک می‌کشید. مهین‌بانو با نگاهی جدی و ذهنی مشغول خَم شد و زیر گردنِ خان را خاراند. در آن‌وقت صدای همیشه بی‌قرار پرنده‌ها در آشپزخانه پیچیده بود و بشوروبساب فاطی‌جان در این آواها تاب می‌خورد و دستانِ حکیم در آب حوض‌خانه شور بی‌تابی را دو چندان نشان می‌داد. خان زیر انگشتان نرم صاحبش طاقت نیاورد و پیش پایش پلاس شد. مهین‌بانو کمر راست کرد و با چشمانی ثابت به یک نقطه‌ی نامعلوم از میز سری جنباند، سیگار را برداشت، پُکی عمیق به آن زد و بعد کونه‌اش را در زیرسیگاری

له کرد. صدای چرخ اتومبیلی روی سنگ‌ریزه‌های جلو در ورودی عمارت انگشتان مهین‌بانو را از حرکت بازستاند. چانه‌اش را کمی بالا گرفت، چند تار مویِ جوگندمی روی پیشانی کوتاهش ریخت و چشمان خسته‌اش را به بیرون دوخت. از نرمه‌بادِ صبح خبری نبود و آفتاب بی‌وقفه می‌تابید. فاطی‌جان دست از کار کشید و کنجکاوانه مهین‌بانو را پایید. اما حکیم با آستین‌های بُرزده و بی‌توجه به هر صدایی و با نگاهی که هیچ چیز نمی‌شد در آن جُست، میوه‌های رنگارنگ را از آب می‌گرفت و تو سبد می‌ریخت. مهین‌بانو از پشت میز بلند شد و گوش به زمزمه‌هایی سپرد که از دور می‌آمد. انگار چند نفر در یک‌آن با همدیگر صحبت می‌کردند. خان، غُرزده و با خِرخِری که راه انداخته بود از کف آشپزخانه بلند شد، کِش‌وقوسی به خود داد و بیرون رفت تا زیر سایه‌ی یکی از درخت‌ها و یا گُل‌بوته‌های روی تراس دراز بکشد.

مهین‌بانو با گردنی شَق‌ورَق، دست‌هایش را که درهم تنید و به سمتِ در رفت، مردمک چشمانش ثابت مانده بودند. فاطی‌جان دو قدم به دنبالش رفت و خواست چیزی بگوید که ایستاد و نظاره‌گر بیرون رفتن خانمش شد. مهین‌بانو نرسیده به در آبِ دهانش را به سختی قورت داد، دستی به موهایش کشید و چند تار از آن را پشتِ گوش‌اش برد. چشم‌هایش هنوز رو به مقابل دوخته شده بود ولی پنداری چیزی نمی‌دید. حرف زدن‌های بریده‌بریده‌ای میان سُریدن چرخ اتومبیل بر سنگ‌ریزه‌ها و بوقی که زدورفت به گوش‌اش هر دم نزدیک‌تر می‌شد. از میان آن زمزمه‌ها صدای بَم و گرفته‌ی زارسلیم را شناخت. نیم‌رخش را به سمت صدا گرفت. انگار زارسلیم با کسی حرف می‌زد. و او با صدایِ دیگری هیچ آشنایی نداشت. دلِ دست راستش را بر لبه‌ی خمره‌ی کهنه و بلند کنار در ورودی قرار داد و دست چپش را هم برسینه گذاشت و نفسی عمیق کشید. سعی کرد نگاه به در کوتاهی بدوزد که از حیاط کوچک راه به کوچه‌باغ داشت. به ناگاه مردی ترکه‌ای و بالابلند در کت‌وشلواری سفید

با کراواتی تیره و کفش‌هایی خاکستری تو آمد. به فاصله‌ی یک قدم از او زارسلیم با دو چمدان متوسط در آستانه‌ی در ظاهر شد. مرد با موهایی کوتاه و جوگندمی و نیم‌خندی محو بر لبانش، وسط حیاط، کنار حوضِ کوچکی که قُل‌قُلِ فواره‌اش در هوا موج برداشته بود، ایستاد. او مهین‌بانو را در آن کُت‌ودامنِ یشمی دیده بود که روی آخرین پله فرود آمده بود و با دستانی که جلو دامنش درهم تنیده بود، چشم از همدیگر برنمی‌داشتند. در این حین مهین‌بانو دستانش را از هم گشود و با صدایی لرزان که از ته حلق‌اش بیرون می‌زد، گفت:

- خوش‌آمدی رضا جان، منتظرت بودیم.

رضا دستانش را از جیب شلوارش بیرون آورد، قدم‌هایش را بلند برداشت و در نیم‌قدمی مهین‌بانو ایستاد و با نگاه‌هایی کنجکاو و خَشی در صدایش که قبلاً مهین‌بانو سراغی ازش نداشت، گفت:

- سلام مهین، باورم نمیشه دوباره دارم می‌بینمت.

آن‌ها همدیگر را در آغوش کشیدند و زارسلیم که تا آن لحظه فقط می‌نگریست از کنارشان به آرامی عبور کرد و از پله‌ها بالا رفت و وارد عمارت شد.

پس از مدت‌های مدید آغوش گرم کسی مهین‌بانو را در بر گرفته بود که هیچ فکرش را نمی‌کرد این اتفاق بار دیگر بیافتد.

۵

حالا شمسی، لُخت‌وعور، با تنی خیس از عرق در اتاقی که همیشه پنجره‌اش بسته بود، روی تختخواب دراز کشیده و نخِ فکرش مابین مهین‌بانو و این مرد تازه‌وارد که او را دیلاق می‌دید در نوسان بود. لحظاتی قبل‌تر از آن خودارضایی کرده بود و در حین وَررفتن با خودش دست از مردهای خیالی‌اش برداشته بود و فقط به چهره، لب‌ها، سرشانه‌ها، دست‌ها و ران‌های رضا فکر کرده بود. در مقاومتی کوتاه کوشیده بود که تنها با مردهای خیالیِ همیشگی‌اش وَربرود، اما نتوانسته بود و خیلی زود در لذتی ناشناخته تسلیم شده بود.

صورتش را رو به سقفِ چوبی اتاق گرفته بود که با نور ضعیف آباژوری قدیمی در سمت چپ، سایه‌های تودرتوی خطوط هندسی سقف را در تکراری چندین‌ساله پیش چشمانش گسترده می‌دید. شمسی تکان نمی‌خورد. حتی مُژه هم نمی‌زد. بدنش آن‌چنان نمناک بود که یواش‌یواش ملافه‌ها را داشت به خیسی می‌کشاند. با دستانِ افتاده در انحنای بدنش، سخت در حالِ فکر کردن بود. در ابتدا ذهنش درگیر طرز نگاه‌های رمنده‌ی مهین‌بانو بود. به یاد نداشت او را این‌گونه دیده باشد. "چطور می‌شود با آمدن کسی، دیگری در نوسانی نامعلوم دست‌وپا بزند!" شمسی همه چیز را بدیهی نمی‌دانست. به نظرش حرکاتِ مهین‌بانو در قبالِ این مرد، سر میزِ شام، غلوآمیز و گاه پریشان می‌آمد. در حالی‌که سعی می‌کرد بر خودش مسلط باشد، دستپاچه به نظر می‌رسید. و هنگام صحبت کردن مُدام مکث‌های کوتاه می‌کرد.

وقتی‌که نگاه‌های رازگونه‌ی مهین‌بانو بر چهره‌ی باریک و چانه‌ی چهارگوش رضا ثابت می‌ماند، به‌وضوح حالت چهره‌اش، به‌طرز عجیبی در تمنا و شک تغییر شکل می‌داد. اما خودِ رضا نگاهی بی‌پروا داشت.

شمسی هر بار و با لبخندهایی که تحویل هر کسی نمی‌داد، نترسانه نگاه‌های رضا را بی‌جواب نگذاشته بود. منتهی او در آن شب هیچ نمی‌دانست سلاحِ کاری و کم‌خطری را در برابر همه و نیز مهین‌بانو به چنگ آورده است. به ویژه هنگامی که رضا، بی‌هیچ مقدمه‌ای از شمسی درباره‌ی آخرین کتابی که خوانده، پرسیده بود. و از آن‌جایی که همه می‌دانستند کتاب از دست شمسی بر زمین نمی‌افتد، تمام سرها رو به او برگشتند. در واقع شمسی به‌جز کتاب خواندن، حرف نزدن، دوری از برخی از آدم‌های عمارت، خود را مابین درخت‌های باغ پنهان کردن و غرقه در اوهام و خیالات دورودرازش، کار بخصوص دیگری انجام نمی‌داد. او شاید فکر می‌کرد که تحمل‌ناپذیری زندگی‌اش را در چنین بودنی به اثبات رسانده است. و پذیرش این حال‌وهوا را کلافی سردرگم می‌دانست که لذتی عمیق و موردپسند را در کناره‌های آن نمی‌دید. این اولین‌باری بود که یکی از مهمانانِ سرهنگ و مهین‌بانو از راه می‌رسید و این دختر همیشه ناراضی را مورد توجه قرار می‌داد.

سرهنگ بی‌صدا و خاموش، کنار مهین‌بانو، روی ویلچر نشسته بود و به‌جز جنبیدن آرواره‌هایش هیچ نمی‌گفت. از زمان بیماری‌اش این نخستین‌بار بود که شام را همراه با سایرین دور میز می‌خورد. همین‌که رضا فهمید رُمان "بوف‌کور" هدایت آخرین کتابی است که شمسی خوانده، کنجکاوانه دیدگاهش را در مورد هدایت پی‌جو شد و نیز می‌خواست بداند که با نویسنده‌ی مرگ‌اندیشی چون او چگونه آشنا شده است!

در تمام مدتی که رضا حرف می‌زد و او را بیشتر از همه مورد خطاب قرار داده بود، شمسی با سُرخی صورتش مُدام کلنجار می‌رفت و با شعله‌ی دغدغه‌های تلنبار شده‌اش که درون جوان و نیمه‌خشکیده‌اش را داشت می‌سوزاند، آرنج‌هایش را لب میز گذاشت و با صورت رنگ‌به‌رنگ شده خواست حرف بزند که مهین‌بانو به میانه‌ی سخن آن دو دویده و

رو به شمسی گفته بود که رضا خودش از نویسنده‌های پیشگام ایران است. چشمانِ شمسی لحظاتی بر چهره‌ی نیمه‌خندان رضا ثابت مانده بود، انگار باور نمی‌کرد که یک نویسنده‌ی واقعی روبه‌رویش نشسته باشد. بلافاصله این سوال به ذهنش رسید که چرا تا به حال اسمی از او نشنیده و کتابی از او نخوانده است! اما همین‌که یادش افتاد او با دنیای بیرون از آن عمارت هیچ ارتباطی ندارد، لب فرو بست.

فاطی‌جان و زارسلیم و حکیم از حرف‌های آن‌ها به‌جز این‌که رضا نویسنده است و شمسی زیاد کتاب می‌خواند چیز دیگری نفهمیده بودند. حکیم از بی‌حوصلگی سیگار می‌کشید و با طرز مشکوکی به رضا نگاه می‌کرد. زارسلیم به چپقِ خاموشِ در دستش و استکان چایی نیمه‌خورده در پیش‌رو، چشم به دهان‌شان دوخته بود و سعی می‌کرد از لابه‌لای حرف‌هایشان چیزی دستگیرش شود. اما تنها چیزی که گوشه‌ی ذهنِ فاطی‌جان را به خود مشغول کرده بود، این بود که حتماً صادق هدایت مهمانی است در روزهای آتی به عمارت خواهد آمد و کاروبارِ فاطی‌جان را دو برابر خواهد کرد. از این بابت دلش گرفت. چشمانِ لوچش را کمی تنگ کرد و با بی‌قیدی از سر جایش بلند شد و به انتهای آشپزخانه رفت.

در انتهای شب، هنگامی‌که همه از گرد میز شام بلند شدند تا بروند بخوابند، تمام پنجره‌های عمارت باز بودند. در آن هوای گرم‌وخفه، فاطی-جان هنوز در آشپزخانه بود و سوسوی بادی هم نمی‌وزید. رضا به محضِ پا گذاشتن به خانه‌ی آن‌سوی عمارت، جوراب‌هایش را درآورد و با نشستن بر لبه‌ی تخت شروع به مالیدن پاهایش کرد و با نیم‌خندی مرموز از قاب پنجره‌ی باز چشم به درخت‌های شبح‌گون باغ دوخت.

کسی نمی‌دانست در تمام این سال‌ها رضا کجا بوده است! هر چند شایعات فراوانی در موردش بر سر زبان‌ها می‌چرخید و همه‌ی آن‌ها به گوش مهین‌بانو هم رسیده بود. ولی مهین‌بانو بدون آن‌که نظرش را در این مورد با کسی در میان بگذارد آن شایعات را حرفی مُفت و بی‌ارزش

دانسته بود و وَقَعی به این دست حرف‌ها نگذاشته بود. رضا وقتی‌که از ایران رفت و تا زمانی‌که در استانبول زندگی می‌کرد، پنج نامه‌ی بدون آدرس برای مهین‌بانو فرستاده بود. اما آن نامه‌ها به یکباره قطع شده بودند و تا مدت‌ها هراسی بزرگ دامن او را وِل نمی‌کرد.
مهین‌بانو بارهاوبارها آن نامه‌ها را خوانده بود. به‌طوری که خط‌به‌خطش را از بَر بود. هرگاه دلش برای رضا و مرور خاطرات گذشته غِنج می‌رفت پلک بر هم می‌گذاشت و تکه‌هایی از آن را مرور می‌کرد و این‌گونه خودش را تسکین می‌داد. آن‌شب همین‌که مهین‌بانو خودش را در اتاقش تنها یافت ده‌ها فکر در سرش چرخ می‌خوردند. بی‌معطلی لباس‌هایش را درآورد پیراهنِ خوابِ حنایی‌رنگ را تنش کرد و برخلاف معمول روی فرش با تنی خسته و درونی درگیر پای پنجره‌ی اتاق دراز کشیده و به ستارگان آسمان چشم دوخت. او که همیشه فکر می‌کرد چهاردیواری خانه‌ها آدم‌ها را از گزند تلخی‌ها پناه می‌دهند در آن لحظه نقش تاریخی‌شان را از دست رفته می‌پنداشت.
به شدت از آن اتاق احساس بیزاری می‌کرد. و دلزدگی عمیقی نسبت به عمارت و باغِ بزرگی که دورش را احاطه کرده بود سراسر وجودش را انباشت. در آن لحظه فقط گربه‌اش خان را می‌خواست تا دست در بدن پشم‌آلودش فرو کند و آرام گیرد. اما خان در هیچ‌جایی پیدایش نبود. به امید آمدنش لای در را باز گذاشته بود و هرازگاهی نگاه از آسمان می‌گرفت و گردنش را به سوی نور ملایمی که تو می‌آمد می‌چرخاند و باز نومیدانه چشم به آسمان تاریک و ستاره‌های دور از دسترسش می‌دوخت.
با وجود آن‌که شبِ پیش از آن هم نخوابیده بود باز در آن حالت خواب فراری بود و خستگی فرسوده کننده‌ای روان و تنش را هر دم می‌کوفت. هر چند دلیل بهم‌ریختگی‌اش را می‌دانست اما زور می‌زد نکته‌ای دور یا نزدیک از زندگی‌اش را در دست گیرد و آرام گیرد.

واغلطید و صورتش را به سمت در گرفت و آن لحظه را به یاد آورد که سرهنگ به محض دیدن رضا گریه کرده بود. گریه‌ای سخت‌وتلخ که شانه‌هایش را به شدت تکان داده بود. او به یاد نمی‌آورد که برادرش اصلاً گریه کرده باشد. سرهنگ پدرش که مُرد نگریست، مادرش که مُرد نگریست، وقتی‌که همسرش را پس از یک بیماری طولانی از دست داد نگریست، بر جنازه‌ی پسرش علی نگریست و در وقت خاکسپاری‌اش هم اشکی نریخت. مهین‌بانو با این فکر چشمانش را تنگ کرد و شقیقه‌اش را بر پُرز نرم قالی فشرد. اما نه، تنها یک‌بار چشمانِ خیسِ برادرش را دیده بود. آن‌هم درست در شبی که خبر تیرباران پسرش علی را شنیده بود. آخرهای همان شب مهین‌بانو طاقت نیاورده و به اتاق برادرش در همین عمارت رفته بود. اتاق تاریک بود. و سرهنگ پشت پنجره روی صندلی چرمی نشسته بود و به انبوه درخت‌های درهم تنیده‌ی باغ در ظلمت نشسته می‌نگریست. صدای دستگیره‌ی در را شنید و دانست کسی دارد به سمتش می‌آید. اما سرش را برنگرداند. انگار همه چیز را برای همیشه به حال خود رها کرده بود و فرجی برای بازگشت در خودش نمی‌دید. مهین‌بانو دست روی شانه‌اش گذاشته بود و در امتداد روشناییِ نامحسوس پنجره خیسی چشمان برادرش را دید. با لحنی که دنبال چاره می‌گشت، گفت:

- هوشنگ سعی کن کمی بخوابی.

اما سرهنگ هیچ نگفته بود. حالا که فکرش را می‌کرد به وضوح برایش روشن شده بود که برادرش از آن شب رو به زوال رفته بود. رو به نابودی ناخواسته‌ای که هیچ انسانی حواسش نیست چگونه پا به درون این مجمرِ گداخته با انبوهی از ذغال‌های تلخ می‌گذارد و خوردخورد از دورن تُهی و سیاه می‌شود.

سَرشب قبل از این‌که با رضا وارد اتاق سرهنگ شوند مهین‌بانو، گفت:

- هوشنگ یه مقدار از تو دلگیره، اگه چیزی گفت لطفاً به دل نگیر.

آن‌ها تو که رفتند سرهنگ با لباسی آراسته که پیراهن سفید اتو کشیده و شلوار مشکی بود روی صندلی چرمی کنار پنجره تکیه به عصا نشسته بود. مهین‌بانو دستانش را جلوِ دامنش درهم فشرد و با لحنی شادگونه، گفت:

- هوشنگ، ببین کی اومده. دوست قدیمی‌ات رضا، رضا نغمه.

سرهنگ دست راستش را بر دست چپش روی دسته‌ی عصا گذاشت و سرش را به آرامی به سمت در چرخاند و در حالی‌که چانه‌اش می‌لرزید، گفت:

- رضا، رضا جان. خوش اومدی ولی...

سرهنگ بُغض کرد و گریسته بود. البته لابه‌لای گریه‌هاش گفته بود که در این سال‌ها چرا خبری ازش نگرفته بود. آن‌هم با لحنی معصومانه. مهین‌بانو در آن لحظه برادرش را شکننده یافته بود. آنقدر شکننده که هیچ حس خوبی نسبت به خودش نداشت. احساس می‌کرد که در حق برادرش بی‌مهری زیاد روا داشته بود. به‌گونه‌ای که برای این‌که اشک‌های سرهنگ را نبیند رو برگردانده و به افقی که در چشم‌انداز پنجره می‌دید چشم دوخته بود.

مهین‌بانو باز نگاه از لای در برگرفت و سرش را از روی قالی برداشت. سردرد و بدن‌درد داشت. اندکی هم دلهره و چشم چپش مُدام می‌پرید. احساس مریضی می‌کرد و این حس خوشحالش کرد. در آن هنگام میل به ناخوشی زهرخندی بر گوشه‌ی لبش نشاند و میل به بیهودگی و مقاومت در برابر خواب خسته‌اش کرده بود. در آن لحظه این جهانی که متعلق به او بود را نمی‌خواست. درست در سال تحویل یکی از همین سال‌های اخیر بود که جهانِ ساخته شده در ذهنش را نابود شده پنداشته بود. جهانی کاملاً فنا شده. و مدام تشرآمیز و وهم‌آلود به خودش نهیب

می‌زد که در جهان او خنده از زیبایی‌ها را دیگر نمی‌شنود. آن قهقهه‌ای که تن و روانش را در چنگِ آرامش بفشرد را در شرمی می‌دید که گونه-هایش را به سرخی می‌کشاند. دستانش را در هوا تکان داد. تو گویی تصویری را هَی پس می‌زد. برای رهایی از حُفره‌ای که دهان گشوده بود تا او را درسته در خود فرو ببرد دلش می‌خواست رضا از آن‌سوی باغ دلِ تاریکی شب را بشکافد، قدم به عمارت بگذارد و از پله‌های سرسرا بالا بیاید و بدون کوچک‌ترین مکثی لای در را باز کند، تو بیاید و درست در کنارش دراز بکشد. و بی‌آن‌که رد نگاهش را دنبال کند، لبانش را ببوسد، گردنش را ببوید و نفس‌های مردانه‌اش او را به اوج لذت گمشده‌اش ببرد. "آری لذت گمشده‌ام." نیم‌خیز شد. سرش به دوار افتاد، داغ شد، سرد شد، و احساس می‌کرد سمت راست بدنش به طرف دری قدیمی کشیده می‌شود. در کهنه بود و بوی نا می‌داد. آن را دوست نداشت. هم آشنا بود و هم به مانند غریبه‌ای به رویش تُف می‌انداخت. آزارگری بود که به قضاوت جسمش آمده بود. چنگ به روانش که می‌انداخت بدنش تاب برمی‌داشت. می‌خواست خودش را از دست نیرومند آن قضاوت ریشخندآمیز که بر کینه و تحقیر استوار بود، رها کند. اما رفته‌رفته خود را در دستان وهم‌آلودش گرفتار می‌دید. لبانش را گست و با بازوبسته کردن پلک‌هایش به سمت در چرخید و چشمانش را غرق آن ذره روشنایی لای در دید. سراسر وجودش در چنگالِ گرمایی طاقت‌فرسا داشت آب می‌شد. تنش به خیسی نشسته بود و تمام توان خودش را به کار برد که به لذت گمشده در زندگی‌اش بیاندیشد. جاه‌طلبی‌های به حسرت نشسته‌اش یکی پس از دیگری دست بر تن خسته و تب‌زده‌اش می‌کشیدند. خودخواهی و حسد در بخاری از عصیان و پوچی بوی طبیعت دست‌خورده در هوای زندگی‌اش را پوشاند. براستی این جدایی میان او و زندگی را مگر همین بوی وامانده پُر می‌کرد. آرام‌آرام داشت فراموش می‌کرد که در کجاست و چه می‌کند! بار دیگر بی‌اراده دستانش

را به مانند پاندول ساعتی دیواری در هوا تکان داد. چشمان نمناکش را گشود. پنجره‌ی تاریک، ستاره‌ها را پس زده بود و عین زورقی سرگردان در چشم‌خانه‌اش بالا و پایین می‌کرد. بی‌اختیار بر قالی پهن شد و دیگر به‌جز نفس‌های بلند پُر زحمت، بدنش از تکان‌خوردن افتاد. این‌بار خودش را دید جوانِ‌جوان با موهایی یکدست سیاه که از اتاق بیرون می‌رود. خروپُفِ مادرش به او جرأت می‌دهد که از کنار اتاقش عبور کند و با واهمه‌ای کمتر درست بالاسر رضا بایستد و به چهره‌ی خواب‌رفته‌اش زُل بزند. شاید اگر کسی در راهرو رد نمی‌شد، خم می‌شد و گونه‌ها و لب‌های رضا را غرق بوسه می‌کرد. مهین‌بانو میان تب و هذیان مثل برق‌گرفته‌ها از جا پرید. با چشمانی باز به دل تاریکی خیره شد. به یکباره یاد طرز نگاه‌های مزاحم شمسی افتاد. شمسی سر میز شام نگاه‌های او و رضا را رد گرفته بود و با هر تلاقی چشمی پوزخندی تحویل‌شان داده بود. برای اولین‌بار کینه‌اش را به دل گرفت. و در آن تب، خیسی بدن و سردردِ زیاد چانه‌اش را کمی پایین آورد و سرش را به این‌طرف و آن‌طرف تکان داد. بود و نبود شمسی کوچک‌ترین ارزشی برایش نداشته بود. ولی حالا احساس می‌کرد که در طی این سال‌ها مار در آستین پرورش داده بود. بار دیگر به پشت خوابید و تمام زوایایِ بدنش را روی قالی یله کرد. احساس می‌کرد به خویشتنِ خویش خیانت کرده است! به بدنش خیانت کرده است! به موهایش که در انتظاری یأس‌گونه جوگندمی شده بود خیانت کرده است! همین احساس را کمابیش نسبت به تمام آدم‌های دوروبرش داشت.

۶

در آن صبح زود آفتاب همه جا پهن بود و رضا پشت میز آشپزخانه با دفتری گشوده در پیش‌رو و با نوای تاری که درونش را از انتهای شب گذشته درگیر خودش کرده بود، چای می‌نوشید و متفکرانه از سیگار کام می‌گرفت که فاطی‌جان با شتاب از پله‌ها پایین آمد و بی‌اعتنا از کنارش عبور کرد. فاطی‌جان دوست نداشت غریبه‌ها در آشپزخانه‌ای که خود را مالک آن می‌دانست لَم بدهند و وقت تلف کردن‌هایشان را در آن‌جا بگذرانند. در آن‌صورت به قول خودش؛ دست‌ودلش به کار نمی‌رفت. رضا دفتر را بست، قلمش را بر آن گذاشت و بعد به سمت فاطی‌جان واچرخید و پرسید:

- حاله مهین چطوره؟

فاطی‌جان با غُرولُند سماور را پایین کشید و بی‌آن‌که سربرگرداند با لحنی حق‌به‌جانب، گفت:

- چشم بخیل و حسود کور، بزنم به تخته، امروز حاله خانم‌جان یه کمی بهتره!

رضا فتیله‌ی سیگار را در زیرسیگاری له کرد، آخرین جرعه چای‌اش را نوشید، از پشت میز بلند شد، قلم را در جیب پیراهنش فرو کرد، دفتر جلد چرمی‌ای که همیشه در آن می‌نوشت را از کنار فنجان خالی برداشت و با پیچیدن صدای پاشنه کفشش در آشپزخانه رو به درخت‌های تناور باغ قدم برداشت. هوا گرم بود و رضا پیراهن سفید آستین کوتاه با شلواری کتان به همان رنگ بر تن داشت. میل داشت کمی در باغ پرسه بزند و بعد مابقی روزش را در کلبه چوبی بگذراند تا بلکه با جمع‌وجور کردنِ افکارش توانایی نوشتن چند خط را پیدا کند. در آن چند ماه اخیر احساس می‌کرد قدرت پی‌گیری مطالبی که در سر می-

پروراند را از دست داده است. همین‌که چند خط می‌نوشت افکار متضادی سراغش می‌آمد و تاب ادامه آن را در خود نمی‌دید. گویا همه چیز در منظرش رنگ باخته بودند. او دیگر نه آرمان‌گرایی سابق را داشت و نه درک درستی از کشورهای جهان سومی که عمری درباره‌ی آن‌ها و مشکلات اجتماعی-سیاسی‌شان نوشته بود. با وجود مطالعه‌ی عمیق و فراوان و پی‌جویی‌های مستمر در این زمینه به یکباره شک و تردید بزرگی سراغش آمده بود. و در پی آن اندیشه‌ی پُر بیراهه رفتن در تمام این سال‌ها خوره جانش شده بود. برخی مواقع رشته افکارش بر بی‌معنایی و بی‌رنگی تام و تمام راه می‌رفت. چندان‌که در این بی‌معنایی و بی‌رنگی هیچ اندیشه محکمه پسندی او را به خود جذب نمی‌کرد و دست‌آخر فکر می‌کرد که در آخرین غروبی که زندگی را برای همیشه به شب می‌سپرد قرار گرفته است. در آن هنگام طعم دهانش تلخ می‌شد و با خشم تُف می‌کرد و حالت چهره‌اش عوض می‌شد.

صبح دلفریبی بود و رضا مابین درخت‌های تناور راه می‌رفت که بار دیگر نوای تار خلجانِ روانش را لرزاند و زیرلبی به زمزمه‌اش نشست. اما هر چه زور می‌زد نمی‌توانست سرچشمه‌ی حس ناخوشایندی که از صبح زود بهش دست داده بود را فقط به این نوای تار ربط بدهد. آن لحظه را به جستجو نشست که دیروز همراه با شمسی در یک آن تارِ غبار گرفته-ای را در سه کنج زیرزمین این عمارت بزرگ یافته بود. پس از مکثی کوتاه به طرف تار رفته بود و آن را برداشته و بلافاصله نوای تارِ فراموش شده‌ای پس از سال‌ها درونش را به گرمای از دست‌رفته‌ای سپرده بود که انگار باستان‌شناسی کار کُشته از دل خاکِ زوال‌گرفته‌ی تاریخِ مدفون شده‌ای آن را دوباره بیرون آورده و بار دیگر در دستان ماهر نوازنده‌ای چیره‌دست به ناله درآورده است. اما حالا نادلپذیری درونش را نمی‌خواست تنها به یافتن این تار و نوای سحرانگیز بسیار کهنه‌اش پیوند بدهد. حتماً چیزهایی ناخوشایند و یا حتی خاطرات زیبای دیگری نیز

چاشنی‌اش بودند که به این حس دردآلود دامن می‌زدند، اما در آن لحظه توانایی یافتن هیچ‌کدام از آن‌ها را در خود نمی‌دید. زیرا دستی از درون آن را پیوسته رد می‌کرد. انگار برخی از دندان‌های خطوط صیقل‌نخورده-ی افکارش هم در این میان درهم می‌لولیدند و مانع رفع آن حس ناپسند می‌شدند. ولی هیچ دوست نداشت با یاد نوای تار این ناپسندی ناشناخته مُدام وجودش را در چنگِ خود بفشرد. او تار را دوست داشت و زمانی تار می‌نواخت و از میانِ نوازندگان تار و سه‌تار نوازندگی صبا را بیشتر از سایرین می‌پسندید.

این نوای تار، دست از دل و درونش نمی‌کشید! سکرآور و شیرین بود، اما آزار به همراه داشت و قلبش را داشت از سینه به درمی‌آورد. رضا تار را برداشت و با آوایی سرزده دست بر سطح گردوخاک گرفته‌اش کشید. نور کرخت کننده‌ای همراه با غباری معلق و پراکنده وی را به یاد نوجوانی‌اش انداخت. در آن زمان هر پنجشنبه تار را برمی‌داشت و با گذر از کوچه‌های باریک سنگلج، خودش را به خانه‌ی استاد "ماهر" می‌رساند تا در محضرش تارنوازی یاد بگیرد. شمسی وقتی‌که رضا را محو تار دید پرسید:

- این چیه؟

رضا طوری نگاهش کرد که شمسی جا خورد. رضا گفت:

- این تار در زیرزمین خونه‌ی شماست اونوقت از من می‌پرسی این چیه؟!

شمسی دلخور از حرفی که نیش بزرگی بر قلبش زده بود، گفت:

- باور کن نمی‌دونم.

رضا خونسرد پرسید:

- در این عمارت کی تار می‌زنه؟

شمسی با تعجب گفت:

- هیچ‌کس.

رضا با سماجت گفت:

- پس این تار اینجا چه غلطی میکنه؟

شمسی گفت:

- من نمیدونم. هیچوقت نپرسیدهام و به این ساز اهمیت ندادهام و کسی رو هم در این عمارت ندیدهام تار بزنه. من حتی نمی‌دونستم اسم این ساز تاره.

رضا در حالیکه محو تار شده بود سرش را تکان داد، بُهت‌زده و ناراحت با کف دست گردوغبار روی تار را زدود. چهره‌اش آن‌چنان درهم شده بود که شمسی جرأت پرسیدن هیچی در خود ندید. رضا در آن لحظه به این می‌اندیشید که انگار این تار را زمانی جایی دیده است ولی یادهای گردوغبار گرفته‌اش یاری‌اش نکردند.

رضا در نیمه‌های راه ایستاد و سرش را بالا گرفت. شاخه‌ی درختان آن‌-چنان درهم تنیده بودند که به سختی می‌توانست آسمان را ببیند. برای یک لحظه به ذهنش رسید که قدم‌زدن میان این درختانِ بهم فشرده را رها کند، قید رفتن به کلبه را هم بزند و به اتاقش برگردد تا برای دوستی که مدت‌ها بود خبری از او نداشت نامه‌ای بنویسد و او را آگاه کند که به ایران بازگشته و وقت دیداری تازه است. از سر نارضایتیِ غریبی، سری جنباند و این وسوسه نیز از سرش پرید. شاید دیوارهای خانه‌ی آن‌سوی عمارت، ناخرسندی بی‌دلیلی در دلش می‌انداخت و او را از میل به زیاد ماندن در آن‌جا بازمی‌داشت؛ چه برسد به این‌که میان آن دیوارهای قدیمی بنشیند و با فراغت بال نامه بنویسد. دوباره اشتیاق دیدن "تار" در درونش لرزه‌ای انداخت . تار هنوز در زیرزمین بود و رضا از این‌که تار و اصالت وجودش در زیر خروارها غبار از نواختن محروم مانده، برافروختگی عجیبی را زیر پوستش دواند. در آن‌حال نسیم خنکی که لابه‌لای درختان پیچیده بود و بر پوستش لذتی نامحسوس می‌بخشید

او را از تمام آن فکرهای نصفه‌نیمه باز داشت و قدم زدن در باغ را از سر گرفت. اما با سعی فزاینده‌ای درونش را معطوف مهین‌بانو کرد.

رضا دلش به پیغام مهین‌بانو خُرسند نبود؛ از این‌که تنها یک سرماخوردگی ساده دارد و به همین دلیل نمی‌خواهد او را ببیند. بر این مبنا افکار ضدونقیضی سراغش می‌آمد؛ مثلاً شاید مهین‌بانو دچار بیماری لاعلاجی است و آن را از او پنهان می‌کند. در آن لحظه چشمانش را بست و چانه‌اش را به سمت پایین گرفت. "مهین هنوز دوستم دارد!" این نجوا همچون خیال در ذهنش نشست و خطوط چهره، اندام، حرکات و نوع نگاه‌های میل به گریزش را به‌خوبی به یاد آورد. در نظرش مهین‌بانو با آن حرکات و چشم‌ها توانایی پنهان کردن خودش را نداشت. هر چند رضا در آن چند روز به این نتیجه رسیده بود که شاید در این عمارت رازهایی نهفته باشد و مهین‌بانو ممکن است در جهانی سر به مُهر زندگی کند. از این فکر لبخندی زد و با دوری از این افکار چشمانش را به میان درختان گرداند. در همان لحظه تنها به همین اکتفا کرد که ترکیب زندگی آدم‌ها متفاوت است. بنابراین به سرعت به این فکر افتاد که چگونه می‌تواند این چند ماه را در جایی بگذارند که از همان ابتدا حس خوبی نسبت به آن نداشت. رضا وارد جایی شده بود که دوستان قدیمی‌اش، سرهنگ و مهین‌بانو، با آن دورانی که او از آن خاطره داشت و تجربه‌هایی که از آن‌ها آموخته بود، تفاوت‌های زیادی پیدا کرده بودند. به گونه‌ای که بازشناسی دوباره‌ی آن‌ها را نیازمند زمان بود. در همان لحظه افکارش حول این مسئله می‌چرخید که این خواهر و برادر از سرنوشت حقیقی‌شان چقدر فاصله گرفته‌اند! اصلاً خود او چقدر تغییر کرده! آیا او هم در این سال‌ها به دور از سرنوشت حقیقی‌اش زندگی کرده؟! سرش را بالا گرفت و زیر لب گفت:"سرنوشت حقیقی کدام است؟!"

دیروز تُک‌پاییِ به اتاق سرهنگ رفته بود. پرستار بدن استحمام شده‌اش را با حوله خشک می‌کرد. بدنی نحیف و نزار. روزگاری سرهنگ آن‌چنان سرزنده و سردماغ بود که به فکر هیچ‌کس نمی‌رسید به چنین حالِ غم‌انگیزی برسد. اما به نظر رضا، نشانه‌های گذرِ زمان همواره به یاد آدمی می‌آورند که تیک‌تاک ساعت بی‌رحم چطور بدون هیچ‌گونه توجه به آنها به حرکت ادامه می‌دهد. رضا پای تخت ایستاده بود که از نگاه‌های سرهنگ فهمید او تمایلی به دیدن وضعیتش ندارد. بنابراین عُذری آورد و خواست بیرون برود، اما سرهنگ دستش را بلند کرد و با بازوبسته کردن پلک‌هایش به او فهماند که همان‌جا بماند. پرستار کارش که تمام شد، ملافه‌ها و لباس‌های چرک سرهنگ را برداشت و با تبسمی به روی رضا پایین رفت. سرهنگ با نفس‌های بلندی که می‌کشید از لبه‌ی تخت بلند شد و گفت:

- بیا کمی بنشینیم و از گذشته‌ها بگوییم.

رضا جلو رفت تا کمکش کند روی صندلی بنشیند، اما سرهنگ با بدخُلقی چانه‌اش را تکان داد و او را متوقف کرد. هر دو کنار پنجره روبه‌روی هم نشستند. سرهنگ عصایش را به طرف خود کشید و با تکیه بر دسته‌ی مرصع آن با پوزخندی گفت:

- از زندگی در این عمارت دورافتاده راضی هستی؟! این‌جا مثل سرزمینی می‌مونه که همه‌چیز رو داری و هیچ چیز نداری. علف هرز زیاد داره. این باغبونِ پیر هم فکر نکنم بتونه به همه‌ش برسد.

رضا با کمی مکث، که گویی کلمات دورافتاده، راضی و هیچ و هرز را در ذهنش بالا و پایین می‌کرد، گفت:

- عمارت خیلی بزرگیه، نگهداری ازش باید خیلی سخت باشه.

سرهنگ کمی در فکر فرو رفت. او که از درون هنوز با خود به صلح نرسیده بود، سری تکان داد و چیزی نگفت. در آن لحظه رضا فقط نگاهش می‌کرد. او هم انگار حرفی برای گفتن نداشت. یا شاید هم چیزهای زیادی برای گفتن وجود داشت، ولی حق تقدم را به سرهنگ می‌داد. سرهنگ که تا آن هنگام تکیه به عصا کمی خم شده بود به آرامی کمرش را راست کرد و با قرار دادن دست‌هایش روی دسته‌ی عصا، گفت:

- آدم گاهی از شدت حرف‌های ماسیده بر دل به این نتیجه می‌رسه که حرف نزنه بهتره!

رضا کمی جلو آمد و گفت:

- حق با توست.

سرهنگ کاملاً تکیه به صندلی داد، عصایش را میان انگشتانِ بی-توان دست راستش گرفت و با لحنی پر از غیض، گفت:

- چرا به این خراب شده برگشتی؟! اینجا فاضلاب بزرگیه که مردم تا گردن در گُه و کثافت غرق شدن. اومدی اینجا چه گُهی بخوری؟!

رضا دستانش را بر دسته‌ی صندلی گذاشته بود و به چشمان پیر، خسته و چروکیده‌ی سرهنگ نگاه می‌کرد. او نمی‌دانست آیا باید این حرف را توبیخ شده پندارد یا چیزی دیگر. بلافاصله روزهایی را به یادش آمد که همین سرهنگ در آستانه‌ی کودتای ۲۸ مرداد سال ۱۳۳۲ سخنرانی‌های آتشین وطن‌دوستانه‌ای در حمایت از رنج‌دیدگان، زحمت‌کشان و پابرهنه‌های همین سرزمین ایراد کرده بود. در آن زمان صدایش رسا و بلند بود و با شجاعت، سیستمی را هدف حمله قرار می‌داد که هیچ‌کدام از حاضرین در آن جمع دل خوشی از آن نداشتند. اما حالا همان وطن عزیزش را که عاشقانه دوستش داشت، خراب شده خطاب کرده بود. رضا پای چپش را بر پای راست انداخت و با تنگ کردن چشمانش، گفت:

- مدت‌ها بود که می‌خواستم چند ماهی به وطن برگردم و بعد به همان جایی که در حال حاضر زندگی می‌کنم، بروم.

سرهنگ مدتی به چهره‌ی دوست قدیمی‌اش خیره شد، گویی می‌خواست از دل این صورت، رگه‌هایی فراموش شده از گذشته را پیدا کند. عاقبت تشرآمیز، گفت:

- حالا این جایی که زندگی می‌کنی اسم نداره! مثل محافظه کارای ساواکی حرف از دهانت میاد بیرون! دست‌بردار، خسته شده‌ایم از این همه رندی سرگیجه‌آور.

رضا خندید و گفت:

- در سه سال اخیز فرانسه زندگی می‌کنم اما قبل از آن در لهستان بودم.

سرهنگ با واژه‌هایی که در دهانش خوب نمی‌چرخید، گفت:

- لهستان! پس سال‌های زیادی رو پیش برادران کمونیست گذرانده‌ای!

بعد از مکثی کوتاه با نفرت، گفت:

- گندتان بزند. گندتان بزند.

از آن‌جایی که رضا سرهنگ را کمونیست می‌دانست، معنایِ نفرت کنایه‌آمیز او را نفهمید و در پی آن، از پرسیدن چیزی خودداری کرد. تنها چیزی که به ذهنش رسید این بود که شاید سرهنگ هم مانند بسیاری دیگر از افکار کمونیستی و افکارش دست کشیده و امروز در بیزاری از گذشته روزگارش را می‌گذراند. اما چیزی که در حال حاضر می‌دید بیشتر به رنج کشیدن شباهت داشت تا زندگی. سرهنگ پلک‌های خسته‌اش را روی هم گذاشت و با صدایی نیشدار که از ته چاه به گوش می‌رسید، گفت:

- تو هیچ تغییری نکرده‌ای! همان آدم مارموز و آب‌زیرکاه به نظر می‌رسی. فقط چشم‌هایت تُهی از زمان و خیال شده‌اند.

اگرچه در گذشته‌های دور سرهنگ این حرف را جدی و شوخی به او گفته بود، اما در آن لحظه رضا با پوزخندی خود را به نفهمی زد و طوری به سرهنگ نگاه کرد که گویی برای اولین‌بار در زندگی‌اش او را می‌بیند.

سرهنگ پاشنه‌ی سرش را بر پُشتی صندلی تکیه داد و لحظاتی سکوت مابین‌شان پرسه زد. رضا بالاخره دل به دریا زد و گفت:

- هوشنگ، می‌دونم حرف زدن در مورد بعضی مسائل شاید برات عذاب‌آور باشه، اما من خیلی دوست دارم از پسرت علی بشنوم. از کارایی که کرد و نوع تفکرش.

سرهنگ به آرامی صورتش را به سمتِ روشنایی پنجره چرخاند و با گردش مردمک چشمانش نوک زبانش را در انتهای لب‌هایش فشرد و بعد به آسودگی دهان گشود و گفت:

- علی تمام زندگیم بود. اینو زمانی فهمیدم که پسرم رو برای همیشه از دست دادم. گاهی،... هرازگاهی... خودم رو نکوهش می‌کنم که چرا پسرم رو طوری بار آوردم که همچین سرنوشتی دامنگیرش بشه! من مقصرم!... این روزای عذاب‌آور برام کمه. ای کاش به پسرم معنای خوب زندگی کردن رو یاد می‌دادم... نه مبارزه در برابر مغزی که میخ فولاد هم در اون فرو نمیره. اصلاً تفکر خوب زندگی کردن درمملکت ما با گِل و خشت خام درست شده. این‌جا هیچ‌وقت رنگ آسایش ندیده و نمی‌بینه.

رضا بی‌درنگ گفت:

- خوب، تو حتماً فکر می‌کردی که آرمان‌گرایی و مبارزه در راه آزادی بهترین گزینه برای رسیدن به یه زندگی خوبه. تو خطایی مرتکب نشدی، سیستم از بیخ و بن فاسد و ویرانگره.....

سرهنگ صورت خسته‌اش را رو به رضا گرفت و گفت:

- من گُه می‌مالم به تموم آرمان‌های آدم‌کُش و زندگی‌کُش... در این سیستم فَشَل هم چهارتا آدم کون‌نشور مادرجنده بودند و هنوز هم هستند که به جز خودشون کسی دیگه رو تاب نمی‌آورند. ما مبارزه نکردیم،... ما لجبازی کردیم.... ما افکارمون را الک نکردیم، ما و اونا، هردو در نفی همدیگه قداره برای هم کشیدیم. پسر نازنینم رو سر هیچ به جوخه‌ی اعدام سپردند. اینو می‌تونی بفهمی یا درک کنی؟! نه، هر گز نخواهی فهمید. تو رفتی و ما موندیم برای رنج کشیدن و به خاک سپردن عزیزانمون.

سرهنگ با کفی که دور دهانش به سفیدی می‌زد به سُرفه افتاد. رضا سریع از روی صندلی بلند شد و به سمت میز رفت، لیوانی آبِ نصفه نیمه از روی میز برداشت و به دست سرهنگ داد. سرهنگ جُرعه‌ای نوشید و لیوان را پَس داد. کف دستش را دور لب‌هایش کشید و با گرداندن مردمک چشمانش به اطراف، گفت:

- یه نخ سیگار بهم بده. لطفاً.

رضا پاکت سیگار را از جیبش درآورد و با بیرون کشیدن نخی آن را گیراند و به دست سرهنگ داد. سرهنگ با گرفتن کامی عمیق از سیگار، چشمانش را بست. صورتش بی‌رنگ بود و دستانش می‌لرزید. رضا ایستاده بود و به چشمانِ نیمه‌باز، صورت نحیف، موهای ریخته و دهانی که حریصانه از سیگار کام می‌گرفت نگاه می‌کرد. در طرز نگاهش، بُهت و ناباوری موج می‌زد. تو گویی از خود می‌پرسید: "این مرد کیست؟ آیا من او را می‌شناسم؟" رضا در درونش این دست از پرسش‌ها را سبک سنگین می‌کرد که آیا پس از این همه سال برگشته بود تا با چنین منظره‌ای روبه‌رو شود؟ برای لحظاتی سردرگم شد! گویا روح زمان از ایستادن زیاد خسته شده بود و آدم‌هایِ این خطه زیر سایه‌های این روح

فسرده و پُر از زخم و زیلی، جان به دربردگان زندگی شده بودند که معنای زندگی را گُم کرده بودند! شاید هم نه، خود زندگی را کشته بودند. رضا در زندگی‌اش آدم‌های شکست‌خورده‌ی زیادی دیده بود. در لهستان کسانی را دیده بود که زیر سایه‌ی کمونیست شوروی، بیزاری از زندگی را تجربه می‌کردند. تحصیل‌کرده‌هایی را ملاقات کرده بود که زیر انواع فشارهای سیاسی، شغل‌شان را از دست داده بودند و با تَن دادن به کارهای سخت یا جاسوسی برای حکومت دست‌نشانده، در هاله‌ای از ترس و خوف روزگارشان را سپری می‌کردند. برخی از آن‌ها طاقت آن همه ستم را نداشته و به زندگی‌شان خاتمه داده بودند و پس از خود غبار خاکستری جانکاهی به جا گذاشته بودند. در آن روزگار، دوروبرش آنقدر آدم‌های مفلوک بی‌شمار زیسته بودند که کلمه‌ی طغیان را در وجودشان رَخت بربسته می‌دانست. در سکوتی مرگبار زندگی را به مانند نخی سیگار آرام‌آرام می‌سوزاندند.

در آن لحظه رضا هیچ میل نداشت به تضادهای خود و دیگرانی که سال‌ها بود آنان را در هیچ‌جایی ندیده بود و اکنون نیز شناختی ازشان نداشت، بیاندیشد. او حتی دیگر علاقه‌ای به مهین‌بانو نداشت. سال‌ها بود که آن علاقه پر کشیده بود و به‌جز خاطره‌ای خوش چیزی ازش باقی نمانده بود. زمان آشنایی‌شان آنقدر کوتاه بود و رابطه‌شان آنقدر پنهانی که مجالی برای شناخت و مراوده‌ی بیشتر نداشتند. او بعدها حتی به آن چند ماه آشنایی خندیده بود. قهقهه‌ای پنهانی. نیز خوب می‌دانست هوسِ مردانه‌ای بوده در برابر زنی زیبا و بیش از حد باوقار. در گذر مهاجرت اجباری‌اش با زنانی رابطه برقرار کرده بود که راست در چشمانش خیره می‌شدند و با سینه‌های برآمده و اندامی هوسناک جلوش می‌ایستادند تا رضا گونه‌ها، لب‌ها، و زیر گردن‌هایشان را ببوسد و بی‌هیچ معطلی از سراسر بدن‌های تشنه در آغوش‌شان کام بگیرد و دیوانگی کند. در آن دیوانگی‌ها نه وقاری وجود داشت و نه عشقی سوزناک که او را از

نوشتن و کارهای سیاسی درخفایی که انجام می‌داد بازدارد. او روزی که از ایران رفت الماس وجود هر آرمانی را از خود دور کرده بود و آن را با مدفوع و روح نامتناهی‌اش یک‌جا دور ریخته بود. اما اکنون با چشمان مضطرب زمانه‌ای روبه‌رو شده بود که ریشه در زمین دوانده و اگر دوباره سر از خاک گِل‌آلود برمی‌آورد به سیلابی می‌مانست که به همه چیز میل تجاوز داشت. رضا پیش خودش فکر می‌کرد که به دهان و دندان‌های پوسیده‌ی مکانی بازگشته که آدم‌هایش عین دندان‌های سیاه و کرم‌-خورده، آخرین روزهای زندگی‌شان را در نفرت و بیزاری از گذر زمان داشتند سپری می‌کردند. در آن لحظه یاد جوانی چون شمسی افتاد و احساس کرد میل به خوابیدن با او را دارد. دستی روی شانه‌های ضعیفِ سرهنگ گذاشت و به آرامی اتاق را ترک کرد و هنگام پایین آمدن از پله‌ها، عطش دست کشیدن بر پستی و بلندی‌های بدن شمسی تمام وجودش را قبضه‌ی خودش گرفته بود. با فرود آمدن بر آخرین پله، فاطی‌جان را دید که با جدیتی زیاد شیشه‌ی پنجره‌های ورودیِ رو به باغ را دستمال می‌کشید و چشمان لوچش را بر او دوخته بود. رضا بدون توجه به فاطی‌جان و طرز نگاه شک‌آلودش، سمت راست راهرو منتهی به حیاط کوچک را در پیش گرفت و جلو آخرین در سمت چپ راهرو که پنجره‌اش رو به باغ بود ایستاد و بی‌آن‌که در بزند وارد اتاق شد. شمسی زیر نور همیشگی آباژور، لب تخت نشسته بود و کتاب می‌خواند. با دیدن چهره‌ی منقلب رضا یکه‌ای خورد. کتاب را گوشه‌ی تخت انداخت و با لبخندی هوس‌آمیز، گفت:

- اتفاقی افتاده؟!

رضا با صورت افروخته وسط اتاق ایستاده بود و از حس تجاوز نَفَس‌نَفَس می‌زد. در آن لحظه چشم به سینه‌ها و پاهای نیمه لُخت شمسی دوخته بود. شمسی با پاهای نیمه‌باز و دستانی که دو طرف بدنش به حالت تسلیم و رضا وِل شده بودند، حس هم‌آغوشی را در رضا بیشتر برمی‌-

انگیخت. او با نگاهی نیمه‌خوشایند و با حرکت چانه‌اش به سمت صندلی کهنه‌ای در کنار تخت، گفت:

- اگه میل داری این‌جا بشین.

رضا در میانه‌ی اتاق مدتی دیگر به همان حال ماند. به یکباره تو گویی پیام شرم را دریافت کرده باشد، دستی تند به صورتش کشید، چانه‌اش را رو به سقف گرفت و با حالتی مالیخولیایی، گفت:

- با یه قدم‌زدن موافقی؟

شمسی با چشمانی کنجکاو، گفت:

- البته، فکر خوبیه.

شمسی از جا که بلند شد رضا برای دوری از بدن او سریع از اتاق رفت بیرون و شمسی هم دنبالش راه افتاد. آن‌ها به فاصله‌ی دو قدم از همدیگر به سمت درخت‌ها رفتند بدون آن‌که صورت نیمه‌خشن و نگاه‌های پُر از سؤظن فاطی‌جان را دیده باشند. نرسیده به باغ، شمسی شتابی به قدم‌هایش داد تا به پای رضا برسد. او که اغلب شلوار می‌پوشید و لاقیدانه راه می‌رفت، در آن‌حال دامن گشاد قهوه‌ای نیمه‌بلندی به تَن داشت و موهایش را با گیره‌ی ساده‌ی قدیمی از پشت بسته بود. و در راه‌باریکه‌ی میانِ درختان در حالی‌که سرش تا شانه‌های رضا می‌رسید با هم‌آوردن دست‌هایش بر سینه، نگاه به پیش‌رو دوخته بود و به آسودگی اما خُرده‌بینی زیاد در کنار رضا قدم برمی‌داشت. رضا یک‌جوری مضحک به‌نظر می‌رسید. چهره‌اش درهم شده بود و نشانه‌های برافروختگی از آن می‌تراوید. بدنش هنوز داغ بود و میل به آغوش کشیدن شمسی زبانه‌های کوتاه داشت. آنقدر کوتاه که آرام‌آرام سردی قابل‌تحملی جایش را به بی‌قراریِ گرمای چند لحظه پیش زیر پوستش می‌داد. اما زمانی نبرد که شرم و تحقیر، سنگین و بی‌طاقت درونش را به توبره کشید. در آن‌حالِ سرگشته دستی بر چانه‌ی باریکش کشیده و از سرعت قدم‌هایش کاست.

شمسی سکوت میان‌شان را دوست داشت و میل به شکستن آن در خود نمی‌دید. رضا با سگرمه‌هایی تو رفته و با صدایی خشک گفت:

-   شمسی اجازه دارم یه چیزی ازت بپرسم؟

شمسی سرش را تکان داد و با نیشخندی ممتد، گفت:

-   آره بابا بپرس.

رضا با همان چهره‌ی دژم سرش را بالا گرفت و حین راه رفتن چشم به جاده دوخت و گفت:

-   تو بیکاری! منظورم اینه که جایی کار نمی‌کنی، درسته!

شمسی گردنش را عقب برد و از ته دل خندید. مثل این‌که چیز نامتعارفی در مورد خودش شنیده باشد، گفت:

-   نه بابا، کارِ چی! تو زندگی‌ام هیچ‌وقت کار نکرده‌ام. حوصله داری!

رضا خیلی جدی پرسید؟

-   واقعاً قصد پیدا کردن کار هم نداری؟!

شمسی صورتش را به سمت رضا گرفت و گفت:

-   من هیچ‌وقت بهش فکر نکرده‌ام. به‌نظرم برای پیدا کردن کار باید مدرک خوب و یا تجربه‌ی کاری داشته باشی و یا این‌که فنی بلد باشی که من هیچ‌کدوم از اینا رو ندارم.

رضا با سماجت گفت:

-   خوب، چرا برای کنکور شرکت نمی‌کنی؟

شمسی انگار بحث مورد مزاحی را گیر آورده باشد، باز خندید و پس از ریسه‌ای طولانی، گفت:

-   من دیپلم هم ندارم چه برسه به این‌که پاشم برم کنکور بدم. این چیزا هیچ‌وقت به ذهنم هم نرسیده. حالا چرا چیزای از ما بهترون رو از من می‌خوای؟!

رضا گفت:

لطفاً بهش فکر کن. تو که کتاب زیاد می‌خونی، یه سال فقط برای شرکت در کنکور بخون.

شمسی پرسید:

- خوب، کنکور و دانشگاه و تحصیل فایده‌اش چیه! مگه من باید چکاره بشم.

رضا گفت:

- فایده‌ش اینه که چشمات به روی هر چیزی باز میشه. چشم و دل بسته دیگه نیستی. درثانی کسی حق نداره برای تو تعیین تکلیف کنه که چکاره بشی یا نشی! این میل خودته که کاروبار مورد علاقه‌ات رو پیدا کنی. اما تحصیل فقط برای کار و منبع درآمد نیست بلکه فن چگونه زیستن هم درش هست.

شمسی با دودلی گفت:

- این چیزایی که میگی برای من دور از دسترسه. رسیدن به این چیزا سخته و منو میترسونه.

رضا گفت:

- بزن از این عمارت و باغ یه کم برو بیرون تا ترس از رویارویی با این چیزا از بین بره. تو ترس از زندگی کردن داری. این‌طور فکر می‌کنم. هنوز هیچ شناختی ازت ندارم. و می‌بینم که مُدام لای این درخت‌ها وول می‌خوری.

شمسی دستانش را در دو طرف بدنش آویزان کرد و با نیم‌خندی بر لب هیچ نگفت. او معنایِ پافشاری و یا پیشنهاد رضا را در این مورد نمی‌فهمید. اما از این‌که یکبار دیگر از جانب رضا مورد توجه واقع شده بود، حس خوبی بهش دست داد. رضا با اخمی که در صورتش پیدا بود دست‌هایش را تو جیب شلوارش فرو برده بود و برای این‌که چیزی گفته باشد با صدایی خشک، گفت:

- این درخت‌ها چقدر قطورند! حتماً سن‌وسال زیادی دارند!

شمسی پرسید:

- شما هیچ‌وقت این‌جا نبودین، نه!؟ این باغ رو می‌گم.

رضا سرش را تکان داد و گفت:

- نه، هیچ‌وقت. از تابستون سال ۳۲ ایران نبودم. همین چند روز پیش که برگشتم یه راست به این‌جا اومدم.

رضا دیگر نگفت در این تهران جا و مأوایی نداشت که برود. نه خانه‌ای و نه حتی یک وجب خاک که متعلق به خودش باشد. این را هم نگفت که پس از فرار از ایران در سرگشتگی‌ای که سراغش آمده بود، نخ ارتباط با گذشته و دوست و آشناهایش را یک‌جا بریده بود. فامیلی هم دیگر نبود تا باعث اُلفتی دوباره گردد. تنها فکری که در تمام این سال‌ها به ذهنش خطور می‌کرد این بود که بار دیگر به ایران بازگردد تا کوچه‌پس‌کوچه-های گذشته‌اش را بجوید. دوگانگی معنای این حس در دانستن و نداستنش آن‌چنان درهم حل می‌شدند که در پی تجزیه و تحلیلش برنمی‌آمد. انگار خسته‌اش می‌کرد.

شمسی که از او پرسید، این همه سال دوری از ایران را چگونه تاب آورده، رضا پس از درنگ ممتدی به آرامی، گفت:

- هم خوب، هم بد! چیز پیچیده‌ای در آن نبود. در ابتدا خیلی سخت گذشت ولی به مرور فقط تونستم خودم رو با محیطی که به آن وارد شده بودم مقایسه کنم!

شمسی که زور می‌زد مفهوم حرف‌های سربسته‌ی رضا را دریابد، گفت:

- در این مقایسه به چی چیزی رسیدی؟!

رضا گفت:

- یأس! مأیوس شدم!

شمسی با لحن دلسوزانه‌ای که تا به حال در قبال هیچ‌کس ابراز نداشته بود، گفت:

- مأیوس! آخه چرا؟! مگه چه اتفاقی برات افتاد؟!

رضا ابروهایش را بالا برد و ضمن تلاش برای چیزی که می‌خواست بگوید، گفت:

- آره،...آره من مأیوس شدم. اتفاق خاصی برایم نیافتاد و در این مأیوسی تنها من نبودم، خیلی‌ها به این یأس رسیدند. خیلی از هم‌نسل‌های ما خیلِ مأیوس‌ها هستند. وقتی‌که آدم‌های آن جایی که رفته‌ای خلاف خوانده‌ها و شنیده‌هایت ببینی، بی-گمان مأیوس می‌شوی. البته نمیشه فقط به این بسنده کرد، تعریف کردنش مثنوی هفتاد منه. من غرب و به ویژه سرزمین‌های کمونیستی رو لای کتاب‌ها شناخته بودم. و این به تنهایی کافی نبود. می‌بایستی از نزدیک می‌دیدم و به واقعیت‌ها پی می‌بردم.

شمسی با هیجان گفت:

- خوب این واقعیت‌ها چی بودند؟

اما رضا دیگر حرفی نگفت و حضور سنگینش شمسی را کمی ترساند.آن-ها مدتی در سکوت قدم زدند. ترس کم‌کم از وجود شمسی رخت بربست و جایش را به احساسی خوشایند و غیرمنتظره داد. شانه‌هایشان با برخوردهای هرازگاهی، گرمایی به تَن‌هایشان می‌داد که خشنودی تازه کشف شده‌ای به هردوشان می‌بخشید. در این بین رفته‌رفته حال رضا تغییر کرد. با رضایتی بیشتر و به دور از هر هراسی و یا شرمی وجود شمسی را حس می‌کرد و سعی داشت بر آن غلبه پیدا کند. حس عجیبی بود. حس در چنگ داشتن. او که عادت داشت با صراحت در هر موردی حرف بزند و حتی در برابر زنان این صراحت را به وقاحت می‌کشاند، دست‌کم در آن لحظه نمی‌خواست با انجام عملی و یا ابراز احساساتش شمسی را از خود برنجاند و یا دور کند. بنابراین با ملاحظه‌ای زیاد او را زیر نظر گرفت. گوشه چشمی به نیم‌رخ آرام با نیمی از دماغ و انحنای لب‌های خوش‌ریخت و پستان‌های برجسته شمسی افکند. لذت دست

کشیدن بر این بدن او را سر شوق آورده بود. در میانه‌ی صدای گام‌هایشان بر سنگ‌ریزه‌های میان درختان و پرواز و ناله‌ی پرنده‌ای هراس‌زده، رضا در همان دَم به این اندیشید که با حضور دختری جوان و زیبا چون شمسی می‌تواند آن چند ماه را در عمارت معتمد تاب بیاورد. رضا آرام‌آرام گرم صحبت شد و شمسی مجذوب خاطره‌های کوتاه و خنده‌دار او شوق را درو می‌کرد. حرف‌های این مرد که جذابیت خاصی برایش داشت او را به دنیایی می‌برد که بزرگ‌تر از عمارت معتمد و باغ بزرگش بود. دنیایی که وجودِ نازکش را بی‌تاب می‌کرد و برای تصاحب آن نیاز مبرم به رها شدن از شرایط موجودش بود. مرتب دل‌دل می‌کرد که این یادها تمام نشود و رضا از سخن گفتن باز نایستد. از آن‌سو برق چشم‌ها و نگاه خندان شمسی قند تو دل رضا آب می‌کرد. پس از کلی حرف زدن و خندیدن به ناگاه خود را جلو کلبه‌ی چوبی قدیمی سیاه نزدیک اصطبل دیدند. رضا با دیدن این کلبه به یکباره ساکت شد و پس از مکثی کوتاه، گفت:

- این‌جا چقدر دنج و دلچسبه! چه کلبه‌ی قشنگی!

شمسی با تعجب گفت:

- این‌طور فکر می‌کنید؟!

رضا با نگاهی عمیق به اطراف با اطمینان، گفت:

- البه، این‌جا خیلی محشره! مگه تو نظرت غیر اینه!؟

شمسی با غنچه کردن لب‌ها و تنگ کردن چشمانش، گفت:

- من این باغ و این عمارت رو دوست ندارم. از این‌جا خسته‌ام!

رضا در حالی‌که به سمت کلبه‌ی خالی می‌رفت، گفت:

- چرا دختر! مگه می‌شه آدم از خونه‌ی پدری‌اش خوشش نیاد! یا این‌که خسته‌ش کُنه!

شمسی نگاهش به غم نشست. بیرون از کلبه ایستاده بود و داشت رضا را می‌پایید که با کنجکاوی در کلبه قدم می‌زد و با دهانی نیمه‌باز چوب-

های رنگ‌ورورفته و نیمه‌سوخته اما استوار کلبه را وامی‌رسید. او خیلی دوست داشت معنای خانه‌ی پدری را از رضا بپرسد. و نیز میلی درونش را هر دم به این نیش می‌کشید که زبان باز کند و بیشتر از خودش بگوید. این‌که در این عمارت و یا به قول رضا، خانه‌ی پدری، کتک‌ها خورده، زخم‌زبان‌ها شنیده، قید رفتن به مدرسه را زده، سراسر لحظه‌های زندگی‌اش را در بیم‌وامید و اوهام و خیالات سپری کرده، پرده‌ی بکارتش را در اتفاقی متجاوزگونه در گوشه‌ای از زیرزمین بزرگ همین عمارت از دست داده است. شمسی هیچ‌کدام از این‌ها را نگفت. فقط لبش را گزید.

رضا وقتی که جلویش ایستاد او در سرزمین همیشه ناشناخته‌اش سیر می‌کرد. با نگاه‌های دقیق رضا که روبه‌رو شد به خودش آمد و گفت:

- این چهارتا چوب و تخته خوب چشماتو گرفته!

رضا بی‌اعتنا به سوالش، پرسید:

- کجا بودی؟! یه چیزایی ازت پرسیدم اما مثل این‌که نشنیدی، از بس تو خودت بودی!

شمسی با گونه‌هایی که از خجالت قرمز شده بود، گفت:

- جدی! اصلاً نشنیدم.

صدای دارکوبی از میان درختان، سکوت مابینشان را پُر کرد. انگار شبحی بود که بر خرابه‌های یک زندگی ناجور میخ می‌کوبید. رضا باریک‌بینانه به چشمان مانده در غم شمسی کمی زُل زد و در حالی‌که به کلبه‌ی خالی از سکنه‌ی پشت سرش اشاره می‌کرد، گفت:

- می‌خوام یه میزوصندلی پیدا کنم و برخی روزا این‌جا بنویسم. کمکم می‌کنی؟

شمسی دستی به موهایش کشید و با بازگرداندن لبخند بر لب‌هایش، گفت:

- در زیرزمین این عمارت اونقدر خرت‌وپرت ریخته که نگو. میزوصندلی زیادی هم اونجاست. بیا بریم اونجا.

این را گفت و بی‌دلیل زد زیر خنده. پژواک خنده‌اش در انبوه درختان باغ طنین انداخت. رضا سرش را رو به اطراف چرخاند و با شگفتی از پیچیدن صدای خنده‌ی شمسی در لابه‌لای درخت‌های تناور، در آن محیطِ هنوز ناشناخته، میل به آغوش کشیدن تک‌تک‌شان تمام وجودش را فرا گرفت. او دیگر آن‌ها را همچون درخت نمیدید؛ تَن‌هایی بودند لُخت‌وعور، که ذهنِ سراپا خالی‌اش را در آن لحظه پُر می‌کردند، تزئین و زیبا می‌نمودند، و دوست داشت زبان بر تنه‌ی زبر آن‌ها بکشد، با آن‌ها بخوابد، با آن‌ها بیامیزد، اما از فکر این‌که بخواهد با آن‌ها جفت‌گیری کند، خنده‌اش گرفت. شمسی با بُهتی مورد پسند بهش خیره شده بود و هیچ نمی‌گفت. رضا چند قدمی به طرف اصطبل رفت و بعد ایستاد و رو به شمسی، گفت:

- چندتا اسب دارید؟

شمسی از آهنگ لحن رضا که او را هم مثل سایرین مالک اسب‌ها خطاب کرده بود یک‌جورایی یکه خورد. آمد و کنارش ایستاد و با همان بُهت و نیم‌خند، گفت:

- هفت‌تا اسب. اما هیچ‌کدوم‌شون به من تعلق نداره.

رضا گردنش را کج گرفت و خیلی جدی، پرسید:

- منظورت چیه؟ پس این اسب‌ها ماله کیه‌اند؟

شمسی آب دهانش را قورت داد و با صدایی خیلی پایین و بی‌اعتنا، گفت:

- این اسب‌ها متعلق به مهین‌بانو، کیانوش و پوران هستند.

در این لحظه چند پرنده از روی شاخه‌های صنوبر پریدند. رضا که چشم از شمسی برنمی‌داشت، گفت:

- کیانوش و پوران چه نسبتی با تو دارند.

شمسی مردد گفت:

- پوران خواهرمه، البته خواهر ناتنی، و کیانوش پسرشه. پوران از زن اول معتمدِ.

رضا بلافاصله پرسید:

- و تو از زن چندم پدرت هستی؟

شمسی گفت:

- هیچ‌کدوم، من از زن صیغه‌ای معتمد هستم.

سکوت تلخ و سنگینی افتاد. رضا چشم از شمسی برنمی‌داشت و همین او را معذب کرده بود. چشمان رضا به لب‌هایش دوخته شده بود. این لب‌ها درست در یک وجبی‌اش بودند. اما معلوم نبود رضا در آن لحظه به چه چیز فکر می‌کرد؟! به اینکه شمسی باز حرف بزند؟! و یا این‌که با اندک اراده‌ای خم شود و بوسه‌ای از آن لب‌ها بچیند؟! با دست‌وپای کرخت شده‌اش شاید هر دو آن‌ها را می‌خواست. اما نگاه شمسی در دقتی بود که می‌خواست این مرد را بشناسد. او آنقدر باهوش بود که معنای پرسش‌گرانه و هوسناک نگاه‌های رضا را درنیابد. او هم دلش هوای بازی گرفته بود. بازی با مردی که سلاح خوبی برای ارضای تمام سرکوب‌هایش بود. هر چه باداباد. بگذار در این سرزمینی که فقط نیزه‌های نفرت و شماتت دریافت کرده رسوایی بزرگ را هم بچشد! در درونِ خویش بازتابِ نفرت و رسوایی‌اش را در رفتارهای خودپسندانه‌ی مهین‌بانو تصویر کرد. فاطی‌جان با غیظ و انزجار و با آن چشم‌های لوچش به سمتش می‌آید و با دستانی که به‌جز بشوروبساب و آشپزی و خدمتِ ساده‌لوحانه به خانمش کار دیگری انجام نداده بود، چنگ به صورتش بکشد، موهایش را با تمام توان دور مچ دستش بپیچاند و تُف به رویش بیاندازد، بگذار زارسلیم در گوشه‌گوشه‌ی این عمارت و باغ نگاه‌های پُر از سؤظن‌اش را دو برابر کند، و نیز بگذار حکیم بیشتر از گذشته سینه‌هایش را مابین دستان قوی‌اش بفشرد و زبان به ماتحت‌اش بکشد و او را بُکند. کردنی فقط برای کردن؛ نه چیز دیگر.

شمسی از ته دل قهقهه سر داد. رضا قبل‌تر از او فقط نیشش تا بناگوش باز شده بود، انگار ذهنش را خوانده باشد. اما شمسی بس

می‌خندید و با باریکه نوری که افق ذهنش را درخشیدن گرفته بود،
می‌خواست به خودش بقبولاند که رضا هرگز توان خواندن فکرش
را نخواهد داشت. عاقبت با لحن و نگاه پیروزمندانه‌ای، گفت:

- بیا برویم زیرزمین تا میز و صندلی پیدا کنیم.

هر دو سبکبال و ظفرمند از چیزی که فکر می‌کردند در نهان به
دست آورده‌اند به سوی زیرزمین عمارت رفتند. رضا با قدم‌هایی
که برمی‌داشت، اندیشه‌ی این‌که این دختر زیبا در تنهایی و خلوت
خود شاید رفتار و کردار ناشیانه داشته باشد، چرخ می‌خورد. چیزی
که برایش مسلم بود این‌که شمسی نمی‌خواهد با خودش کنار بیابد.

۷

شمسی پیش از طلوع آفتاب از خواب بیدار شد و هنوز از دلپذیری شبی که پشت‌سر گذاشته بود، احساس سرخوشی می‌کرد. یکی از پارچه‌های رنگی‌ای که در گنجه افتاده بود و بی‌استفاده مانده بود را دور خود پیچید و پیش از ترک اتاق، نیم‌نگاهی به صورت خوابیده‌ی رضا انداخت که لُخت‌وعور دراز کشیده بود. همه چیز از جایی شروع شد که شب گذشته، رضا دستش را دور کمر او حلقه کرده بود تا او بتواند کتاب قطور و کهنه‌ای از شاهنامه را که در بالاترین طبقه‌ی کتابخانه‌ی تاریک زیرزمین قرار داشت، بردارد و به دستش بدهد. سنگینی و داغی دست‌های رضا، همراه با گرمای بدن نرم و به غایت آتشی شمسی برمی‌خاست، در کنار غبار زیادی که شاهنامه را پوشانده بود، باعث شد تا تنشان در هوسی بزرگ به هم گره بخورد.

اکنون شمسی در حالی‌که پارچه‌ی نازک و رنگی به دور خود پیچیده بود، با قدم‌های نرم و چابک از کنار پنجره‌های بزرگ عبور می‌کرد، هوای تازه‌ای که از گرگ‌ومیش صبحگاهی به داخل می‌آمد را استنشاق می‌کرد. نوری آبی که از هاله‌ی صبحگاهی بر عمارت قدیمی افتاده بود، جوی آرام و رازآلود به فضا بخشیده بود. شمسی می‌دانست که همه خوابیده‌اند و او می‌تواند در آرامش و خلوتی کامل به حمامی که هم زارسلیم و هم حکیم از آن استفاده می‌کردند برود.

او عادت داشت در حالی که محیط حمام بی‌نظم و شلخته بود، دوش بگیرد، لباس‌های زیر خود را هم در همان‌جا می‌شست و لبه‌ی وان و یا هر گوشه‌ای از حمام رها می‌کرد. فاطی‌جان این رفتار را بی‌عفتی می‌دانست و معتقد بود که هیچ‌کس نباید لباس‌های زیر زنان را ببیند، چرا که به اعتقاد او، این کار معصیتی بزرگ است و بدبختی و شومی برای

زنان به همراه دارد. هنگام بیان این حرف‌ها فاطی‌جان آنقدر بدنش را تکان می‌داد که گویی در آتش جهنم قرار دارد و هیچ راه فراری برایش وجود ندارد.

اما مهین‌بانو گوش‌اش بدهکار این حرف‌ها نبود، و تنها از این بی‌نظمی ولنگاری آشفته میشد. او همواره به شمسی تذکر می‌داد که باید کمی مرتب‌تر زندگی کند. هر بار زارسلیم و حکیم به حمام می‌رفتند با انبوهی از شورت و کرست‌های رنگارنگ شمسی در هر گوشه از حمام روبه‌رو می‌شدند. نگاهِ حکیم به آن صحنه همیشه توأم با پوزخندی طعنه‌آمیز و بلهوسانه همراه بود، ولی زارسلیم همیشه خود را مؤظف می‌دانست، که لباس‌های زیر شمسی را جمع کند و سپس آن‌ها را روی تنها کمد سمت چپ حمام که حوله‌های تمیز زیادی را در آن نگهداری می‌شد، بچیند و برای لحظاتی به آن‌ها خیره شود.

شمسی با خنده‌ای گشاده که بر صورتش نشسته بود سریع دوشش را گرفت و با همان سروبدن خیس تکه پارچه‌ی نازک و رنگی را دوباره دور خود پیچید. اما به محضِ اینکه پا به اتاقش گذاشت لبخند بر چهره‌اش ماسید. رضا نبود. شانه‌هایش را بالا انداخت، دستانش را از هم گشود و پارچه‌ی دور بدنش به زمین افتاد. شروع به پاییدن اطرافش کرد، انگار پی چیزی می‌گشت. هر تکه لباس و لحاف و بالشی یک جا افتاده بود. یک‌بار که فاطی‌جان به این اتاق آمده بود و این منظره را دیده بود، با تعجب گفته بود:"خر با بارش هم توی اتاق شمسی گم میشه. آدم اینقدر شلخته و کثیف!"

شمسی بالاخره چیزی را که می‌خواست پیدا کرد: سیگار و فندک بود. سپس با همان بدن برهنه روی تخت دراز کشید و سیگاری روشن کرد. با انگشتان دست چپش شروع به وارسی فندکی کرد که از روی میز کار رضا برداشته بود. نگاهش در بی‌تفاوتی و کنجکاوی در نوسان بود. فندک طرح کتابی داشت و برج ایفل به‌طور برجسته بر آن حک شده بود. به

یاد می‌آورد که به رضا گفته بود از این فندک خوشش آمده و می‌خواهد آن را نگه دارد. رضا در آن زمان در کلبه‌ی چوبی بود و داشت می‌نوشت. نگاهش به شمسی بی‌دوام بود دوباره سرش را به کاغذهای پیش رویش اندخت و چیزی نگفت.

او حالا در عمارت معتمد میزوصندلی‌های آنتیک معتمدها را داشت و هر روز صبح ناشتای‌اش را با جمع می‌خورد و سپس به کلبه می‌رفت تا پاسی از روز را به نوشتن بگذراند.

مهین‌بانو همین‌که شنید رضا به کمک شمسی میز آنتیک معتمدهای تاجر را از زیرزمین بیرون آورده و به کلبه‌ی چوبی برده تا بر آن بنویسد، چنان شوکه شد و جا خورد که غضبناک روی نیمکت کنار گلخانه‌اش نشست و برای لحظاتی نفسش بالا نمی‌آمد. فاطی‌جان که آن روزها چغلی همه را می‌کرد و هر اتفاق و حرفی را با آب و تاب برای خانمش تعریف می‌کرد، همین‌که حال مهین‌بانو را بَد دید، دست‌و پایش را گم کرد و گفت:

- خانم‌جان چی شد! زبونم بسوزه که هی بی‌موقع و بی‌جا باز میشه. چشمام الهی کور بشن که شاهد سختی شب‌وروزای شما هستن. الهی بمیرم و بیشتر از این دردوناراحتی شما رو نبینم.

غضب که مهین‌بانو را به خفقان آورده بود با حرص و ناراحتی، گفت:

فاطی! برو پایین. می‌خوام تنها باشم.

لحن مهین‌بانو آن‌قدر محکم بود که فاطی‌جان تنها چشمی گفت و با قدم‌های ریز و سریع از پله‌های سرسرا پایین رفت. به‌جز زارسلیم و مهین‌بانو، کسی از تاریخ عجیب این میز خبر نداشت. این میز درست در جنبش مشروطه به‌عنوان یکی از نمادهای مهم در عمارت معتمد، به محلی برای گردهمایی مشروطه‌خواهان، آزادی‌خواهان، روزنامه‌نگاران، تجار و اشرافِ تهران تبدیل شده بود. آن‌ها در اینجا می‌آمدند تا درباره‌ی

تحولات سریع و بنیادین که در حال رخ دادن بود، صحبت کنند؛ گاه فریاد می‌زدند، تهدید می‌کردند، خط و نشان برای هم می‌کشیدند ، برای ایران امروز و فردا‌حرص می‌خوردند و در پی اثبات خود بودند. این جلسات پنهانی ادامه یافت تا این‌که قوای روس و قزاق، مجلس را به توپ بستند و به خانه‌هایی که به‌واسطه‌ی مشروطه‌خواهان شهرتی یافته بودند، حمله کردند و همه را از دم تیغ گذراندند.

در آن زمان، صدای چکمه‌ها و هیاهوی روس‌ها و قزاق‌ها در عمارت معتمد پیچیده بود و معتمدِ بزرگ برای پناه بردن از آن‌ها به زیر همین میز پناه برد. در حالی که او از جریان انقلاب و مشروطه چندان سر درنمی‌آورد و ازآنجایی‌که شهرت و پول را به همه‌چیز ترجیح می‌داد، در کنار مشروطه‌خواهان و روزنامه‌نگاران، بوی منفعت بیشتری برای تجارتش احساس می‌کرد.

مهین‌بانو از آن میز متنفر بود و آن را بی‌خاصیت‌ترین شیء در عمارت معتمد می‌دانست. پس از مرگ همسرش، معتمد دوم، بی‌هیچ معطلی آن را به زیرزمین برده و پارچه‌ای ضخیم با طرح درخت صنوبر را روی آن انداخت و به این ترتیب گویی می‌خواست آن را نه تنها از دید دیگران، بلکه از دید دیوارهای آن‌جا نیز پنهان کند. مهین‌بانو روزهایی را به یاد می‌آورد که معتمد پشت آن میز می‌نشست و آن‌چنان با تکبر و غرور تمام با همه برخورد می‌کرد؛ رفتاری که همیشه باعث می‌شد همه از جمله خود او به شدت از آن ناراحت شوند. اما او هنوز نمی‌دانست که باید از بابت این میز از شمسی و رضا هم نفرت به دل بگیرد یا نه. با این حال در بی‌مصرف بودن آن میز شکی نداشت.

شمسی اما انرژی و توان جدیدی گرفته بود و این تغییر از چشم هیچ‌کس پنهان نمانده بود. برای اولین بار در زندگی‌اش، خود را مهم‌تر از دیگران می‌دانست. و باز برای نخستین بار بود که طغیان و سرکشی‌اش از خفگی و استیصال بیرون آمده بود و به طرز عصیانگرانه‌ای، راهی تازه را داشت

مزمزه می‌کرد. این حال و هوا برای خودش نیز آن‌چنان نو و تازه بود که درک کاملی از آن نداشت.

دیگر از تنهایی غذا خوردن دست کشیده بود و با گردنی افراشته و نگاهی بی‌تفاوت در کنار دیگران سر میز می‌نشست و بی‌اعتنا به اطرافیانش با رضا از هر موضوعی صحبت می‌کرد. گاهی آن‌چنان تو خودش فرومی‌رفت که حضور دیگران را فراموش می‌کرد. در آن لحظات به نقطه-ای زُل می‌زد و ناخن‌هایش را می‌جوید. زمانی که نوجوان بود به گوشه‌ای می‌رفت و ناخن‌هایش را به زیر دندان‌های ریزش می‌برد. آن‌قدر به این کار ادامه می‌داد تا ریخت ناخن‌هایش به هم می‌ریخت و از نگاه کردن به آن‌ها می‌ترسید. در آن زمان، مهین‌بانو همیشه او را از این کار بازمی-داشت و بعضی مواقع مجبور می‌شد بیشتر شماتتش کند. اما مدت‌ها بود که او را رها کرده بود و اکنون حتی نیم‌نگاهی هم به او نمی‌انداخت.

مهین‌بانو همیشه کنار رضا سر میز می‌نشست و این روزها که حالش بهتر شده بود رنگ پریدگی صورتش را با آرایشی بیش‌ازحد معمول می-پوشاند و تلاش می‌کرد نگاه مغموم و بی‌رنگ‌وبویش را در زیر لبخندی تصنعی پنهان کند. در آهنگی که در پیش‌گرفته بود قهوه‌ی صبح را با همان رفتار همیشگی با رضا می‌نوشید، روزنامه‌ای که هرروز صبح حکیم برایش می‌آورد را در دست می‌گرفت و نگاهی کوتاه به برخی از مطالبش می‌انداخت. اما رضا هیچ‌گاه حتی نیم‌نگاهی هم به آن روزنامه‌ها نمی‌کرد. به گفته‌ی خودش، هیچ علاقه‌ای به روزنامه‌ای که با سانسور چاپ می‌شد و مُدام مجیزگوی رژیم بود، نداشت و نمی‌خواند.

در صبحِ یکی از همان روزها که همه دور میز نشسته بودند و کسی چیزی نمی‌گفت، شمسی صبحانه‌اش را خورده بود اما از سر جای خود تکان نمی‌خورد. انگار در رؤیایی عمیق فرو رفته بود. کتاب جیبی‌ای در یک دست گرفته و با نگاهی متفکرانه به نقطه‌ای دور در میان درختان نگاه می‌کرد و ناخن‌های دست دیگرش را می‌جوید. رضا به او نگاه نمی-

کرد. مختصری خورده بود و با روشن کردن سیگاری، وانمود می‌کرد که در تفکری عمیق غرق شده است. مهین‌بانو روزنامه را تا کرد و گوشه‌ی میز گذاشت، فنجان قهوه‌اش را برداشت و پیش از نوشیدن آن صورتش را به سوی رضا چرخاند و گفت:

- امروز غروب زارسلیم از راه میرسه.

رضا دود سیگار را ممتد بیرون داد و گفت:

- کاشکی زارسلیم رو به غرب نمی‌فرستادیم تا کتابا رو بیاره. خودم اگه می‌رفتم بهتر بود.

شمسی از زیر نگاهی به هردوشان کرد و بی‌تفاوت، گفت:

- خیلی دوست دارم هر چه زودتر این کتابا رو ببینم.

مهین‌بانو بی‌توجه به حضور و حرف شمسی باز خطاب به رضا، گفت:

- نه، کار خوبی کردیم که زارسلیم رو فرستادیم. چون فکر کنم تو هنوز زیر ذره‌بین ساواک باشی. اگه خودت می‌رفتی دردسر می‌شد.

رضا خاکستر سیگار را در زیرسیگاری تکاند و گفت:

- احتمالاً این روزاست که ساواک سراغم رو بگیره و سین‌جیمم کنه.

شمسی آرنج‌هایش را لبه‌ی میز گذاشت و خیلی جدی پرسید:

- آخه چرا؟ مگه تو چیکار کرده‌ای؟! سال‌هاست ایران نبوده‌ای!

رضا به رویش تبسمی کرد و گفت:

- داستانش مفصله، حتماً برات می‌گم.

مهین‌بانو دوست نداشت در حضور شمسی بیشتر از آن حرف از کتاب و ساواک زده شود. گوشه‌ی دامن آبی‌رنگش را تُندتُند صاف کرد و با تابه‌تا کردن ابروهایش، گفت:

- کسی به زارسلیم مشکوک نمیشه. حالا دیگه در این مورد صحبت نکنیم. دیوار موش داره و موش هم گوش داره.

فاطی‌جان در انتهای آشپزخانه گوش‌هایش را تیز کرده بود و آتش‌مزاج استکان‌ها را می‌شست. از زارسلیم دلخور بود که چرا وقت رفتن بهش نگفته بود که پی چه کاری دارد به غرب می‌رود. حتی ازش پرسیده بود اما مُقُر نیامده بود و با انداختن کیسه‌ی رنگ‌وورفته‌ای بر شانه‌اش راه گاراژ تهران-تبریز را در پیش گرفته بود و ضمن راه رفتن چپقش را هم می‌کشید.

۸

هنگامی‌که زارسلیم در بعدازظهری داغ با کامیونی پر از کتاب از غرب بازگشت؛ نه سواد خواندن آن‌ها را داشت، نه می‌دانست محتوایشان از چه قرار است و نه اصلاً به این موضوع فکر می‌کرد که چرا آوردن این مجموعه کاغذها می‌تواند خطرناک باشد و کسی نباید از وجودشان باخبر شود. او که در زادگاه آفتاب، شهر سراوان، زاده شده بود حتی نمی‌خواست به جزئیات کاری که انجام داده بیندیشد. زارسلیم فقط فرمان خانمش را بی‌کم‌وکاست و تا حد خستگی هلاک‌کننده‌ای انجام داده بود. پنداری اراده و تفکری برای تأمل در برابر دستورات نداشت و در برابر هر فرمانی بی‌چون‌وچرا عمل می‌کرد. از زمانی که به این عمارت آمده بود، در پی تجربیاتی سخت‌گیرانه از جانب معتمد، یاد گرفته بود که هر فرمانی را بدون تردید به اجرا درآورد.

زارسلیم وقتی از کامیون پیاده شد دور یقه و پشت پیراهنش از عرق شوره بسته بود. از شدت خستگی آن‌چنان ضعف داشت که حتی به گفتن چند کلمه‌ای که در طول روز بر زبان می‌آورد هم نبود. انگار اگر به اتاقش می‌رفت و دراز می‌کشید خواب عمیقی او را در بر می‌گرفت. اما رضا از خوشحالی روی پاهایش بند نمی‌شد. بدن عرق کرده‌ی زارسلیم را با گرمی و شور در آغوش کشید و با راننده کامیون دست داد. سپس با شادمانی و اشتیاق، دست‌هایش را مرتب به هم می‌مالید و با نیرویی که گویی تمام وجودش را به پرواز درآورده بود، جعبه‌ها را یکی پس از دیگری از دست راننده می‌گرفت و روی گاری‌ای که حکیم از انبار عمارت آورده بود می‌گذاشت تا به داخل منتقل کند. اما حکیم هنگامی که متوجه شد در این جعبه‌ها به جز کتاب چیز دیگری نیست نگاهی سرد

و گزنده به رضا انداخت و با اوقات‌تلخی دست‌های بزرگش را به کار گرفت و جعبه‌ها را جابه‌جا کرد.

در آن هنگام، فاطی‌جان چپیده بود پشت میز سراسر خالی آشپزخانه‌ای که از تمیزی زیاد برق می‌زد. او با زُل زدن به نقطه‌ای نامعلوم در فضا می‌نگریست و جُنب نمی‌خورد. انگار از جاذبه‌ی اسرارآمیز تغییر هیچ بهره‌ای نبرده بود و از درون میل به زوالِ همیشگی را تنها پناهگاه امن زندگی‌اش می‌دانست. اما سرهنگ، رنگ‌پریده و گیج از قرص‌هایی که هرروز می‌خورد، سنگین و نیمه‌خواب مانند آدم‌های رو به نَزع روی تخت دراز کشیده بود. او از بیشتر اتفاقاتی که در عمارت می‌افتاد بی‌خبر بود. توگویی بین مرگ وزندگی دست‌وپا می‌زد و هیچ جایی برای خود در دایره‌ی امید نمی‌یافت. آواهایی هم که از دور به گوشش می‌رسید و دل هر شنونده‌ای را به کنجکاوی می‌کشاند، کوچک‌ترین تأثیری بر او نداشت.

اما شمسی، آن روزها که بی‌اعتنایی سخت آشکارش را نسبت به همه‌چیز تا حدودی کنار گذاشته بود، به محض شنیدن بوق‌های کامیون که سکوت ملال‌آور باغ را شکست، از پای درختی که نشسته بود و کتاب می‌خواند برخاست و در شور و شوقی لجام‌گسیخته به‌سوی در عمارت شتافت. شوق و خنده‌های شمسی و موهای پراکنده‌اش که بر شانه‌هایش افتاده بود، در دید رضا همچون پروانه‌ای بود که در میان گل‌های رنگارنگ و فراموش‌شده‌ای به پرواز در آمده بود. ولی شادی و سرخوشی این دختر برای دیگران، بی‌تردید عجیب و غیرقابل فهم بود. پیش از این کسی او را این‌گونه ندیده بود. شمسی با دست‌هایش که به سرعت بر سطح جعبه‌ها می‌کشید، می‌خندید و با لذت از خوشی و کنجکاوی بی‌پایان خود در پی باز کردن جعب‌ها بود. او که مدت‌ها زندگی‌اش را بدون تفکر و بدون توجه به جهان اطرافش سپری کرده بود، حالا می‌خواست از محتوای این کتاب‌ها سر درآورد و اندیشه‌ی نویسندگان آن‌ها را در

ذهنش زنده کند. او تصمیم داشت اجازه دهد هر نوع تفکری بدون تأمل در درونش حرکت کند و فضای خشک درونی‌اش را با سایه‌های روشن آن‌ها پر کند.

رضا در زیر آفتاب بسیار داغی که سر اعتدال نداشت و هر گوشه از بدنش را خیس از عرق کرده بود به تکاپوهای شورانگیز شمسی لبخند می‌زد و مدام از او می‌خواست که از باز کردن جعبه‌های کهنه و زرد رنگ خودداری کند تا زمانی که آن‌ها را به اتاق برده و فرصت مطالعه و بررسی بیشترشان فراهم شود. حکیم اما در حین کار، با نگاهی سرد و قهرآلود، گوشه چشمی به آن‌ها داشت و به خود اجازه نمی‌داد حتی لحظاتی به این موضوع بیاندیشد که شمسی ممکن است کتاب‌های رضا و شاید خود رضا را نیز بر همه‌چیز ترجیح دهد. او که هیچ‌وقت نگاهی از سر مهر و یا علاقه‌مندانه به شمسی نداشته بود حالا رضا و کتاب‌هایش را رقیب و حتی دشمن خود می‌پنداشت. چشم‌هایش که همیشه آن سادگی طبیعی و گاه پرخاشگرانه سرکش شمسی را دیده بود، اکنون این تغییر را در او سرد و دست‌نیافتنی می‌دید و این احساس لرزه بر اندام وجودش می‌انداخت. حکیم از این دگرگونی خوشش نمی‌آمد. او احساس می‌کرد که کسانی که تا دیروز در کنار او بودند و به نظرش همه‌چیز در آرامش و ملایمت سپری می‌شد، اکنون به شیوه‌ای که درک نمی‌کرد، از او فاصله می‌گیرند و او تنها و جدا افتاده است.

در آن وقتِ روز مهین‌بانو در هیچ‌جایی پیدایش نبود. او در طبقه‌ی بالا با چشمانی که شکم خیال را گرفته بود و راه می‌رفتند، روی نیمکتِ کنار گلخانه‌اش با کتاب حافظی گشوده بر دامن نشسته بود. صداها را از دور می‌شنید و می‌دانست که بالاخره کتاب‌ها از راه رسیده‌اند و باز به یقین می‌دانست که رضا از پیوستن مجددش به کتاب‌هایی که عاشقانه دوستشان دارد خوشحال است. کتاب‌هایی که سال‌ها پیش توسط خود مهین‌بانو به تبریز برده شده بودند تا از گزند سلطنتِ پس از کودتا در

امان باشند. منتهی در آن لحظه معلوم نبود درونِ خود او گیر چه نقطه‌ای از زندگی‌اش است! احساس می‌کرد از سایه نمناکِ رخوت و سکون و آن کپک‌زدگی بیمارگونه دارند به زور بیرونش می‌کشند تا با کندن لباس‌های ذهن گردوخاک گرفته‌اش، تیزی آفتابی را که سال‌ها پیش در قلبی شکسته پَس‌اش زده بود، نیزه‌های داغش را ملامت‌گونه بر بدنش هر دم فرود آورد و در سکوت مأیوش کننده‌ای پذیرایشان باشد. مهین‌بانو برای رهایی از آن حالت اغوا کننده تکانی که به خودش داد کتابِ حافظ از دامنش سُر خورد و افتاد پیش پایش. با ذهنی کدر خَم شد و کتاب را از زمین برداشت. و با حالتی غریب نگاهی به جلد قدیمی-اش انداخت. درست به مانند آن روزی که برای اولین بار آن را از میان انبوهی کتاب در دست گرفت و حس غریبانه‌ای بهش دست داده بود. احساس می‌کرد که اگر آن را برای خودش نگه دارد به رضا نزدیک‌تر است. به مرور زمان آن کتاب تکه‌ای از وجود رضا شد و خود را مؤظف دانسته بود که ازش مراقبت کند. حتی تا مدت‌ها مشتاق بود که اقتدار جادوی‌اش را تقویت کند. حالا دلِ انگشت اشاره‌اش را بر سطح رنگ‌ورو رفته‌ی کتابِ حافظ می‌کشید و بعد تکیه به نیمکت داد و به روزی اندیشید که می‌بایست در شتابی بی‌سابقه آن‌هم یکه‌وتنها به محله سنگلج می‌رفت.

آخرهای تابستان بود و تهران هنوز در تب‌وتاب سرگیجه‌آور سیاسیون و کودتایی به سر می‌برد که سرنوشت خیلی‌ها را دچار دگرگونی غیرقابل‌برگشتی کرده بود. در آن دَم‌دمای ظهر سه‌شنبه، مهین‌بانو به طرز عجیبی تنها بود. کودتاچی‌ها هوشنگ را تحت عنوان نظامی شورشی گرفته بودند و جوخه‌ی اعدام در انتظارش بود و از مرگ مادرش هلن بیشتر از دو ماه نمی‌گذشت. پس از دستگیری هوشنگ برای این‌که کودتاچی‌ها رضا را هم دستگیر نکنند، مهین‌بانو او را در هول‌وولایی غریب سوار جیپ برادرش هوشنگ کرده و به مراغه برده بود تا از طریق

دوست و آشنایان قدیمی پدرش از کشور خارجش کند. اکنون خسته از آن همه رانندگی، اضطراب و دلهره با کت‌ودامن سیاهش که نشان می‌داد هنوز عزاداری مادرش را پشت سر نگذاشته است؛ به گونه‌ی آشفته‌ای روی زمین نشسته بود و سرش را به دیوار تکیه داده بود. خنکی موزاییک‌ها باعث شده بود که ذهنش بهتر جولان دهد و به لایه‌های کاری بیندیشد که هیچ سررشته‌ای از آن نداشت، می‌بایست پا می‌شد و آخرین مأموریتش را به‌خوبی انجام می‌داد. همین‌که با خستگی زیاد از سر جایش بلند شد، سکوت اطرافش ترسناک‌تر از وقتی بود که کودتاچی‌ها به منزلشان ریختند و در چشم بر هم زدنی، آن‌هم به شکلی رُعب‌آور، هوشنگ را برده بودند. از نگاه مهین‌بانو سردی و دردی نهفته موج می‌زد. چشمی بر جای خالی مادرش گرداند. صندلی‌ای بود از چوب بلوطِ دسته‌دار که پیرزن تا زنده بود روی آن می‌نشست و با طمأنینه چای می‌نوشید و زمانی حرف می‌زد که به قول خودش چیز مفیدی برای گفتن وجود داشته باشد. دیگر جای درنگ نبود. مهین‌بانو با عجله و شیوه‌ای از کوفتگی و درماندگی، خودش را کِش می‌داد، دستی به سرورویش کشید، موهای سیاه و بلندش را جمع کرد و بالای سرش بست، کیف دستی‌اش را با بی‌میلی به دست گرفت و از خانه بیرون رفت. جیپ هوشنگ را برداشت و سر راهش چند تا بنزین زد و رو به محله‌ی سنگلج حرکت کرد. محله‌ای بود که تا به حال پایش را هم آن‌جا نگذاشته بود. وقتی رسید کوچه‌ها آنقدر باریک و تنگ بودند که مجبور شده بود جیپش را خیلی پایین‌تر از جایی‌که می‌خواست برود، کنار زمینی خالی، پارک کند. هوا گرم بود و مهین‌بانو پشیمان از پوشیدن کفش‌های پاشنه بلندش، سعی می‌کرد بر خودش مسلط باشد و در آن کوچه‌های تنگ و قدیمی و خلوت طوری راه برود که جلب‌توجه نکند. مرتب با دستمال کوچکی نَم صورتش را می‌گرفت و گاه‌گداری به آدرسِ نوشته شده بر تکه کاغذ کف دستش می‌نگریست که روزی پیش از آن در مراغه، هنگام

خداحافظی از رضا گرفته بود. اغلب کوچه‌های محله سنگلج آنقدر تنگاتنگ هم بودند که احساس می‌کرد دور خودش دارد می‌چرخد. او هیچ فکرش را هم نمی‌کرد که رضا دو ماهِ آخرِ اقامتش را در یکی از خانه‌های این محله فقیرنشینِ تهران به سر برده باشد. پس از گشتن زیاد، عاقبت جلوی دری چوبی با پلاک ۳۲ ایستاد. بی‌طاقت و عاصی برای لحظه‌ای به تکه کاغذ خیره شد. انگار شک داشت آدرس را درست آمده باشد. بی‌معطلی چند بار کوبه بر در کوفت. از پیچیدنِ صدای کوبه در کوچه ترسید. نگاه مضطربش را به انتهای کوچه دوخت. کسی نبود. با دستی لرزان دوباره کوبه را بر در فرود آورد. لب پایینی‌اش را گزید و سعی کرد بر لرزشی که اندام باریک با سر شانه‌های نازکش را فراگرفته بود چیره شود. پس از درنگی، زنی فرتوت و لاغر و پیر با چشمانی بی‌فروغ و خیس و موهایی یکدست سفید در را به رویش گشود. مهین‌بانو برای لحظاتی ماند که چه بگوید. یارای تسلط بر فکرش را نداشت. پیرزن مقداری رو به جلو گردن کشید و با دهانی نیمه‌گشوده و صدایی ضعیف، گفت:

- چی میخایی؟!

مهین‌بانو مِن‌مِن‌کنان، گفت:

- من.....من اومدم تا کتابای رضا رو ببرم.

مهین‌بانو دستش را بر سینه گذاشت و با تمنایی در نگاه که تو گویی حرفش را ناشیانه زده است دوباره، گفت:

- کتابای رضا نغمه، من مهین هستم...

پیرزن عمیق به چهره‌اش خیره شد و بعد با دستان لاغر و ضعیفش لنگه‌ی در را مقداری بیشتر گشود و گفت:

- خیلی وقته منتظرتم. بیا تو.

مهین‌بانو تو رفت. در آن دالانِ کوچک، گوشه‌ای از حیاط با دیوارِ کاهگلیِ نیمه فرریخته‌اش در پس‌زمینه‌ی باغچه‌ای تنگ و محقر در انبوه ساقه-

های علفِ هرز شده پیدا بود. پیرزن در آن لباس بلند ساتن فیروزه‌ای آمریکایی که هیچ تناسبی با آن خانه‌ی کلنگی نداشت، در را بست و کلونش را کشید و گفت:

- نترس، احتیاط نکنیم، ممکنه سلطنت‌طلبای اراذل‌واوباش بریزن تو.

سرمایی از ترس بدن مهین‌بانو را بیشتر از قبل لرزاند و این از چشم پیرزن دور نماند. پیرزن جلو افتاد، گفت:

- دنبالم بیا. اسمم لعیاست. اینطوری به من و این خونه‌ی داغون بِروبِر خیره نشو. یه زمانی این در چارتاق باز بود و شاگردای استاد ماهر از سروکول هم بالا می‌رفتن.

مهین‌بانو که فقط پشت خمیده و موهای شانه نزده و درهم پیرزن را می‌دید با شنیدن نام استاد ماهر یکه‌ای خورد. تارنوازی که از زبان رضا درباره‌اش بسیار شنیده بود. تو دلش گفت این‌جا پس باید خانه‌ی استاد ماهر باشد و این پیرزن هم همسر استاد شاید. اما چیزی نپرسید. دنبالش راه افتاد، حیاط کوچک را پشت‌سر گذاشتند و از پله‌های مارپیچ قدیمی زیادی بالا رفتند. درست در آخرین پاگرد که ایستادند، پله‌ها در سمت راست و در تاریکی عمیقی به خرپشتک راه پیدا می‌کرد. پیرزن بی‌اعتنا به زُل زدنِ مهین‌بانو به آن سیاهی که در نظرش همچون حفره‌ای باریک و پیچ‌درپیچ و بی‌انتها رو به آسمان راه کشیده بود، دَرِ روبه‌رویشان را گشود و از چند اتاق تودرتو که هر کدام با دری چهارتایی سفیدرنگی به هم ربط پیدا می‌کردند، عبور کرد. هوای خانه خفه بود و معلوم نبود آخرین باری که پیرزن پنجره‌ها را باز کرده کی بوده است! ظهر آفتابی بسیار گرمی بود که مهین‌بانو در آن خانه‌ی نیمه‌روشن هر قدمی که برمی‌داشت احساس می‌کرد موجی گردوغبار از روی فرش زیر پایش بلند می‌شود و یکراست تو حلقش می‌رود. دستمالِ دستش را جلوی دهانش گرفت و به‌طور غریبی چشم به اسباب‌واثاثیه‌ای که از کهنگی زار

می‌زدند گرداند. سرانجام پیرزن دَرِ اتاقی که به ظاهر بزرگ‌ترین اتاق آن خانه به حساب می‌آمد را گشود و تو رفت و پرده را کشید و اتاق از تاریکی به در‌آمد. نگاه تشنه و ترس‌خورده‌ی مهین‌بانو بر انبوهی از کتاب که دورتادور تختی کوچک به‌طور نامنظم تلنبار شده بودند ثابت ماند. با زحمت گردنی به این‌سو و آن‌سو گرداند، اما با هر نگاهی باز چشمانش بر آن تخت ساده و بی‌آلایش می‌لغزید.

"پس رضا این‌جا می‌خوابیده!" برای لحظاتی پیرزن و کتاب‌ها و جایی هم که آمده بود را فراموش کرد و این هوس درونش را قلقلک می‌داد که بی‌هیچ سخنی برود و روی تخت دراز بکشد و بوی بدنِ رضا را روی ملافه‌ها بو بکشد و بر آن غلت بخورد. مهین‌بانو با صدای پیرزن به خودش آمد و با تعجب بهش، گفت:

- ببخشید خانم، چی فرمودید؟!

پیرزن با بی‌حوصلگی و زبانی نیمه‌گزنده، گفت:

- ماشاالله حواستون کجاس! میگم تا به حال کسی با کفش روی فرشای خونه‌ی استاد ماهر راه نرفته، چرا کفشاتونو درنیاوردین؟!

مهین‌بانو شرمزده تا بناگوش قرمز شد و خیلی سریع کفش‌هایش را درآورد و کنار توده‌ای از کتاب‌ها گذاشت. پیرزن زیرزیرکی نگاهی به کفش‌ها و بعد دستش را تا نیمه رو به انبوهِ کتاب‌ها بلند کرد و با لحنی دلخور، گفت:

- نمیدونم این همه کتاب رو چجوری و با چی می‌خوایین ببرین! فقط هر چه زودتر این اتفاق بیافته بهتره. من پیرزن توان گیروگرفت با اوباش سلطنت‌طلب رو ندارم. در ضمن هزینه‌ی زندگی‌ام از اجاره‌ی این اتاق درمیاد.

مهین‌بانو خیلی آرام، گفت:

- من برای همین اومده‌ام. امروز کتابا رو تو کارتن می‌ذارم و فردا
صبح زود با چند کارگر و یه کامیون می‌برمشون.

پیرزن گفت:

- کارتنای این کتابا هنوز پایینه. چندتاشونو با هر زحمتی که
بود بالا آوردم، برای مابقیشون دیگه جونی نداشتم.

پیرزن وقتی این را گفت و از کنار مهین‌بانو عبور کرد خش‌خش پیراهن
ساتن‌اش در اتاق پیچید. در که بسته شد مهین‌بانو به سمتِ پنجره رفت
و آن را تا نیمه گشود. چشمان نگرانش را رو هم گذاشت و نفسی تازه
کرد. بعد از کنار پنجره رو به تخت رفت و روی آن نشست و دستی بر
ملافه‌ی نه چندان تمیزش کشید. در این حین کتابی نیمه‌باز را گوشه‌ی
تخت دید. کتاب حافظ بود. آن را برداشت و اولین بیتش را خواند:

ساقیا برخیز و دَردِه جام را
خاک بر سر کن غم ایام را

ساغر مِی برکَفَم نِه تا ز بَر
بَرکِشم این دلق ازرَق فام را

گرچه بدنامی‌ست نزد عاقلان
ما نمی‌خواهیم ننگ و نام را

باده دَردِه چند از این بادِ غرور
خاک بر سر، نفسِ نافرجام را

۹

هوا که تاریک می‌شد و عمارت را سایه می‌گرفت، مهین‌بانو طبق عادت همیشگی‌اش در ابتدا شمع‌های پایه‌بلند را با کبریت می‌گیراند و بعد تا جایی که روشنایی دلبخواهش را به دست آورده باشد، برخی از لامپ‌ها و لوسترهای بزرگِ آویزان از سقف‌های بلند را هم روشن می‌کرد. او با نورهای خیره کننده میانه‌ای نداشت و حالتِ رؤیائی روشنایی لرزانِ شمع‌ها را بیشتر می‌پسندید. به آن‌ها خیره‌خیره که می‌نگریست گاه بدون آن‌که به چیزی فکر کند، چهره‌ای متفکرانه به خودش می‌گرفت و گاه فکر و خیال او را می‌برد.
شبِ تیره‌ای بود و مهین‌بانو در حالتی بین اغوا و حَسَد، شَق‌ورَق، بر صندلی نشسته بود و بی‌آن‌که صدای فواره‌ی بی‌قرار حوض‌خانه را بشنود، می‌توانست سایه‌ی شبح‌گون و اندکی خمیده‌ی زارسلیم را که می‌رفت بخوابد در عمق چند درخت قطور ببیند. سکوت را فاطی‌جان شکست که از ته آشپزخانه به خانمش شب‌بخیر گفت و به اتاقی رفت که در انتهای همان آشپزخانه بود. اما باز سکوت و تنهایی بود و دلی ناآرام که از سینه‌ی مهین‌بانو هر دَم می‌خواست پَر بکشد. هوا چنان خوش بود که نسیم خنکِ شبانه‌ی تابستانی از پنجره‌های باز تو می‌آمدند، اما توانایی ورود به درون بسته‌ی او را نداشتند. اما مهین‌بانو ذهنِ به غایت پویایش را هنوز در اختیار داشت و به چیزهایی می‌اندیشید که انگار از زیر خروارها خاک بیرون‌شان کشیده بود و در حال زیررو کردن‌شان بود. و همین خواب را از چشمانش دور می‌کرد. در کناره‌ی این فکرهای جورواجور که برخی‌شان تنه به جنون می‌زد، عادت ماهیانه‌اش هم بود که از صبح امروز منقلبش کرده بود و انگار دریچه‌اش را باز گذاشته بودند و قصد بستنش را نداشتند. در جوانی پریود که می‌شد از شدت درد به

خودش می‌پیچید و اگر احیاناً در آن حال تنها که می‌بود بالشی روی شکمش می‌گذاشت، بر زمین غلت می‌خورد و دادوهوارش کُلِ خانه را می‌گرفت. برخی مواقع هم خودش را در یک اتاق تاریک و پرت و پر از سکوتِ پنهان می‌کرد. اما حالا به آهستگی و با فکری مشغول بلند شد و به سمت پریز برق رفت و لوستر بزرگ را خاموش کرد. قسمتی از آشپزخانه تا دامنه‌ی پله‌های سرسرا و ورودی پنجره‌های باز رو به باغ در زیر لرزان نورِ شمع‌ها چشم‌خانه‌اش را انباشت. بال گشودن‌های پی‌درپی شعله‌ی شمع‌ها با قُل‌قُلِ فواره‌ی حوض‌خانه‌ی پشت سرش بقا و مرگ را به ذهنش سیخونک می‌زد. او احساس می‌کرد در ایستگاه فراموش شده‌ای ایستاده که همراه با خیل مردمانی دیگر قرن‌های مدیدی است که گم شده. مردمانی فراموش شده با اکثریت زنانی که در چندوچونی تلخ در اقلیت به سر می‌برند. مهین‌بانو در حالی‌که ایستاده بود و تکان نمی‌خورد در پیش‌رویش رنگ‌هایی را می‌دید که سراسر زندگی‌اش صرف نگاه کردن به زوالِ رنگ‌ها در سپهر شب‌ها و روزهایش گذشته بود. پایه‌های کوچک‌وبزرگ شمع‌ها در نظرش جابه‌جا می‌شدند و رنگ‌بررنگ سائیده می‌شد. در آن سردردی که گریبانش را ول نمی‌کرد و قرص‌های مسکن هم به کمکش نیامده بودند، فام همیشگی داشت خودش را یواش‌یواش از دل آن همه رنگ می‌نمایاند. ته‌رنگی که ازش بیزار بود و همیشه آزارش می‌داد. رنگی قرمز از نور شمع‌ها داشت ساطع می‌شد. برافروختگی‌اش همراه با بوی مُدار زنان بود. در زیر آن نورِ قرمز و بوی گندی که هر دم هوا را داشت می‌انباشت به هر زحمتی بود از پله‌ها بالا رفت و خودش را به اتاقش رساند. روی تخت دراز کشید و به امواج خونی فکر کرد که از بدو تولد در رگ‌هایش جاری بودند. اما عادت زنانه و درد دهشتناکش راه ورود به خون در رگ‌هایش را بسته بود. هر لحظه رنگ و خونِ قرمز تناورتر هوا فشرده‌تر می‌شد. صدای نفس‌های مهین‌بانو در گوش‌های خود طنین بلندی انداخته بود. مثل طوفان‌های پاییزی که

غارتگرانه میان درخت‌های باغ می‌وزید. و غرش بی‌امانش بازدارنگی در فلاکت را رقم می‌زد. با اشاره‌ی چشم‌های مهین‌بانو پنجره باز شد؛ لِنگ-هاش را از هم گشود و خون و چرکاب با بوی مذهبی که هر مذهب از آن سود برده بود از لبه‌ی تخت سرازیر شد و از پنجره‌ی باز بیرون می-رفت و به میان درختان باغ می‌پاشید و از پله‌های سرسرا عین سیلابی که انقلاب را آواز کرده باشد رو به پایین می‌سُرید.
مهین‌بانو توانایی کوچک‌ترین حرکتی نداشت. اما به چیزهایی که در بیشتر وقت‌ها در اکثر مکان‌ها آن‌طور که می‌نمایند، نبوده و نیستند، می‌اندیشید، و از درد و خونی که ازش می‌رفت پیچ و تاب می‌خورد. خودش را در موقعیتی می‌دید که پیش‌تر سراغی از آن نداشت. اما می-دانست ریشه این‌گونه شرایطی در جبر غریبی است که زنان با آن زاده می‌شوند و مردها هیچ درکی از آن ندارند. اما برای اولین بار به این نتیجه رسید؛ که بی‌گمان در سرزمین قدکوتاهان به دنیا آمده، در سرزمین قدکوتاهان رُشد کرده و مابین قدکوتاهان به تَنَش، بدن دست‌نخورده‌اش و پرده‌ی بکارتی که هنوز با دست هیچ قدکوتاهی برداشته نشده خیانت کرده است. مردمک چشمانش را که بیشتر در پنجره‌ی باز با فورانی از خون حیض گرداند، پنجره با ناله‌ای که در سراسر عمارت و باغ پیچید از جا کنده شد. اولین کسی که با آن صدای رُعب‌آور بیدار شد رضا بود که داشت ننوشته‌هایش را خواب می‌دید. با پَس‌زدن لحاف و گذاشتن پاهایش بر زمین در خونی لزج و کثیف فرو رفت. او که بوی مُردارِ دشتانِ زنان را خوب می‌شناخت، دماغ وَرچید و بی‌هیچ فکری به سوی زیرزمین دوید. شمسی که در آن روزها در بیداری تازه‌ای به سر می‌بُرد، با بدنی عریان و پاهایی برهنه در ابتدا نمی‌دانست رو به کدام‌سو برود. لاعلاج ایستاده بود و با درماندگی به پله‌های سرسرا نگاه می‌کرد که سیلابی از خون و کثافت رو به پایین می‌لغزید و تا قوزک پاهایش را می‌پوشاند. با دو دست جلو دهان و بینی‌اش را گرفت تا بوی مشمئزکننده را بیشتر از

آن تو ندهد. از درودیوار خون فواره می‌زد. و فاطی‌جان را دید که عین عجوزه‌ای، هراسان از اتاقش بیرون آمده بود و در حالی‌که خشم‌آگین و بلند مرتب می‌گفت: "آدم نمیره چه چیزهایی که نبینه" با کاسه و قابلمه سعی می‌کرد خون‌ها را پَس بزند. شمسی برای اولین بار دلش به حالش سوخت. در یک آن آذرخشی بزرگ همه جا را روشن و خاموش کرد. اما قبل از این‌که در آسمانِ بی‌ابر و پُر از ستاره رعد بغُرد، رضا را در زیر روشنایی صاعقه دید که با هول و ولایی عجیب به سمت زیرزمین می‌دوید. شمسی از جا کنده شد، جیغی از سر هیچ کشید و به دنبال رضا رفت. از میان درختان خون می‌جوشید و این خون چندین راه باریکه درست کرده بود. برخی‌شان یکراست به زیرزمین، برخی‌شان به کوچه‌باغ می‌سُرید و برخی‌شان نیز به رود انتهای باغ نفوذِ غریبش را به دل آب می‌ریخت و ناله‌ی زلالی‌اش به فغان دنیای مُرده‌ها مانند بود. رضا از پله‌های زیرزمین که پایین می‌رفت از دور نوای تار را در خروش مالامال از خون شنید. اشیاء زیرزمین تماماً بر دریایی از خون شناور بودند. بازویش را جلو دماغش گرفت و یکراست به سمت تار رفت. در حالی‌که خون یک وجب از زانویش بالا آمده بود و قدم‌هایش را سخت‌تر از قبل برمی‌داشت، دل‌دل می‌کرد که خون به پای تار نرسیده باشد. یاد استاد ماهر افتاد که با صورتی عبوس بهش گفته بود؛"اگر میخوای تارنواز خوبی شوی، شتاب رو از خودت دور کن. شتاب عامل نرسیدن است." وقتی‌که به تار رسید چنان‌که نوای تار چنگ به درون‌اش می‌کشید، یک هوا آن را از روی میز سه‌گوشی که در کُنجِ زیرزمین در انبوهی از خون غرق شده بود، برداشت. تار هنوز خودش را می‌نواخت و هیجانی که رضا را منقلب کرده بود ناچار لحظه‌ای بازایستاد و دلش را به آن نوا سپرد. با کف دست خون را از کاسه‌اش که زدود به یکباره زیر لب:"آه، این تار استاد ماهرِ. این‌جا چه می‌کنه؟" خون به شقیقه‌هایش دوید. در آن لحظه به این می‌اندیشید که از واقعیت‌ها چقدر واکنده شده است! لب

گزید و بدون آن‌که دلیلش را بداند اولین کسی که یادش آمد، مهین‌بانو بود. کنجکاوانه می‌خواست او را به این تار ربط دهد. بار دیگر تار را وارسید. شک نداشت که این تار استاد ماهر بود. از این‌که دفعه‌ی پیش به آن پی نبرده بود از خودش بدش آمد. و باز آن را به ماهیت حقیقت‌هایی ربط دادکه احساس می‌کرد، دیرزمانی است از آن‌ها عبور کرده است، و یا از او گرفته شده‌اند. اما در بدگمانی پر از وسواسی به سختی زندگی و دردهای نیزه‌وارش فکر کرد. در این هنگام شالاپ‌شلوپی در آن‌سوی زیرزمین توجه‌اش را جلب کرد. شمسی بود که در تلاشی بی‌سابقه کتاب‌های نفیسی که بر سطح خون شناور بودند را داشت جمع می‌کرد. رضا فریاد زد:"چکار میکنی دیوانه! الآن اینجا پُر از خون میشه و غرق میشی." اما شمسی محلی نگذاشت. او دست می‌برد و کتاب‌های خون‌آلودی را جمع می‌کرد که سال‌های‌سال در آن زیرزمین گردوغبار می‌خوردند و جزو فراموش شده‌های یک فرهنگ بسیار قدیمی بودند. خون تمام بدن بی‌لباسِ شمسی را پوشانده بود. رضا با زحمت خودش را به او رساند و در حالی‌که با یک دست تار را بالا نگه داشته بود تا خون‌آلود نشود با دست دیگرش مچ دستِ شمسی را به سمت بیرون می‌کشید. در آن هنگام چهره‌ی رضا از درد عمیقی خبر می‌داد. شمسی مرتب می‌گفت:"کتاب‌ها، کتاب‌ها" و تلاش بیهوده‌ای می‌کرد تا خودش را از دستانِ محکم رضا بیرون بکشد. پا که بیرون گذاشتند بدن‌هایشان خونین بود. زیرپیراهن و شورت رضا کاملاً به بدنش چسبیده بود و بدنِ عریان شمسی یک تکه قرمز بود که موهای سیاه، پوست صورتِ گندمی و مردمک‌های سفیدش رضا را به یاد انسان‌های دوران ماقبل تاریخ انداخت که بدن‌هایشان را با رنگ‌آمیزی می‌پوشاندند. رضا در حالی‌که مچ دست شمسی را چسبیده بود و ولش نمی‌کرد دوباره صاعقه شد و تا بیخ‌وبُنِ همه جا را به روشنایی کشید. آن‌ها به میان درختان دویدند. شمسی از رضا پرسید:

- من رو کجا می‌بری!

رضا بدون آن‌که نگاهش کند، گفت:

- می‌خوام بکنمت.

شمسی با لبخندی زورکی، گفت:

- من بو میدم.

رضا با هوس و خشم، گفت:

- همه‌ی ما بو می‌دیم.

شمسی با دودلی، گفت:

- من می‌ترسم، نمی‌دونم خوابم و یا رؤیا می‌بینم یا چی!

رضا با غیض، گفت:

- در واقع ما هر روز کابوس رو تجربه می‌کنیم.

آن‌ها زارسلیم و حکیم را دیدند که با بیل‌وبیلچه و دنیایی از ناامیدی خون‌ها را از پای درختان می‌روفتند. حکیم با دلی پر از نفرت یک چشمش به دنبال شمسی و رضا بود که به عمق درختان می‌رفتند و یک چشمش هم به خون کثیفی بود که با هر بیل‌زدنی به دور دهان و صورتش می‌پاشید. اما زارسلیم از سر ناچاری و نگرانی گودی بیل را بر خون می‌کشید و آن را رو به مسیری هدایت می‌کرد که به بیرون از عمارت می‌رفت. ولی استخر عمارت تنها جایی بود که یک قطره خون نیالوده بودش و سرهنگ تکیه به صندلی با هر رعدوبرقی فقط سطح روشن استخر را می‌دید که انگار نگینی بود که در لاأُبالی و یا ترس و بیم و برهوتی از خون گرفتار آمده است.

شمسی که در زیر رضا لذت ناخواسته از گائیده شدن را می‌چشید از دور شیهه‌ی اسب‌های گرفتار آمده در خون را می‌شنید و نگاهش به آذرخش‌های پی‌درپی اطراف بود که از آسمان صاف و پُر از ستاره رُعب را هر دَم به کالبد زمان می‌ریختند. و زمان خون می‌ریخت، و کتاب‌های آمده از غرب خون‌آلود شده بودند، پایه‌های میز معتمدهای تاجر بر

خون شناور بود، رودی که از انتهای باغ به کوچه‌ها می‌رفت پر از خون بود، اسب‌ها شیهه‌زنان خودشان را از اصطبل رهانیدند و به میان درختان پر از خون تاختند، موهای سرهنگ از خونی که از کودتای سال ۳۲ در سرش منجمد شده بود قرمز شد، دست‌ها و صورت فاطی-جان در خون غلتید، و خونی که از عمارت بیرون می‌رفت به مسجدهای شهر رسیده، و مُلاها با لبخندهای شیطنت‌آمیز و دستانی خون‌آلود جلو جماعتی که هر دم کم‌وکمتر می‌شد نماز می‌گذاردند، خیابان‌های شهر پر از خون شدند و مغازه‌ها خون می‌فروختند.

۱۰

حوالی ظُهری پر از سکوت بود که انگار سنگی را در قعر چاهی عمیق انداخته باشند، پژواک صدای دَرِ عمارت به نخی نازک می‌مانست که در حد جنون کِش می‌آمد و در واژگونی زمان با هر تابی رعشه‌اش دورودورتر می‌شد اما بریدنی نبود. در آن روزهنگام، مرسوم نبود کسی بخوابد، اما همه خواب مانده بودند. حتی فاطی‌جان و زارسلیم طوری عمیق در خواب بودند که انگار نبرد تن‌به‌تن بی‌ثمری را پشت سر گذاشته بودند. و پرندگان گیج‌ومنگ، عین مجسمه‌های عاریتی بر شاخه‌ی درختان خشک‌شان زده بود و این‌گونه می‌نمودند که بال‌زدن میان درختان باغ را برای همیشه فراموش کرده‌اند. حیرت‌انگیزتر از همه، گنجشک‌ها جیک‌جیک‌های مستانه‌شان را در حنجره‌های کوچک‌شان نگه داشته بودند تا مبادا دیوار بلند هراس ترک بردارد.

وقتی‌که زارسلیم در را به روی کیانوش باز کرد آن بوی مشمئزکننده هنوز در هوا موج می‌زد و پوسته‌پوسته‌ی ته‌رنگی قرمز بر همه چیز نمی‌توانست از نگاه خندان این جوان بالابلند و به غایت استخوانی با آن چانه‌ی کوتاهش دور بماند. زارسلیم ساکِ دستی کیانوش را که ازش گرفت، طوری گفت:" آقا خوش آمدید" که انگار معتمد تاجر از غیبت طولانی‌اش بازگشته و او را دچار بُهت‌وحیرت کرده است. کیانوش با لبخندی که بر لبانش ماسیده بود، نگاهی به دوروبرش انداخت و از بویی که به دماغش خورد گردنش را کمی عقب برد و گفت:

- اینجا اتفاقی افتاده!؟ این بوی لجن چیه!؟

زارسلیم لحظاتی در سکوت آمیخته به احترام و اندوه، گفت:

- آقا، چیزی نیس، لطفاً تشریف بیارید تو. حتماً خسته‌ی راه هستین!

کیانوش جلو افتاد و زارسلیم به دنبالش. کیانوش بچه که بود هر بامبولی که میلش می‌کشید سر زارسلیم درمی‌آورد. زارسلیم در ناباورانه‌ترین حالت ممکن هم اعتراضی نمی‌کرد و خَم به ابرو نمی‌آورد. تنها کسی که گاهی می‌گفت:"بچه جان نکن، بشین سر جات." همین مهین‌بانو بود. لحن محکم مهین‌بانو آن‌چنان روی کیانوش تأثیر داشت که انگار جادویش کرده باشند، می‌ایستاد و بدون آن‌که مُژه هم بزند بِروبِر بهش خیره می‌شد. در آن زمان هم زارسلیم این بچه‌ی شلوغ و نُنُر را آقا خطاب می‌کرد. کلمه‌ای که کیانوش در ابتدا معنا و مفهومی ازش نمی‌گرفت، اما با گذشت زمان بهش عادت کرد و اگر از سر غفلت آن را نمی‌شنید، مُکدر می‌شد و تو لَک می‌رفت و از آن‌جایی که زیاد دل در گرو آن نوع زندگی بی‌مزه نداشت، خیلی زود درونش را از آن فخر پوشالی می‌برید و در باغ می‌دوید و بازی‌های کودکانه‌اش را از سر می‌گرفت.

وارد آشپزخانه که شدند فاطی‌جان از خواب پریده بود و در ژرفای آن ساعت‌های روشن و صامت با موهایی ژولیده و پیراهن بلندی که تا قوزک پاهایش امتداد داشت و لکه‌هایی قرمز بر آن پیدا بود، تُند و عصبی میز بلند آشپرخانه را دستمال می‌کشید. با دیدن کیانوش در ابتدا دستش از حرکت بازایستاد و بعد با گردنی کج سرتاپای این جوان را کهورانداز کرد از ته دل گریست. میان اشک‌ریختن‌هایش مرتب می‌گفت:"آقا کیانوش خوش اومدید، آقا منو ببخش، من گناهکار بزرگی هستم، چون من خدامو گُم کرده‌ام، آقا کیانوش، وقتی‌که دست خدا از ما فقیربیچاره‌ها دور باشه با هر پیش‌آمدی پَس می‌افتیم، آقا کیانوش، دیوار زندگی ما اونقدر کوتاهه که به جای بادوبارون و یا جگر تاب برداشته‌ی آفتاب، خون میباره، آقا، خون، آقا این‌جا زیاد تمیز نیس که برازنده‌ی شما باشه و آسوده بنشینید، آقا، الساعه همه جای این عمارت رو مثل سابق برق

میندازم، آقا کیانوش، بیا و خدایی کن و از سر تقصیرات من حقیر بگذر...."

اما شاید ذهنِ فاطی‌جان درکی از آن نداشت که اگر هم این رنگ قرمز را از همه جا بزداید، هیچ درونِ خون‌گرفته‌ای را نمی‌شود از لک‌وپیسِ هر اتفاقِ خونینی زدود.

زمان که در عمارت معتمد بازایستاده بود با آمدن کیانوش، تنها نوه‌ی معتمد تاجر، عقربه‌هایش دوباره به تیک‌تاک افتاد. صدای غُلغُل حوض‌خانه در تاقِ بلندش که پیچید، ناخودآگاه فاطی‌جان و زارسلیم سرهای‌شان را برای لحظاتی به سمتِ آن چرخاندند و اندکی از تیرگی نگاه‌شان رَمید. کیانوش بی‌توجه به ناله‌وزاری‌های فاطی‌جان رو به زارسلیم، پرسید:

- مادربزرگ کو؟ خونه نیس؟

زارسلیم گفت:

- آقا کیانوش، خانم تُک‌ِپایی رفتند بیرون. غروب برمی‌گردند.

فاطی‌جان از زاری افتاد و کفِ دستانش را بر چشمانِ خیسش کشید و خواست چیزی بگوید که کیانوش با نگاهی عاری از هر چیزی، گفت:

- من باید لباسامو عوض کنم. بیرون خیلی گرمه، اما این‌جا هم خنکه و هم عجیب غریبه. چرا اینجوریه؟!

کیانوش این را گفت و با برداشتن ساکِ دستی‌اش از پله‌های سرسرا بالا رفت. آن‌ها مدتی چشم به دنبالش دوختند و بعد فاطی‌جان تمیز کردن میز را از سر گرفت و زارسلیم با تنی خسته و چهره‌ای دژم بر صندلی نشست و چپقش را چاق کرد و عمیق تو فکر رفت. شاید او اندیشه‌اش به انبوه کارهایی که در باغ انتظارش را می‌کشید راه کشیده بود و شاید به هول‌وهراس مهین‌بانو فکر می‌کرد که صبح زود با صورتی باد کرده، و چشمانی پُر از خون بیدارش کرده بود و بهش گفته بود که کلید حُجره‌ی معتمدها در بازار را می‌خواهد. زارسلیم با شانه‌های فرو افتاده و دهانی

خشک و موجی از تعجب در نگاهش گفته بود:"خانم‌جان، صبح به این زودی رفتن خانمی مثل شما به بازار خوبیت نداره. دَرِ حُجره‌ی معتمد مرحوم هم سال‌هاست بسته‌ست، اگه یادتون باشه، جناب معتمد آخرهای عمرشون در مغازه‌ی تجریش کار می‌کردن، بگذارید حداقل همراهتون باشم." اما مهین‌بانو با چشمان از حدقه درآمده و صدایی که انگار از ته چاه تنوره می‌کشید، فقط کلید حُجره را خواسته بود و اجازه نداده بود که زارسلیم بیشتر از آن ادامه بدهد. اکنون زارسلیم لرزش دستان مهین‌بانو را به خاطر می‌آورد و معماهایی به یادش می‌آمد که طی این سال‌ها رو دلش سنگینی کرده بودند. هرمعمایی رازی به دنبال داشت و او دلش قرص بود که مهین‌بانو هنوز پی به آن رازها نبرده است. ساعت از یک گذشته بود که شمسی و رضا پشت یک میز کوچک زیر درخت‌های سپیدار در سکوت نهار می‌خوردند که کیانوش به درون استخر شیرجه زد. شمسی آرواره‌هایش از تکان خوردن بازایستاد، چانه-اش را بلند کرد و با تعجب، گفت:

- چه کسی جرأت کرده در استخر شنا کنه!

رضا در خونسردی کامل لقمه‌اش را قورت داد و گفت:

- جرأت! شاید حکیم باشه.

شمسی گفت:

- نه تنها حکیم، هیچ‌کس دیگه‌ای حق نداره تو این استخر شیرجه بزنه!

رضا با حیرت، پرسید:

- چرا؟! این قانون از کجا میاد؟!

شمسی گفت:

- نه این که قانون باشه، می‌دونی، از زمانی که علی رو کشتند برای این که سرهنگ ناراحت نشه، دیگه کسی تَن به آب این استخر نداد.

رضا کمی خیره به شمسی ماند و بعد گفت:

- ارتباط بین علی و این استخر چیه؟!

شمسی با یک تکان موهایش را پشت سرش انداخت و با تکیه به صندلی، گفت:

- خوب یادمه که تموم ظهرای تابستون علی یا تو این استخر شنا می‌کرد و یا زیر این درختا کتاب می‌خوند.

رضا غم چهره‌ی شمسی را دید. لیوانی آب برای خودش ریخت و گفت:

- می‌بینم که یاد علی غمگینت کرد. اگه اذیت میشی ادامه‌اش نده.

شمسی چانه‌اش را چند بار تکان داد و با مکثی کوتاه بر صورت رضا، گفت:

- تنها کسی که از ته دل به من محبت می‌کرد علی بود. هر وقت که بیرون می‌رفت، چشم به راه در بودم که با اون خنده‌هایِ همیشگی‌اش تو بیاد و شادم کنه. همیشه برام لطیفه تعریف می‌کرد. من سواد خوندن و نوشتن رو مدیون علی هستم.

و با کمی مکث ادامه داد:

- و البته آن چند تا معلمی هم که مهین‌بانو برام گرفت.

شمسی دیگر ادامه نداد. و تنها چیزی که سکوت سنگین مابین‌شان را بُریده‌بُریده می‌کرد، صدای شنا کردن کیانوش بود که از لابه‌لای درخت‌ها راه می‌کشید و به گوش‌شان می‌خورد. اما هیچ‌کدام‌شان دیگر به آن اهمیت ندادند. وقتی رضا نهارش را خورد، خواب‌آلود بود و سیگار می‌چسبید. سیگارش را که روشن کرد سرش را بلند کرد و دودش را رو به بالا وِل داد. شمسی که تا آن لحظه نگاهش می‌کرد، از پاکت سیگار رضا نخی برداشت و به تبعیت از او همین کار را کرد. رضا زیرچشمی نگاهی به گردن بلند و سینه‌های برجسته‌اش انداخت و گفت:

- میل داری در ازای کاری که برایم انجام بدی پول بگیری؟

شمسی پاهایش را آنقدر کش آورد که زیر میز به پاهای رضا خورد. با گردنی که رو به بالا گرفته بود و پیوسته سیگار می‌کشید و نوک موهای بلندش به زمین رسیده بود با تأخیر و لحنی بی‌تفاوت، گفت:

- حالا این کار چی هست؟

رضا گفت:

- همین رمانی که دارم می‌نویسم رو برام تایپ کن.

شمسی گردنش را پایین آورد و راست در چشمان رضا خیره شد و گفت:

- واااای من این کار رو دوست دارم. ولی مشکل اینه که تایپ کردن بلد نیستم.

رضا انحنای پاهایش را محکم به پاهای شمسی چسباند و خیلی جدی، گفت:

- تایپ کردن مشکلی نیست. خیلی زود یاد می‌گیری.

شمسی بلافاصله با لحنی که هر دم رو به شوقی تازه می‌رفت، گفت:

- آخ جون، پس من اولین کسی هستم که رمان جدیدت رو می‌خونم ولی...ولی دستگاه تایپ از کجا بیاریم؟!

رضا گفت:

- من یکی رو با خودم آورده‌ام. سال‌ها پیش در لهستان که بودم اون رو از یک چپ‌گرای دو آتشه هدیه گرفتم.

شمسی از تب‌وتاب افتاده به فکر فرو رفته بود. معلوم نبود در خیالش چه چیزی را نشانه گرفته بود که آرام، گفت:

- خوش به حالت تو خیلی جاهای این دنیا رو دیده‌ای! با خیلی از آدمای جورواجور دمخور بوده‌ای اما من... می‌دونی در واقع تو آرزوهای من رو راه رفته‌ای.

سکوت که شد رضا، گفت:

- این زیاد جالب نیست که تو از خودت راضی نیستی.

شمسی گفت:

- ببین من هیچ تجربه‌ای ندارم. اصلاً زندگی کردن رو بلد نیستم. از همان بچگی که به زور منو اینجا آوردن همه‌اش می‌خواستم این عمارت لعنتی رو ترک کنم و گم‌وگور بشم ولی نمی‌تونم. انگار طلسم شده‌ام.

رضا گفت:

- هیچ‌کس نمی‌دونه تا کی زنده‌ست، زندگی کن. از اینجا رفتن کار شاقی نیست.مهم اینه که به چه هدفی باید بری.

شمسی پا شد و کمی راه رفت. بعد خیلی راحت روی زمین و رو به آسمانی که از میان شاخه‌ی درختان درهم فشرده پیدا بود دراز کشید. صدای پرنده‌ها بود که از هر سوی باغ می‌شنید ولی درونش را انگار برای رسیدن به هدفی نامعلوم که هنوز عزم و اراده‌ای برایش نداشت در آغوش گرفته بود. شمسی احساس می‌کرد روانش دارد پوست می‌اندازد و کسی یارای دیدن آن را ندارد. و به صرافت افتاده بود که آن دل را از آغوشش باید رها کند تا خوب راه برود و معنای بودن را بچشد.

از آن روز وابستگی شمسی به رضا بیشتر شد. چون فهمیده بود که تکیه به او جام روانش لبریز از قدرت خواستن می‌شود و با دستانی پر از اراده می‌تواند موانع دست‌وپاگیر را یکی‌یکی از میان بردارد تا به منطقه-ای از زندگی‌اش برسد که هنوز هیچ چشم‌اندازی ازش نداشت و نمی-دانست آساییدن در آن چگونه است. او به این فکر می‌کرد که راز آسودن در چیست؟! اصلاً رازها از کجا می‌آیند؟! جادوی‌شان کدام است؟! و در پیکره‌ی زمان به چه میزان از اعتبار آن را به توبره‌ی رابطه‌ها می‌کشانند و یا ازش می‌کاهند؟! در کناره‌ی دریایی از روشنایی‌های جادوی‌اش وسعت تاریکی عمیقی را که دوروبر هر چیزی را فرا گرفته تا کجای این زندگی سخت و دشوار را کوتاه می‌کند؟! تو گویی رازها جادوهای

زندگی‌اند و از بی‌شمار پچ‌پچه‌های درون آدم‌ها سر برمی‌آورند و پیِ یک حرکت را می‌ریزند و یا سد هر تغییر ملموس می‌شوند.
مهین‌بانو وقتی‌که به بازار تهران رسید و کلید را در قفل زنگ‌زده‌ی حُجره‌ی قدیمی معتمدهای تاجر چرخاند، موجی از گردوغبار انباشته از سال‌های دور به حلقش رفت. کمی به سرفه‌اش انداخت ولی اهمیتی به آن نداد و نیز اعتباری برای نگاه‌های کنجکاوانه‌ی بازاریان قائل نشد. کلید برق را که زد ماتش برد از روشن شدن آن لامپ خیلی قدیمی. یادش آمد هر ماه پول آبونه‌ی برق آن‌جا را همیشه پرداخت کرده است. حُجره بوی نا می‌داد. دستش را جلو دهانش گرفت و نمی‌دانست آن چیزی را که در خواب و خیال دیده بود در کجای این حُجره‌ی گردوخاک گرفته می‌تواند بجوید. دیشب در میانه‌ی آن دریای خون، مادرش هلن از آینه‌ی تمام قدِ پستوی اتاق خواب مهین‌بانو بیرون آمده بود. همان‌گونه که در بچگی خواب به چشمانش که نمی‌آمد و حس شیطنتی کودکانه وادار به خنده و بازی‌اش می‌کرد. هلن با آن موهای بور و نیم‌خندهای ملیحش که در نظر مهین‌بانو فقط زن‌های لهستانی می‌توانند آن‌گونه بخندند، بهش می‌گفت اگر نخوابد از آن آینه کسی بیرون می‌آید و دعوایش می‌کند. حتی انگشتِ کوتاه اشاره‌اش را هم رو به آینه گرفته بود. از آن پس تمام دوران کودکی‌اش به این خیال گذشته بود که بالاخره کسی از آینه پا به اتاقش می‌گذارد اما این اتفاق هرگز نیافتاد. حالا که بیدار شده بود با تماشایی به اطرافش درخشندگی غرورش را نابود شده می‌دانست و سایه‌ای بر همه چیز نمایان بود که به طرز عجیبی رنگ‌باخته و تُهی از اشتیاقِ به دیدن به نظر می‌رسیدند. لحظات بی‌پایان کُشنده‌ای بود. چندین بار سرش را تکان داده بود و می‌خواست بداند که این فقط یک خواب بوده است و بَس. اما نه، به وضوح حضور گرم مادرش را حس کرده بود. حتی رگ‌های دستان سفید و کوچکش را هم دیده بود. دستانی که همیشه این فکر را به مخیله‌اش آورده بود که چرا خودش

و برادرش هوشنگ پوستی سفید و شفاف مثل مادرشان را ندارند. هلن چشم‌های درخشان و چهره‌ای سرد و دست‌نیافتنی داشت. او همیشه تنها بود و زیاد میل به معاشرت نداشت.
در بیشتر بعدازظهرها اشتیاقی که بیشتر حالت وظیفه در آن نمایان بود لای دیوان حافظ و یا خیام را می‌گشود و با آن ته لهجه‌ی لهستانی‌اش ابیاتی از آن‌ها را با صدای بلند می‌خواند. شرح و تفسیر این اشعار برایش مهم بود و هرگاه کسی در این ارتباط اظهارنظر می‌کرد، هلن سراپا گوش می‌شد. اما او همواره به دنبال معناها و نشانه‌های برآمده از استنباط خودش بود و گاهاً اگر خلاف آن را می‌شنید ضمن رد نظر دیگری با قاطعیت سعی می‌کرد تفسیر خودش را به کُرسی بنشاند. هلنِ نوزده‌ساله جزء دیاسپورای لهستانی تبارها در مسکو بود که با نادر ۲۴ ساله ،پدر مهین‌بانو، در گرماگرم روزی پر از هیجان آشنا شده بود. در آن زمان نادر به جای پدرش برای اولین بار جهت تجارت به روسیه رفته بود. هلن و نادر از همان ابتدای آشنایی شیفته‌ی همدیگر شده بودند. پدر و مادر هلن این علاقه را صرفاً احساساتی و دیوانگی محض می‌دانستند و عقل و درایتی در آن متصور نبودند. سرانجام هلن و نادر در یک مراسم خیلی ساده ازدواج کردند و دو هفته پس از آن برای همیشه به ایران آمدند. چند سال بعد از آن بود که با گسترش جنگ جهانی دوم دولت روسیه(شوروی سابق) لهستانی‌ها را از کشورش که اخراج کرد مادر هلن جزء خیل هزاران آواره‌ای بود که پا به ایران گذاشت. پدرش چند هفته قبل از کوچ اجباری تاب آن همه فشار عصبی را نیاورده و مُرده بود. و هلن وقتی‌که با پالتو قرمزی که بر تن داشت و مابین لهستانی‌های مهاجر به دنبال مادرش می‌گشت همین‌که او را دید از تعجب زیاد و بیمی وسیع سر جایش میخکوب شده بود. از بس پیرزن نحیف شده بود و ترس و تنهایی از چشمان پیر و خسته‌اش بیداد می‌کرد. پیرزن با آن‌ها بود تا یک سال قبل از پایان جنگ او هم مُرد. و از آن پس هلن به جز

همسرش نادر و دو تا فرزندش فامیل دیگری نداشت. بزرگ‌ترین خاطره-
ی مهین‌بانو از هلن تنهایی بزرگ و آرامش بیش از اندازه‌ای بود که
همچون پیله‌ای ناپیدا دور خودش تنیده بود.

۱۱

سرهنگ با دهانی خشک که گلویش را به خارش انداخته بود مدتی بود که از خواب بیدار شده بود و مردمک چشمانِ کم‌سویش را برای یافتن خطوط همیشگی روی سقف می‌دواند. حالت چهره‌اش آنقدر درهم رفته بود که بر شایعه‌ی بیزاری‌اش از آن سقف تکراری بالای سرش صحه می‌گذاشت. فاطی‌جان بارها از او شنیده بود که خسته از آن اتاق ملال‌انگیز است و پشت‌بندش هم گفته بود که این اتاق آزارگر بَدقِلِقی است. حتی فاطی‌جان دیده بود که سرهنگ گاهی با تکه پارچه‌ی سیاهی چشمانش را می‌بست تا برای لحظاتی هم که شده سقف و دوروبرش را نبیند. مهین‌بانو چندین بار ازش خواسته بود که تن به عوض کردن اتاقش بدهد ولی سرهنگ هیچ‌گاه زیر بار نرفته بود؛ زیرا نمی‌خواست از پنجره‌ای که چشم‌اندازش استخر فیروزه‌ای بود دور باشد. او می‌دانست با دوری از توفیدن‌های گذشته‌اش که باعث این کُنجِ دردآلود شده بود در کنار گذاشتن همنشینی با مردم آواز درونش رو به خاموشی گذاشته است. تا حدی که آینه‌ی دلش را هم کدر کرده بود و آرامش اطرافش را تهدیدآمیز می‌دید. تناقض در زندگی‌اش را عاری از تجربه‌های پریشانی می‌پنداشت که پشت سرشان گذاشته بود و در این بُرهه از خاموشی مرگ‌آور به این باور رسیده بود که نفس‌های ناکارآمدش عذاب اَلیمی است که با هر دَم بیهوده‌ای، شلاق را محکم‌تر بر روانش فرود می‌آورد.
سرهنگ مرتب نوک زبانش را بر لبان خشکش می‌کشید و گاهی می‌کوشید خودش را در جنگلی ببیند که در حالِ قدم‌زدن برای بازیافتن دلائل واژگونی سرچشمه‌ی خوشی‌هایش، ناغافل به گذشته‌ها برود و از نو یکی‌یکی خشت‌های زندگی‌اش را با تأملی شگرف دوباره برپا کند. در زیاد نپاییدن این رؤیاهای تکراری جَرق‌جَرق جرقه‌های اذهان‌های تازه

او را در نکوهشی اضطراب‌آور از آن جنگل خیالی بیرون می‌آوردند و سرانجام در باز آمدن غروب آفتاب بی‌اندازه رنگ‌پریده‌ی واقعیت‌ها خودش را درون روزگار پر از بیزاری و ملال و تحقیر می‌دید. در آن‌جا تلاش می‌کرد وارد کوچه‌هایِ تنگ نفرت با ساختمان‌های مرتفع و فرسوده‌اش نشود و یادآوری روزهای نامنظم به گِل نشسته سخت آشفته‌اش نکند.

سرهنگ سرش را کمی رو به پنجره چرخاند و گوش‌هایش را تیز کرد تا در آن صبح زود دوباره شیرجه‌زدنِ کسی را در آب استخر بشنود. اما نشنید. عوضش از لای پنجره‌ی نیمه‌باز فقط صدای پرندگان به اتاقش راه کشیده بود که موج لرزه‌های ریز به بدنش انداخته بودند. سرهنگ در عین حال که قبول کرده بود بخش بزرگی از زندگی‌اش را ازش گرفته‌اند از رؤیایِ صرفاً ذهنی‌اش نمی‌توانست دست بکشد. او که در خیال علی را شادگونه در حال شنا می‌دید، برایش فرقی نداشت کیانوش تو آب استخر شیرجه بزند و یا هر کس دیگری. با خستگی زیاد سرش را از روی بالش بلند کرد و بساط صبحانه را چیده شده بر میز دید. یادش نمی‌آمد فاطی‌جان کی آمده و رفته است. لحاف را پَس زد و بی‌اعتنا به زیرشلواری خیس از ادرار که به ملافه‌ها هم راه کشیده بود از تخت پایین آمد و به سمت میز رفت، فنجان قهوه را برداشت، نگاهی به آن کرد و بدون آن‌که ازش بنوشد دوباره آن را سر جایش گذاشت و از میز فاصله گرفت. از دور صدا می‌آمد. کسانی بلندبلند حرف می‌زدند، می‌خندیدند و توگویی این نواهای بشاش از خاکستر روزها و ماه‌ها و سال‌های از دست رفته‌ی پر از پریشانی و درد سرهنگ و هم‌نسل‌های او برخاسته بودند. و اکنون روشنایی غیرقابل درکی که به دیوار بلند نفوذناپذیر درون خسته‌ی سرهنگ می‌خورد، نشان می‌داد که او میلی به پی بردن به آن ندارد. به سوی پنجره رفت، روی صندلی چرمی که از

زور آفتاب صبح اندکی داغ شده بود، نشست و گوش خواباند تا صداها و زمزمه‌های سرخوشی که از دل باغ به گوشش می‌آمد را بهتر بشنود.
در انتهای روز پیش، هنگامی‌که آفتاب کاملاً پا پَس کشیده بود و سایه‌ی هر چیزی در سکوتی رخوت‌انگیز می‌رفت زنده‌زنده در ظلمت شب غرق شود، صندلی‌ها را آورده بودند. و امروز صبح به جز مهین‌بانو که با آن عینک آفتابی بزرگش در کُنجی از سایه‌ی دیوار کوتاه تراس صبحگاهی رو به محیط نیمه‌باز با سایه‌های بلند درختان در اطرافش نشسته بود، همه را می‌دید که در حال چیدن صندلی‌های سفید در ردیف‌های منظم بودند. مهمانی‌ای که قرار بود در غروب آن روز برگزار شود، تدارکش را رضا و شمسی و کیانوش در طی چند روز متوالی دیده بودند. آن‌ها زمانی مهین‌بانو را در جریان آن مهمانی گذاشتند که هر چیزی را طبق میل خود برنامه‌ریزی کرده بودند. تنها چیزی که از او پرسیدند این بود که چه کسانی را می‌خواهد به این ضیافت رقص و موسیقی و شام دعوت کند. مهین‌بانو بی‌خبر از آن ایده‌ی غیرمنتظره نگاهی به لیست مهمانان انداخته بود و بعد با بالا انداختن شانه‌هایش گفته بود:"هیچ کس." در آن‌وقت تنها کسی که به عمق چشمانِ مهین‌بانو خیره شده بود و پی به زمین سختِ گره‌دار چشمانش برده بود، رضا بود. و رضا یکی دیگر از دلائلی که مهین‌بانو از او فاصله‌ی بیشتری می‌گرفت را به وضوح چشید ولی باز تلاشی برای رفع آن نکرد. ایده‌ی این مهمانی و چندوچون و چراییِ آن از رضا بود و همین باعث شده بود که مهین‌بانو دندان بر جگر زخم‌برداشته‌اش بگذارد و بیشتر به نرده‌های پنهان درونش بچسبد تا مبادا فروافتد و از پا دربیاید. در آن لحظه یاد حرف هلن افتاده بود که بهش گفته بود:"تو باید خودت را قوی نگه داری، زندگی ارزش افتادن را ندارد." اما او به روزی فکر می‌کرد که درونش آنقدر نازک شود که با نرمه‌بادی هم از پا دربیاید.

فاطی‌جان احساس می‌کرد تاب و توان سنگینی این جشن را ندارد و اگر تیغش می‌زدی خونش درنمی‌آمد، غرولُندهایش بر کسی پوشیده نبود و هرگاه در گوشه کنار زارسلیم را تنها می‌دید با عجز و ناله تهدید می‌کرد که اگر وضع به همین منوال پیش برود همه چیز را وِل می‌کند و به روستایی دور خواهد رفت تا دست کسی بهش نرسد. از رضا تنفر داشت و بر این باور بود که با آمدن او عمارت را جنون گرفته است. رضا به بهانه‌ی آمدن کیانوش فکر کرده بود که در عمارت بی‌ساز و موسیقی و رقص و شادی مهمانی‌ای ترتیب بدهد تا از یک‌نواختی کرختی که دورشان را گرفته بود اندکی رها شوند. در یکی از همان روزهایی که رضا و شمسی همیشه در باغ و یا در کناره‌ی رود کوچک انتهای آن قدم می‌زدند و اکنون کیانوش هم جذب آن قدم‌زدن‌ها شده بود؛ حرف از موسیقی و درون جادویی‌اش پیش آمده بود. و همین باعث شد که رضا به این مهمانی فکر کند.

دنیایِ کیانوش با اطرافیانش خیلی تفاوت داشت. او عمارت را دیگر مثل دورانِ کودکی و گذشته نمی‌دید. و زیاد به خودش زحمت نمی‌داد که در این مورد فکر کند. جوانی بود که با احساساتش دست‌وپنجه نرم می‌کرد. بیشتر در زمان حال زندگی می‌کرد تا این‌که به گذشته و یا آینده نگاهی عمیق داشته باشد. کیانوش با عجیب یافتن عمارت و سردی سرگیجه‌آوری که همچون بادی ناپیدا درونِ هر چیزی می‌لولید، ابراز بیزاری کرده بود و نمی‌دانست با آمدن پاییز و شروع دانشگاه آن فضای خشک و بی‌انعطاف را چگونه تاب بیاورد!

زیرشیروانی عمارت بزرگ و جادار بود. به جُز یکی از پنجره‌هایش که رو به باغ باز می‌شد و از آن‌جا اصطبل اسب‌ها هم در لابه‌لای شاخ‌وبرگ‌های زیاد درختان پیدا بود، مابقی پنجره‌ها که سه تا بیشتر نبودند رو به آسمان گشوده می‌شدند. کیانوش همین‌که پا به سن بلوغ گذاشت شیفته‌ی آن زیرشیروانی شده بود و هر وقت از شمال به تهران می‌آمد

در آنجا می‌خوابید. و از آنجایی که مهین‌بانو او را دوست داشت با یک تخت بزرگ، مبلمانی کوچک و دو تا فرش نفیس دستباف، زیرشیروانی را برایش آراسته بود. حالا همین‌که صبح می‌شد کیانوش با فشار دادن دکمه‌ی کاست موسیقی غربی‌اش که تا پای پله‌های سرسرا می‌پیچید، زیر دوش صدا به گلو می‌انداخت و خواننده را همراهی می‌کرد. فاطی‌جان با وجود این که در سراسر زندگی‌اش تنها هم‌خو با صدای قُلقُل سماور همیشه روشن و یا جلزولز پخت‌وپزهایش بود اُنس‌واُلفتی با موسیقی در خود ندیده بود؛ برای این‌که لج شمسی را دربیاورد برای ثانیه‌هایی دست از کار می‌کشید، پای پله‌ها می‌رفت و به نوای موسیقی‌ای که هیچی از آن نمی‌فهمید و به یقین در خلوت ریشخندش هم می‌کرد و یا از آن می‌رمید، طوری دستانش را روی سینه‌اش می‌گذاشت و با خیره شدن به نقطه‌ای بهش گوش می‌داد که سنگ را هم به خنده وامی‌داشت. شمسی با دیدن این حالت از فاطی‌جان بدون آن که مثل سابق از کوره به در رود؛ نه می‌گذاشت و نه برمی‌داشت، گردنش را عقب می‌انداخت و قهقهه‌ی خنده‌اش در آشپزخانه می‌پیچید. فاطی‌جان هم حرصش می‌-گرفت و با شمسی درگیر می‌شد و در نهایت تهدیدش می‌کرد که اگر دست از این مسخره‌بازی‌ها برندارد، شکایتش را پیش آقا کیانوش می‌بَرَد. شمسی با شنیدن این تهدید بیشتر از پیش غش‌وریسه می‌رفت و در نهایت یا زارسلیم و یا حکیم او را از آشپزخانه بیرون می‌بردند و یا خودش با نگاهی تحقیرآمیز به فاطی‌جان آن‌جا را ترک می‌کرد. فاطی‌جان در حالی‌که اشک می‌ریخت زیر لب می‌گفت این دختره‌ی پتیاره کفاره‌ی کارهایش را روزی پَس می‌گیرد.

غروب که از راه رسید، روشنایی ریسه‌ی لامپ‌های رنگی، میان شاخه‌ی درختان با نوای موسیقی پاپ که در همه جای باغ و عمارت تاب می‌-خورد، درآمیختگی روزهای لَخته شده از بی‌تحرکی مَحض و جنون یک‌-شبه را از مصیبت‌بارترین ادعای تسلیم به غیرطبیعی‌ترین امر مسلم را

در تاروپود هوای آن شب گلاویز کرده بود. حکیم با لبخندی پَت‌وپهن و گونه‌هایی گُل انداخته از چند پیک عرق سگی، و کت‌وشلوار سیاهی که مهین‌بانو از میان خروارها لباس به‌جا مانده از گنجینه‌ی لباس‌های معتمد مرحوم بهش قرض داده بود، پای بساط بزرگی که انواع مشروبات الکلی بر آن چیده بودند از مهمانان پذیرایی می‌کرد. بوی خوشِ انواع غذاهای ایرانی که فاطی‌جان، یکه و تنها، پخته بود در فضا پیچیده بود و اشتهای همه را جوری برانگیخته بود که تحسین‌های ناگفته‌ای از چشمانشان می‌تراوید.

زارسلیم لباس "جامک" مردان بلوچ پوشیده بود. درست عینِ روزهای گذشته‌ای که در مراسم‌های جوروا‌جور مرحوم معتمد و مهین‌بانو همین لباس را بر تن می‌کرد. صورتش را سه تیغ اصلاح کرده بود و با دستپاچگی عجیبی که نمی‌دانست با دست‌های بزرگش چه کند، مرتب به همه جا سر می‌زد و سعی می‌کرد سیگار وینستون به مهمانان تعارف کند و فندک برایشان روشن کند. در این گیرودار دستی روی شانه‌اش فرود آمد و صدایی که هنوز زنگِ قدیم برایش داشت، گفت:

- چطوری مرد بلوچ!

زارسلیم سرش را برگرداند و دکتر شفیع را دید. تمام صورت دکتر را چین برداشته بود. اما نگاهش هنوز مثل گذشته‌ها برق می‌زد. مدت‌های مدید مطب دکتر شفیع در خیابان نوبهار نزدیک بهارستان بود. انسانی وقت شناس و منظم بود و در تمام سال‌های کاری‌اش کمتر به مسافرت رفت و اغلب سعی می‌کرد اوقاتش را در مطب بگذراند. هیچ‌گاه ازدواج نکرد و کسی نمی‌دانست چگونه با تنهای‌اش سر می‌کند! چیزی که مایه‌ی مزاح دوستانش شده بود و غالباً از این بابت دستش می‌انداختند. دکتر هیچ‌وقت از شوخی‌ها و متلک‌های آنان غمی به دل راه نمی‌داد. همه به قدرت پزشکی‌اش اشراف داشتند و بیماران زیادی بهش مراجعه می‌کردند. به طوری که یکی از پزشک‌های سرشناس تهران در روزگار

خود محسوب می‌شد. کمتر لبخند می‌زد و هنگام ویزیت بیمارانش طوری به چشمانشان زُل می‌زد تا آنان را وابدارد به دستورات پزشکی‌اش خوب عمل کنند. دکتر شفیع در تابستان سال ۳۲ زخمی‌های ناشی از زدوخوردهای خیابانی روز کودتا را بی‌هیچ چشمداشتی مداوا کرده بود. بعدها آزادیخواهانی را که در زندان مورد اذیت و آزار و شکنجه واقع شده بودند در خفا تحت درمان او قرار گرفتند. به همین دلیل رژیم شاه او را در دادگاهی فرمایشی به دو سال زندان محکوم کرد. ولی بیشتر از شش ماه در زندان نبود و عاقبت مورد عفو شخص شاه واقع گردید.

زارسلیم روزی زمستانی را به یاد آورد که سراسر عمارت را برف پوشانده بود و دکتر شفیع با اخمی در چهره و قدم‌هایی بلند از پله‌های سرسرا پایین آمده و رفته بود و از آن پس دکتر را در عمارت هرگز ندید و هیچ‌وقت پی به دلیل این قهر طولانی نبرد. اما حالا شادمانه از دیدن دکتر ابراز خوشحالی می‌کرد و در عین حال از تکیدگی و آن همه چروک چهره‌اش در تعجب بود. دکتر سرش را بیخ گوش زارسلیم آورد و پرسید:

- به نظرت امکان ملاقات سرهنگ هستش! خیلی وقته ندیدمش.

زارسلیم گفت:

- فکرکنم خوابیده باشه. اما به یقین از دیدن شما شاد میشه.

تبسم تلخی بر صورت دکتر نشست و بعد هردوشان وارد عمارت شدند. در این هنگام فاطی‌جان از کت‌وکول افتاده و بی‌رمق برای رهایی از گرمای اطرافش تکیه به چارتاقِ بازِ درِ انتهای آشپزخانه زده بود که مدتی با بی‌اعتنایی بالا رفتن زارسلیم و دکتر شفیع را از پله‌های سرسرا نگاه کرد. خسته بود و سایه‌ی سنگینی روی چشمان لوچش افتاده بود و در دل خداخدا می‌کرد که آن شب به اتمام برسد تا بر رختخواب یله شود و خوابی عمیق کوفتگی بدنش را تیمار کند. در آن لحظه مهین‌بانو با پیراهنِ شبِ آبیِ روشنی که به تن داشت و گیلاس شرابی که لاقیدانه

به دست گرفته بود به آشپزخانه آمد و لحظاتی نگاه هراس‌زده‌اش را به
فاطی‌جان دوخت و بی‌محابا، گفت:

- فاطی، همه چی مرتبه؟ نگرانم چیزی کم‌وکسری باشه!

فاطی‌جان دستی که زیر چانه‌اش گذاشته بود را پایین آورد و با لحنی
گرفته، گفت:

- خیالت راحت خانم جان، غمی نیس.

مهین‌بانو بار دیگر نگاهی سرسری به چهارسوی آشپزخانه انداخت و بعد
چشمی به پله‌های سرسرا گرداند، جرعه‌ای از شرابش را نوشید و در
حالی‌که سعی می‌کرد گردنش را بالا نگه دارد و چشمانی که نگران و دو
دل می‌نمود با قدم‌هایی ریز و نامطمئن از آن‌جا دور شد تا به دیگران
ملحق شود. کیانوش در انتهای تراس رو به سکویِ گروه موسیقی مابین
عده‌ای دختر و پسر هم‌سن‌وسال خودش ایستاده بود. لباس جینِ روشنی
پوشیده بود. هنگام صحبت کردن گردنش را شق‌ورق گرفته بود و نگاه
غرورآمیزی که داشت بر جذابیتش بیشتر می‌افزود و همه سراپا بهش
گوش داده بودند. در آن هنگام برای لحظاتی نگاهش با نگاه مهربانانه‌ی
مهین‌بانو تلاقی کرد. مهین‌بانو در آن‌سوی تراس ایستاده بود و کنجکاوانه
با گرداندن چشمانش به میان مهمانان و اطراف با ریتم موسیقی
انگشتانش را با ملایمت بر پیک شراب می‌نواخت. حکیم را گرم پذیرایی
دید ولی هنوز نمی‌دانست زارسلیم دکتر شفیع را نزدِ سرهنگ برده است.
مهین‌بانو ابروهایش را تابه‌تا کرد، جام شراب را از دستی به دست دیگر
داد، گوشه‌ی لبش را به دندان گرفت و با تردید به سوی کیانوش رفت.
به روی جوانانی که دور کیانوش بودند لبخندی زد و رو به کیانوش،
گفت:

- کیا جون، چند لحظه بیا.

کیانوش سریع آمد و با خنده، گفت:

- مادربزرگِ خوشگله من چطوره؟ امر بفرما تا انجامش ندم.

بلافاصله پیک شراب را از دست مهین‌بانو گرفت و جرعه‌ای ازش نوشید. مهین بانو با تبسمی که بیشتر به آتش زیر خاکستر می‌مانست، گفت:

- رضا و شمسی رو نمی‌بینم، مهمونی را میندازن و خودشون گم‌وگور میشن. برو پیداشون کن.

کیانوش با پوزخندی پیک را پس داد، روی گونه‌ی مهین بانو را بوسید و با دستی که به شقیقه‌اش بُرد و بی‌شباهت به سلام نظامی نبود، گفت:

- الساعه، دست‌بند به دست میارمشون خدمتت.

کیانوش سرخوشانه و پُر انرژی واچرخید، از تراس پایین پرید و با عبور از میان مهمانان و بی‌توجه به هر کسی به عمق تاریکِ درختان رفت. با قرار گرفتن در آن سیاهی و با کمتر شدن صدای همهمه‌ها و موسیقی شروع به سوت زدن کرد. انگار همه چیز دوروبرش در سیلان بود و در بی‌معنایی تاب می‌خورد. از دور پنجره‌های روشنِ خانه‌ی آن‌سوی عمارت را که دید ایستاد و نگاهی کجکی به پشت سرش انداخت. به جُز تاریکی چیزی ندید و صدای موسیقی آنقدر ضعیف بود که هیچ به حساب می‌آمد. بار دیگر راه افتاد اما نرسیده به انحنای روشناییِ پنجره‌ها چشمانش از شیطنتی که درونش را قلقلک می‌داد برق زدند و با شادی چهره‌اش گلاویز شد. به ذهنش رسید که شمسی و رضا را ناغافل بترساند تا کمی کیف کند. خندید و کفِ دستانش را به هم مالید. پشت در نفسی عمیق کشید و خیلی آرام دستگیره‌ی در را رو به پایین فشار داد. نور زردِ باریکه‌ی راهرو سایه‌اش را بر تاریکی پشت سرش انداخت. سریع در را بست و برای ثانیه‌هایی نفسش را در سینه حبس کرد. به آرامی قدم برداشت و هر چه جلوتر می‌رفت صدای نفس‌ها و ناله‌های هوس‌انگیز مبهمی تپش قلبش را غافلگیرانه بالا می‌برد. برخلاف درونش که او را از جلو رفتن منع می‌کرد اما توانایی ایستادن را در خود نمی‌دید. به آرامی پیش رفت و در پیچ دیوار ایستاد و سرش را به سمت صدایی که آتش به درونش انداخته بود گرفت. رضا پشت به او و با شلواری که تا زانوانش

پایین کشیده بود شمسی را دَمَر روی میز خوابانده بود و داشت می-کردش. کیانوش تمام وجودش گُر گرفته بود. چشم‌هایش را که بست پلک‌هایش لرزش زیادی داشتند. اما همین‌که آنان را دوباره گشود، نگاهش با نگاه شمسی تلاقی کرد. هیچ‌کدام‌شان توانایی برداشتن نگاه از همدیگر را نداشتند. طرز نگاه لوندِ شمسی و ناله‌های شهوت‌انگیزش با نفس‌های تاب برداشته‌ی رضا درهم آمیخته بودند و طاقت کیانوش را داشت می‌ربود. عاقبت برای رهایی از آن همه تب‌وتاب سرش را عقب برد و از آن‌جا بیرون رفت و شروع به دویدن کرد. کوبش شقیقه‌هایش را به وضوح می‌شنید. وقتی‌که مطمئن شد از آن‌جا فاصله‌ی زیادی گرفته، بالاخره ایستاد و کفِ دستانش را بر کاسه‌ی زانوانش گذاشت و تندتند نفس می‌زد. برای لحظاتی نمی‌دانست چکار باید بکند. کاملاً گیج شده بود. احساس می‌کرد در زمانی کوتاه، جهانِ دوروبرش شفافیت خودش را از دست داده است. در آن تیرگی هوا میان درخت‌های درهم فشرده حسِ رهایی و اسارت مرتب جابه‌جا می‌شدند. انگار پیش از چشیدن ظلمت زندگی همه چیز برایش بیش از پیش غیر قابل فهم شده بود. کمی دیگر مابین درخت‌ها ماند و بعد رو به جشن پا تند کرد. ولی چیزی را که دیده بود رهایش نمی‌کرد. جزئیات آن تصاویر حکم‌فرمایی دیوانه-واری بر ذهنش مستولی داشته بودند. به ویژه نگاه‌ها، لمبرهای سفید و دستان بهم فشرده‌ی شمسی همراه با شهوت ناله‌هایش از باریکه راه ذهن کیانوش هر دم وسعت بیشتری می‌یافت. پا به جشن که گذاشت چنان گیج به نظر می‌رسید که به زحمت صدای موسیقی و یا زمزمه‌های اطرافیانش را می‌شنید. یکراست به سمت میزی رفت که آبجوهای زیادی را روی آن گذاشته بودند. شیشه‌ای آبجو برداشت و با زُل زدن به حکیم آن را لاجرعه سر کشید. به آن هم قناعت نکرد و چند شیشه‌ی آبجوی دیگر را پی‌درپی بالا رفت. دوروبر میز شلوغ بود و برخی از آدم‌ها با

کنجکاوی او را می‌پاییدند. حکیم سرش را جلو برد و با صدایی خیلی پایین که دیگران نشنوند، گفت:

- آقا کیانوش، مهمونا دارن به شما نیگا میکنن، خوبیت نداره.

کیانوش پیک دیگری برداشت، دستش را روی سینه‌ی حکیم گذاشت و او را هول داد و گفت:

- تو حق نداری این‌طوری با من صحبت کنی. از گلیمت پا درازتر نکن. برو گم شو.

حکیم تعادلش را از دست داد و رو زمین پهن شد. ولی سریع بلند شد و خودش را جمع‌وجور کرد و در کمال تعجب کیانوش را خیره‌خیره نگریست. پوزخند کیانوش حکم پُتکی داشت که به زور می‌خواست حکیم را در زمین فرو کند. چشمانِ حکیم کِز خورده شد ولی سعی کرد به روی خودش نیاورد و به پذیرایی از مهمان‌ها ادامه بدهد. کیانوش با آبجویی که در دست داشت عقب‌عقب رفت و با ادامه‌ی همان پوزخند که می‌رفت در چشمانش به شرارت تهوع‌آوری تبدیل شود واچرخید، جمعیت را شکافت و خودش را به جلوی سکوی گروه موسیقی رساند. ترانه‌ای شاد بود و چند نفر در حالِ رقص بودند. کیانوش چشم به سکوی نوازنده‌ها دوخت، شیشه‌ی آبجوی‌اش را بالا برد و تا نصفه آن را سر کشید. در آن حال کم‌کم بدنِ سکرآورش را با ریتم موزیک یکی کرد و همه چیز دور سرش شروع به چرخیدن کردند. سرخوشی گلاویز در خشمش حسِ رهایی پروازی در بی‌پروایی بهش دست داده بود. به طوری که وانمود می‌کرد کمترین توجهی به اطرافش ندارد. نیمه‌ی دیگر آبجو را نوشید، شیشه‌ی خالی را پیش پایش بر زمین گذاشت و نرم‌نرم شروع به رقصیدن کرد. ریسه‌ی لامپ‌های رنگی بالاسرش با تصاویر بدن لُخت شمسی درهم می‌تنیدند و حسِ به بند کشیدن بدن و بوی زن در اوج موزیکی که وجودش را به یغما برده بود طنینی چند برابر داشت. با شور گرفتن کیانوش و رقصی که در چشم اطرافیانش جذاب می‌نمود، تعدای

از دختر و پسرهایی که در نزدیکی به او رقابتی پیدا و پنهان از خود بروز می‌دادند کم‌کم دورش را گرفتند. دختری که دِکُلته‌ای قرمز بر تن داشت و در یک‌وجبی کیانوش می‌رقصید بر ق چشمان سُرمه کشیده‌اش چون آونگی در آن بین پَس‌وپیش می‌شد. کیانوش در نهایتِ راحتی دست برد و گیسوان سیاه‌وصافش را نوازش کرد. دختر نیم‌دایره‌ای به سمتش چرخید و بلافاصله رودروی هم رقصی دونفری را آغاز کردند. طرز نگاه و لبخند دختر در نظر کیانوش یکسان می‌آمد. در رقصی که به آرامی داشت پیش می‌رفت چهره‌هایشان کم‌کم غرقِ ریزدانه‌های عرق شد و چیزی نبرد که کاملاً درهم آمیختند. کیانوش می‌خندید و بدنش داغ شده بود و تمایل به این داشت که آن دختر را در تصاحبی غیرمنتظره به میان درخت‌ها ببرد. اما این کار را نکرد. در این گیرودار شمسی را مابین جمعیت دید. شمسی که با حالتی رهاتر از همیشه با مردی تاس و قدکوتاه که انگار بینی‌اش را با مُشت بر صورتش پهن کرده باشند در حالِ رقص بود. چشم‌ها و لب‌های شمسی می‌خندیدند، اما یکسان نبودند. آن چشم‌ها به دروغی که بهش می‌گفت و لب‌های خندانش که زجر زمختی را یادش می‌آوردند هوسی بزرگ به جان کیانوش انداخته بودند. در حالی‌که با دختر هنوز گرم رقص بود نگاهش را نمی‌توانست از شمسی بدزدد. میل داشت هردوشان را در یک دایره‌ی نیمه‌روشنی داشته باشد. کیانوش زمانی به خود آمد که دختر سیلی محکمی به صورتش زد و خودش را از چنگش رها کرد. در آن‌جا بود که متوجه شد با دست‌هایش لمبرهای دختر را فشار داده است. با صورت سیلی‌خورده و نگاه‌هایی که از خاله‌ی ناتنی‌اش برنمی‌گرفت باز به رقصیدنش ادامه داد و یواش‌یواش به سویش رفت. به شمسی که رسید دستانش را کمی بالاتر از عرض شانه‌های استخوانی‌اش گرفت و به دورش شروع به چرخیدن کرد. در یک آن ایستاد و با حرکتی نرم و زیبا و نیم‌خندی بر روی مرد تاس دستان شمسی را از روی شانه‌هایش گرفت. مرد تاس

تسلیم و بی‌ادعا و با دهانی نیمه‌باز و شکمی که جلوتر از خودش راه می‌رفت از آن‌ها دور شد. شمسی در آن لباس سرتاپا زرد که روبانی سیاه بر انبوه موهایش بسته بود دستانش را دور گردن کیانوش حلقه کرد و با ظرافتی زنانه سینه‌های برجسته‌اش را به او چسباند. کیانوش برای یک لحظه چشمانش را بست و نفسی تازه کرد. انگار نفسش بند آمده بود و قصد مهار کردنِ آتش درونش را داشت. در آن حال موسیقی اوج خودش را گرفته بود و با رعشه‌های پی‌درپی که به درون کیانوش می‌افکند، فراز مستی‌اش را وسعت می‌بخشید. شمسی دهانش را بیخ گوشش بُرد و گفت:

- شب قشنگیه، نه!

کیانوش کف دستانش را بر انحنای کمر شمسی فشار داد و گفت:

- آره قشنگه، برای تو بیشتر.

شمسی خندید و گفت:

- بهت نمیاد حسود باشی! دیدم با اون دختر خوشگل می‌رقصیدی.

کیانوش نرم و سبک تابی به بدن شمسی داد و گفت:

- به تو هم نمیاد حسود باشی! حالا این پیرمرد ارزششو داره باهاش می‌پری؟! من دیگه بزرگ شده‌ام و خیلی چیزا حالیمه. ناسلامتی نوزده سالمه.

در سکوتی که مابین‌شان افتاد موسیقی و سروصداهای اطراف جایش را پُر کرد. شمسی پیش از آن‌که جوابش را بدهد چشمی به میان جمعیت گرداند و رضا و مهین‌بانو را دید که در آن‌سوی صندلی‌های سفید ایستاده بودند و انگار به مطلبِ خنده‌داری که برای هم تعریف می‌کردند غش‌وریسه می‌رفتند. رضا طوری ایستاده بود که بخش بزرگی از جمعیت را می‌توانست ببیند ولی مهین‌بانو بی‌آن‌که چشمانش او را لو بدهند حواسش به همه جا بود. حتی به شمسی و کیانوش. حالِ کسی را داشت

که در شهری خسته کننده، شلوغ و نیمه ویران نظرهای بُریده‌بُریده بیاندازد و یا پَس‌خنده‌های عاریتی لبانش را از ابراز هر اعتراضی دوخته باشد. وقتی شمسی با لحنی که انگار کیانوش را به ریشخند گرفته باشد، گفت:

- عزیزِ مهین، منظورت چیه از این که میگی نوزده سالته و دیگه بزرگ شده‌ای! بزرگ شدن و یا بزرگ بودن به سن‌وسال و قدوبالا نیست.

کیانوش با قهقهه‌ی مستانه‌ی کوتاهی که واژه‌ها را ناخواسته کِش می‌داد، گفت:

- چرا همیشه با کنایه حرف می‌زنی! این پیرزن کاری به ما نداره. تو حواست به من نیییس! خودتو به من بچسبون.

شمسی گردنش را عقب برد و از ته دل خندید و گفت:

- مطمئن باش اونقدر نچسبم که به هیچ‌کس و هیچ چیز نمی‌چسبم.

وقتی‌که این را گفت نگاهش به مهین‌بانو بود که شانه‌ی راست رضا را فشرد و با ادامه‌ی نیم‌خندهایی که برخی از آدم‌ها خودشان را پشت آن قایم می‌کنند به سراغ جمع کوچکی رفت که دکتر شفیع هم مابین‌شان بود. بر کسی پوشیده نبود که تعدادی از مهمان‌ها غرق جذبه‌ی پس از حضورش شده بودند. و آن گاهاً ملاحتی دیوانه کننده بود و به این می‌مانست که از روحش تجلیل کرده باشند. با آن‌گونه نواختنی دستانِ ضمیر روحش ذوبی در تسلط بر جای می‌گذاشت. چیزی که رضا از آن می‌رمید و خوشایندش نبود. رضا در تئوری‌هایی که همیشه درباره‌شان نوشته بود و در عمل هیچ‌گاه به آن نپرداخته بود احساس بودن را آن‌چنان والا می‌دانست که باورش دور این تفکر می‌چرخید که هیچ انسانی در خورِ دردورنج نیست و در عین حال وجود رنج بر انسان را هیچ‌گاه رَد

نکرده بود. قبول تسلط دیگری و توانایی پذیرش تجلیل از روح کسی را در خود نمی‌دید.

رضا مدتی کوتاه به اطرافش نگریست و بعد سیگاری گیراند. جمعیت پراکنده از رقص و موسیقی در زیر نوای گیتاری که در ملایمتی رؤیاگونه نواخته می‌شد به آرامی به سمت میز شام می‌رفتند. رضا اما به سمت میزی رفت که حکیم پشت آن ایستاده بود. او با دستمالی قرمز در حالِ خشک کردن گیلاس‌های شسته شده بود. رضا به میز که رسید پیک آبجویی را برداشت و به روی حکیم تبسم کرد. اما حکیم خشک و عبوس برای ثانیه‌هایی چشم در چشمش دوخت و سپس بی‌اعتنا به او گیلاس تمیز را روی میز گذاشت و خودش را به مرتب کردن اطراف مشغول کرد. رضا با نگاهی پر از کنایه و پوزخند گوشه‌ی لبش را اندکی بالا برد و بعد چانه‌اش را رو به جلو گرفت و به طرف میز شام قدم برداشت. در این هنگام شمسی را دید که با قدم‌هایی بلند به سمتش می‌آمد. شمسی پیراهنی قرمز و کوتاه با انبوهی از پولک‌هایی که نور دوروبر را مات و خنثی در خودشان نگه می‌داشتند، پوشیده بود. رضا با نگاهی نیمه‌جدی جُرعه‌ای از شرابش را نوشید و گفت:

- چه سریع لباس عوض کردی!

شمسی با نفس‌های بُریده‌بُریده گفت:

- کیانوش روی لباسام بالا آورد. مجبور شدم عوضش کنم.

کیانوش در آن بالا و پایین پریدن‌های زیاد و در بین آن همه رقص و موزیک که لحظه‌به‌لحظه بر مستی‌اش افزوده بود همین‌که روی پیراهن خاله‌اش بالا آورد دیگر توانایی ایستادن روی پاهایش را نداشت. همه چیز دور سرش چرخ می‌خورد. لامپ‌های رنگی بالای سرش با چهره‌هایی که به رویش می‌خندیدند و یا محو و خنثی نگاهش می‌کردند درهم‌آمیختگی عجیبی برایش داشت. در آن حال پیش چشمانش چهره‌ی هراس‌زده‌ی شمسی رنگ و حالتی دیگر داشت. میل به چنگ گرفتن

سینه‌های شمسی وامیداشتش چنگ به هوا بزند و با حرف‌های نامربوطی که بر زبان می‌آورد باعث خنده‌ی دوروبری‌هایش شده بود. البته تنها این نبود؛ مَست و لاقید سرش را بیخ گوش شمسی برده بود و با زبانی که در دهانش خوب نمی‌چرخید گفته بود که می‌خواهد کُصِ خیسش را لیس بزند. و شمسی که در نوبه‌ی خود با تمسخر نگاهش می‌کرد ریز خندیده بود و با فشار دادن بازوهای کیانوش و چشمانی خمار بهش گفته بود که چرت‌وپرت نگو تو مَست کرده‌ای و باید بروی بخوابی. این حالتی که آن‌ها خیلی نزدیک همدیگر را در آغوش گرفته بودند از چشم تیز مهین‌بانو پنهان نمانده بود. به طوری که آهسته‌آهسته از ژرفای درونش شعله‌هایی از غضب می‌خواست برآشفته‌اش کند اما با سر کشیدن شراب تلاش می‌کرد تا چشمانش پوشش طراوت همیشگی‌اش را داشته باشد. شمسی آشفته از به گند کشیدن سروصورت و لباس‌هایش توسط کیانوش در ابتدا عاصی به نظر می‌رسید اما با دیدن رنگ‌وروی پریده و حال بد کیانوش با دستپاچگی زیر بازویش را گرفت و داخل عمارت برد. پله‌های سرسرا را با هر زحمتی بود بالا رفتند و به اتاق زیر شیروانی که رسیدند کیانوش را روی تخت ول کرد و چیزی نبرد که هرزه‌گویی‌هایش فروکش کرد و زود به خواب رفت. شمسی از آن همه تلاش برای بالا آوردن کیانوش که ترسی رمنده چاشنی‌اش بود با نگاهی کوتاه به او کج‌خُلقی چموشانه‌ای درونش را گرفت. برای لحظاتی به پنجره‌ی تاریکِ بالای سرش خیره شد و بعد کنار کیانوش دراز کشید. در آن حال درونش مالامال از بیزاری و نفرت نسبت به خودش و همه‌ی اطرافیانش حتی رضا بود. تمام وجودش را لبِ پرتگاه نیستی می‌دید. احساس می‌کرد منشور گول‌زننده‌ای که به دور خود تنیده ناشی از زندگی چندگانه‌ای است که در پیش گرفته بود. و این آزارش می‌داد. به طرف کیانوش واغلطید و از سر غیظ صورت جوان و زیبارویش را وارسید. انگار نمی‌توانست چنگ انداختن به درونش را کنار

بگذارد. شاید هم می‌خواست به خودش بقبولاند که با این جوانی که در کنارش خوابیده و او را همیشه لوس و نُنُر می‌دیده نقطه اشتراک جنون‌آمیزی دارد. نفرت تیره‌تر از هر رنگ دیگری چهره‌اش را پوشاند. این‌بار با دقت بیشتری به زوایای چهره‌ی کیانوش زُل زد. به جُز چندوچونیِ جوانی زیبارو که بی‌خبر از این دنیای پُر تنش خواب مستانه‌ای را در پیش گرفته چیز دیگری نیافت. هر چه زور می‌زد به مرز اشتراکات خود و او نمی‌توانست پی ببرد. با بَدخُلقی صورتش را رو به سقف گرفت. صدای نازک خش‌خشی شنید که به دنبالش احساس کرد جیرجیرک است. اما به گمانش رسید که این خیلی شبیه صدای مار زنگی است. "مار زنگی این‌جا چه می‌کنه!" شمسی با شتاب نگاهی به کیانوش کرد و به آرامی لب‌هایش را بوسید و از اتاق بیرون رفت.

۱۲

وقتی‌که در آن صبح زود صدای شیونِ فاطی‌جان در کُلِ عمارت پیچید مهین‌بانو با چشمان باز هنوز در رختخوابش دراز کشیده بود و سعی می‌کرد به زوایای چیزهایی که در مهمانی دیشب دیده و شنیده بود فکر نکند و بی‌اعتنا از کنارشان عبور کند. حتی به شراب‌های چندساله‌ای که توسط زارسلیم از زیرزمین نَمورِ عمارت بالا آورده شده بودند، نمی‌خواست فکر کند. زارسلیم در آخرین لحظه دل به دریا زده بود و از خانمش پرسیده بود:"خانم‌جان، شراب آزادی رو هم بیارم؟!" مهین‌بانو با تعجب ازش پرسیده بود:"شراب آزادی کدام صیغه‌ای است؟!" و زارسلیم در بُهت‌وحیران بهش گفته بود:"همان شرابی که به دستور و لَمِ معتمد پدر در جنبش مشروطه درست شده بود و عهد بسته بود زمانی از آن شراب بنوشد که قانون مشروطه به طور کامل بر سراسر ایران سیطره یابد." مهین‌بانو در ابتدا زده بود زیر خنده و بهش گفته بود که آن شراب شاید الآن عسل شده و دیگر نوشیدنی نیست. و بعد با کمی مکث که حتی خون به صورتش هم دویده بود مثل برق‌زده‌ها از زارسلیم خواسته بود که فعلاً دست نگه‌دارد و تا او نگفته دست به آن شراب نزند. در آن لحظه که مهین‌بانو باغبان و رازدارِ معتمدهای تاجر را از آوردن آن شراب منع کرده بود، متوجه شد گاهی اوقات اذیت کردن جمعیت کثیری از آدم‌ها در تنگ شرابِ کهنه‌ای شاید خوابیده باشد. این فکر به تابلو نقاشی نوآورانه‌ای شبیه بود که رنگ‌وبویش را در ذهن می‌پروراند و بدون آن‌که از کشیدن نقاشی سردربیاورد، دلش می‌خواست بوم بر سه‌پایه‌ای بگذارد و کشیدنش را آغاز کند. آهی کشید و آزرده از تمام فکرها و هدف‌های به سرانجام نرسیده‌اش دَمَغ شد و تو لَک رفت. اکنون نیز که شیون فاطی‌جان در عمارت پیچیده بود بدون آن‌که از سر جایش

تکان بخورد به دراز کشیدنش در رختخواب ادامه می‌داد. تا این‌که با صدای چند ضربه‌ی غیر عادی و عجیب به در اتاق، هراسی یخزده نیم-خیزش کرد. در باز شد و شمسی تو آمد و بی‌هیچ لُکنتی، گفت:

- میهن، سرهنگ حالش به هم خورده، لطفاً...

مهین‌بانو با صورتی که انگار حی‌وحاضر از دل توده‌ای سرما بیرونش آورده باشند، دستش را سریع بلند کرد و با صدایی خشک و بی‌انعطاف، گفت:

- شمسی، لطفاً ادامه نده.

مهین‌بانو پس از درنگی کوتاه لحاف را پَس زد، از تخت پایین آمد و با موهای افشان بر شانه‌ها و لباس‌خواب حنایی رنگ و بلندی که بر تن داشت رو به اتاق سرهنگ قدم برداشت. حکیم و کیانوش از خواب پریده و ساکت، جلو در اتاق سرهنگ ایستاده بودند. بر صورتشان یخی نازک از غمِ ناخواسته نشسته بود. مهین‌بانو چانه‌ی منقبضی که رو به جلو گرفته بود از کنارشان عبور کرد و وارد اتاق سرهنگ شد. فاطی‌جان گریه‌کنان به سویش رفت و با گرفتنِ دست‌هایش، گفت:

- خانم‌جان، الهی بمیرم. صُبونه‌ی جناب سرهنگ رو که اُوردم دیدم سرهنگ یه پا و یه دستش از تخت بیرون افتاده و دور از جون شما دهانش باز و چشماش رو به جایی نامعلوم راه می‌رفتند.

مهین‌بانو سرش داد کشید و گفت:

- ساکت شو فاطی. دندون رو جیگر بذار.

فاطی‌جان از شیون افتاد، ولی با اشک‌هایی که بر صورت باریکش هنوز جاری بود نِق‌نِق‌کنان رفت و سه‌کُنجِ اتاق ایستاد. مهین‌بانو در بیهودگی کامل سعی می‌کرد خونسرد باشد. به سمتِ سرهنگ رفت و به چهره و اندام بی‌حرکتش خیره شد. چشمانِ سرهنگ هنوز باز بودند و دهانش نیز بازِباز. در کنارش نشست و سرش را روی سینه‌اش گذاشت. در این

هنگام رضا و زارسلیم سراسیمه وارد شدند و به مانند دیگران در پای تخت ساکت به تماشا ایستادند. مهین‌بانو بی‌اعتنا به رضا و سایرین سرش را از روی سینه‌ی سرهنگ برداشت و دست بر چشمانش کشید و آنان را بست اما برای دهان گشوده‌اش هیچ کاری نکرد. تنها زیر لب، گفت:

- هوشنگ رفتی!

فاطی‌جان لَب ورچید و دستانش را پیش آورد و جلو دامن بلندش محکم درهم تنید. حالت چهره‌اش به گونه‌ای بود که انگار به جز غمِ سوگواریِ تازه‌ای که گریبانش را گرفته بود، ترس و دلهره‌ی ناپیدایی هم می‌شد در آن خواند.

رضا از زمانی که پا به عمارت گذاشته بود از سردی و دوری گرفتن‌های مهین‌بانو نسبت به خود آزردگی به دل راه نداده بود. حالا هم پایِ جنازه‌ی دوست دیرینش ایستاده بود و فکرش به جایی قد نمی‌داد. قدمی جلو گذاشت و خواست پیش بیاید و ابراز همدردی کند اما با حرکت دست مهین‌بانو سر جایش ایستاد و فقط نگاه کرد. مانده بود معطل که چه بکند!

مهین‌بانو خم شد، پیشانی سرهنگ را بوسید، کمی دیگر به صورتش نگریست و بعد نگاهش برقی زد و از جا جهید، به سمت پنجره رفت و آن را تماماً گشود و سپس به آن‌هم قناعت نکرد و از اتاق بیرون دوید. در حالی‌که زارسلیم و فاطی‌جان و حکیم و شمسی به دنبالش می‌دویدند، مهین‌بانو یکی‌یکی پنجره‌های بسته‌ی عمارت را از هم گشود و فاطی‌جان و شمسی روی تمام آینه‌ها ملافه‌ی سفید کشیدند. مهین‌بانو به آخرین پنجره که رسید تا کمر خم شد و با تمام وجود جیغ کشید. این فغان در همه جای عمارت طنین انداخت. روز بعد سرهنگ با تعداد خیلی کمی از دوستان وآشنایانش در تشییع‌جنازه‌ی خیلی ساده‌ای در قبرستان خانوادگی به خاک سپرده شد. در سرا سر آن روز مهین‌بانو

خاموشی گزید و لام‌تاکام حرفی نزد. رضا هم برای لحظاتی کنارش ایستاد و تنها به تسلیتی کوتاه بسنده کرد و دیگر چیزی نگفت.

از روزی که سرهنگ مُرد مهین‌بانو لباس سیاهِ بلندی بر تن کرد و در بُهت و سکوت فرو رفت. پنداری به این نقطه از زندگی‌اش رسیده بود که نشانه‌ها را یک‌به‌یک از دست داده است و در پیکره‌ی زمانی قرار گرفته که تمامی مقاصد گذشته‌اش آنقدر رنگ باخته‌اند که دیگر برایش قابل شناسایی نبودند. نه حرف‌ها، نه واژه‌ها، نه تصاویر و نه اشیاء هیچ‌ـ کدام از این‌ها دیگر نام و مفهوم گذشته را برایش نداشتند. هر کدام از آن‌ها معنایی پنهانی و غریب بر وجودش چنگ می‌انداختند. برخی مواقع فراموش می‌کرد در چه زمان و یا مکانی زندگی می‌کند. همین‌که این احوال سراغش می‌آمد با هول‌وولایی غریب دست‌وپا می‌زد که به آن نقطه از گذشته‌اش برگردد تا آن ترس ناآشنا را از خود دور کرده باشد. به زمانی نه‌چندان دور که اشیاء و زمان و حتی نام‌ها و حالات معنای مخصوص به خود داشتند و در دایره‌ی عادت‌هایش می‌چرخیدند. اما او با این‌گونه از پا افتادن سَرِ جنگ افتاده بود. و هر طور بود می‌خواست این مصیبت‌باری غیرطبیعی را از سر خود باز کند.

آیا مهین‌بانو در رنج تازه‌ای لانه کرده بود؟ آیا این رنج او را به انزوایی دیگر سوق می‌داد؟! اما او در جهانی می‌زیست که دیگر تعلق‌خاطری نسبت به آن نداشت. جهانِ درونش دود شده بود و اثری ازش باقی نمانده بود. او دوست نداشت از آن پَس سایه شود و مورد تمسخر همه واقع گردد و به مانند روحی سرگردان در این عمارت چرخ بخورد، اما بدون گذشته چرا!! مهین‌بانویی بدون هیچ نقشی در گذشته‌ای که دَرگذشته بود. این حس آن‌چنان در دلش قوی بود که انگار اگر مدادپاک‌کنی دستش می‌دادند نام خود را از درون و برون روزگاری را که پشتِ سر نهاده پاک می‌کرد. اما نمی‌دانست از این پَس چه نقشی باید ایفا کند! احساس می‌کرد نباید دلواپس نقابی باشد که گذر زمان از

صورتش ربوده بود. و ته دلش قرص بود که آن نقاب بر باد رفته آزاری برای کسی نداشته است. ولی در انتخاب نقاب‌های پیش‌رو که شبانه‌روز دست از سرش برنمی‌داشتند شک‌ودودلی زیادی داشت. می‌ترسید آنقدر پیش برود که تنها سایه‌ای از او باقی بماند. بزرگ‌ترین تصمیمش در آن روزها این بود که تا روزی که زنده است لباس سیاه را از تنش درنیاورد. و در این راهِ تازه نیاز به توضیح برای دیگران در خود نمی‌دید.

روزی که با لباس سفید به خانه‌ی معتمد آمد اراده‌ای دیگر وجودش را در چمبر خود داشت. در انتهایِ همان شب با دستان چند پیرزن لباس-های سفیدش را درآوردند و بدنِ باریک و تُردش را در تختخواب فلزی سیاهِ بزرگی با انبوهِ ملافه‌های سفید خواباندند و با لبخندهایی که به آخرین لبخند مُرده‌ها می‌مانست از حجله‌ی داماد بیرون رفتند. مهین‌بانو با بدنی عُریان روی تخت دارز کشیده بود و هیچ چشم‌اندازی برای آینده و زندگی‌اش نداشت. معتمد با آن گردن ستبر و خنده‌ی پَت‌وپهنی که بر لب داشت همین‌که وارد اتاق شد با دیدن تنِ لُخت او تا بناگوش قرمز شد و بی‌اراده خواست لباس‌هایش را درآورد و کار دامادی‌اش را یکسره کند که مهین‌بانو خیلی خشک و رسمی بهش، گفت:

- خسته‌ام، امشب نه.

خنده بر لبان معتمد خشکید و بی‌درنگ، گفت:

- این برخلاف رسم خونوادگی ما و یا حتی هر تازه عروس و دامادی‌ست. من آرزو داشتم داماد شوم.

مهین‌بانو بی‌هیچ ترس و تعارفی، نیم‌خندی زد و گفت:

- تو یه باره دیگه ازدواج کرده‌ای. یه دختر هم از اون خانم داری.

معتمد در حالی‌که کتش را روی دست راستش انداخته بود با صورتی گُر گرفته، گفت:

- منظورت چیه؟ اون ازدواج مُرده و رفته پی کارش. مَردها با هر ازدواجی باز هم تازه دوماد میشن.

مهین‌بانو نیم‌خیز شد و با کف دستانش سینه‌هایش را پوشاند و گفت:

- زن‌ها چی؟ آیا زن‌ها هم هر بار ازدواج کنن دوباره تازه عروس میشن؟

معتمد با کلافگی خنده‌ی بلندی کرد و گفت:

- زن‌ها فقط یه بار عروس میشن. گوهری که به مَرد میدن شانسش فقط یه باره. اونو از دست بدهند برگشت‌ناپذیره. تو چطور این چیزا رو نمی‌دونی؟! پس چرا ازدواج کرده‌ای؟!

مهین‌بانو در خستگی زیاد و با لحنی ملایم، گفت:

- من این چیزای بُنجُل و عقب‌مانده رو خوب می‌دونم. منتهی این حرفا به کَتَم نمی‌ره. نمی‌خوام مثل یه شیء و یا اسباب‌بازی باهام رفتار بشه.

از آن شب به بعد معتمد حتی برای یک شب هم شده در آن اتاق و روی آن تخت نخوابید. و در این‌باره هم با مهین‌بانو هیچ‌گاه صحبت نکرد.

حالا مهین‌بانو در یکی از آن روزهای آخر شهریور تک‌وتنها در آلاچیق نشسته بود و به قاصدک‌های سرگردان دوروبرش نگاه می‌کرد که خبر از آمدن پاییز می‌دادند. به ناگاه دست برد و یکی از آن‌ها را طوری به چنگ آورد که شاخک‌های نازکش نشکند. دستانش را در دامن پیراهن سیاهش گذاشت و به آرامی مچِ دست بسته‌اش را واگشود و به قاصدکی که در نظرش تنها یک چشم داشت خیره شد. بچه که بود همین‌که سروکله‌ی قاصدک‌ها پیدا می‌شدند همراه با هوشنگ و با خنده و هیجان آن‌ها را دنبال می‌کردند. هوشنگ سعی می‌کرد آن‌ها را زیر پاهایش له کند اما او سبکی‌شان را دوست داشت و حسِ در چنگ داشتن و به بازی گرفتن‌شان وجودش را پر از شوق خالقانه‌ای می‌کرد. اما اکنون طوری به آن زُل زده بود که توگویی برای اولین بار است به یک قاصدک تَک‌چشم می‌نگرد. و برایش سوال بود که قاصدک‌ها چرا با این نازکی و یک‌چشمی می‌توانند خطر پرواز را در حدِ سرگردانی به جان بخرند؟! "مگر می‌شود

با یک چشم سبک و روان بود؟! اگر آن‌ها دو چشم و ذهنی رونده همچون انسان می‌داشتند روزگاران همان‌طور سبک و روان بود و یا مثل آدم‌ها زخم می‌زدند و زخم می‌خوردند؟!" صدای پایی را که شنید مچِ دستش را دوباره بست، چانه‌اش را کمی بالا گرفت و احساس کرد چقدر این صدای پا بی‌قرار، جوان و با نشاط است. کیانوش بود که با کیفی آویزان بر شانه و دو کتاب در دست نزدیک آلاچیق آمد و گفت:

- مادربزرگ، صبح به این زودی چرا اومدی بیرون؟! سرما می‌خوری ها. داره پاییز میشه.

مهین‌بانو مچ بسته‌اش را به سینه‌اش چسباند فقط تبسمی کرد و هیچ نگفت. کیانوش گفت:

- مادربزرگ، دیروز با زارسلیم اتومبیل پدربزرگ رو تمیز و رو به راه کردیم. بدون اتومبیل خیلی سخته از این جای پرت خودم رو به دانشگاه برسونم. از نظر تو اشکالی نداره از اون استفاده کنم.

مهین‌بانو با همان تبسم، گفت:

- کار خوبی می‌کنی. تنها نوه‌ی معتمد تویی عزیزم. از امروز این اتومبیل ماله تو.

کیانوش با خوشحالی از پله‌های آلاچیق سریع بالا رفت و گونه‌ی مهین‌بانو را بوسید و قبل از این‌که برود، گفت:

- در بس مخلصتم. شب می‌بینمت. فعلاً.

کیانوش رفت و تا مدت مدیدی که مهین‌بانو نگاه ولعش را به دنبالش دوخته بود مچ دستش به آرامی باز شد و قاصدک در نرمه‌بادی پیچید و از تیررس چشمانش نماند.

۱۳

شمسی لُخت‌وپتی در ملافه‌های رختخواب کیانوش که بیدار شد حسِ دوری از عادت‌های روزانه‌اش را داشت. با چشم‌های نیمه‌باز نگاهی به اطراف اتاق گرداند. کیانوش رفته بود. پلک‌هایش را دوباره بست و مدت زمانی نیمه‌بیدار لای ملافه‌ها ماند. زیرجُلکی خندید بر شب بی‌پروای دیگری که پشت سر گذرانده بود. به یکباره روی تخت نشست و چشمی به اطراف دواند و زیرلبی یکی از آن فحش‌های چارواداری که از حکیم یاد گرفته بود نثار کیانوش کرد. خودش از آن فحش خنده‌اش گرفت. لحظاتی دیگر در سکوت چشمانش راه رفتند و بعد به زحمت از بستر برخاست. یادش افتاد که سیگار را با خود نیاورده است. در آن لحظه آفتاب سخت و زننده ازمیان ابرهای پراکنده،گذرا و خاموش از دو تا پنجره‌های بالای سرش تابید و رفت. دستان و صورتش را بی‌اختیار رو به روشنایی پنجره‌ها گرفت. آسمان هیچ درخشندگی نداشت. حال‌و-هوای شمسی هم به گونه‌ای بود که انگار از سلول انفرادی یک زندان به سلولی دیگر منتقلش کرده باشند. او که در دایره‌ی خیلی تنگی زندگی کرده بود طرز ایستادنش با بدنی کاملاً برهنه حس بی‌پروایی جنگ-طلبانه‌ای به خود گرفته بود. آنقدر به آن حالت ایستاد تا دست‌آخر خسته شد، دستانش را پایین آورد و صورتش را از آسمان برگرفت. بیشتر از آن جائز ندانست که در آن وقت روز در اتاق کیانوش بماند. می‌بایست به کلبه‌ی سیاه می‌رفت و نوشته‌های رضا را تایپ می‌کرد. با شتاب لباس پوشید و از آن‌جا بیرون رفت. به پله‌های سرسرا که رسید فاطی‌جان در حال آماده کردن صبحانه بود. یک‌وری و غضب‌آلود نگاهی به شمسی انداخت که با موهای ژولیده و راه رفتنی ولنگارانه به سوی اتاقش می-رفت. فاطی‌جان سریع به اتاق خودش در انتهای مطبخ دوید و از زیر

تختش عروسکی دست‌ساز، چرکو و زشت را درآورد، بلافاصله سوزنِ لای پیراهنش را گشود و با وِردهای جادوگرانه‌ای که می‌خواند به نام شمسی و نفرت از او هر بار سوزن را به چشم‌ها، سینه‌ها، آلت جنسی، قلب و هر جای بدن عروسک فرو می‌کرد. این کار را آنقدر ادامه داد که چشمان لوچش از حدقه داشت بیرون می‌پرید و پوست نیمه‌سیه‌چرده‌اش به سیاهی زده بود. و عین عجوزه‌ای پُر امید با دعا و وِردهای جادوگرانه، گفت:

- بمیر، بمیر، شمسی جیز جیگر بزنی، تو آتش این دنیا و اون دنیا بسوزی، رسوای خدا و خلق خدا شوی."

صدای حکیم که او را از آشپرخانه صدا می‌زد وادارش کرد که از ادامه‌ی جادوجنبلش دست بکشد. عروسک را دوباره زیر تخت انداخت و با تکه پارچه‌ای رویش را پوشاند و بیرون رفت. حکیم با کمی دقت به صورتش، گفت:

- چرا رنگ و روت سیاه و کبود شده! ناخوشی!

فاطی‌جان برافروخته، گفت:

- ناخوش جدوآبادته. چرا به خلق‌الله تهمت ناروا می‌زنی؟!

حکیم با تعجب آمیخته به عصبانیت، گفت:

- ای بابا! حالا ناخوش نیستی به درک اسفل‌السافلین. منِ خر و باش که فکر می‌کردم مریض شده.

فاطی‌جان رفت و در یک وجبی حکیم ایستاد و راست تو صورتش، گفت:

- مریض و ناخوش خودتی و اون شمسی هرزه‌ی جنده که خیلی خوب می‌دونم تُنکه‌های رنگی‌رنگی‌شو با همین دست‌های نجست بالاوپایین می‌کشی. تو خجالت از خدا و خانم‌جان نمی‌کشی که نمک خورده‌ای و نمکدان می‌شکنی! شمسی داره برکت و فخر و احترام رو از این عمارت دور می‌کنه. کسی نمی‌تونه جلو غضب خدا را بگیره.

حکیم صورتش را جلوتر برد و خیلی جدی، گفت:

- تُنکه‌های اینواون رو بالاوپایین کشدن من به تو ربطی نداره. تو چرا خجالت نمی‌کشی و از خدا نمی‌ترسی که به دختر معتمد مرحوم تهمت ناموسی و بی‌اخلاقی می‌زنی؟ در ضمن من مثل خر تو این خراب شده دارم کار می‌کنم! هنوز وضع و حالم خوش نیست. هنوز زن‌وبچه‌ای ندارم چون هیچی ندارم. اصلاً بگو ببینم مگه تو وکیل وصی خدا و یا این عمارت کوفتی هستی؟!

فاطی‌جان در حالتی بی‌قرار صدایش را بلندتر کرد و گفت:
- این دختر یه پا خود شیطانه! نوح هم فرزند ناخلف داشت چه برسد به معتمد مرحوم. این دختر یا با تو می‌خوابه یا با اون قلم به دست خوش خیال می‌پره و یا حالا داره آقای این خونه رو جوون جوون از راه به در می‌بره. من وکیل خدا نیستم اما از آتش جهنم و عذاب الهی می‌ترسم. آدمای دوروبرم باید پاکیزه و خدا ترس باشن.

حکیم با صدایی پایین و پر از غیظ، گفت:

- تهمت نزن عجوزه، اونا خاله و خواهرزاده‌اند، تو باید توبه کنی از حرفی که داری می‌زنی. خداترسِ تهمت‌زن رو تا حالا ندیده بودم.

فاطی‌جان زد زیر گریه و با دستانش صورتش را پوشاند و حکیم چند بار به پله‌های سرسرا و اطراف سریع نگاهی انداخت و از آشپزخانه بیرون رفت. شمسی تمام آن حرف‌ها و بگومگوهای بین فاطی‌جان و حکیم را از لای در نیمه‌گشوده شنیده بود. در را بست، سیگاری گیراند و چنگ به موهای آشفته‌اش زد و قطرات اشک از روی گونه‌هایش پایین سُرید. دو بار پاهایش را محکم بر کفِ اتاق کوبید، نگاهی از سر درماندگی به سقف کرد و بعد با همان سیگار روشن رفت بیرون و در حالی‌که هنوز اشک پهنه‌ی صورتش را می‌خیساند، راهروهای طولانی با پنجره‌های

بلند کنارش را طی کرد و رو به حمام رفت. داخل حمام که شد در را از پشت بست و با پُک‌زدن‌های عمیق به سیگار، کشوهای تنها کمد آن‌جا را یکی‌یکی با حرص و بغض بیرون می‌کشید و انگشتان باریکش را تُندتُند لابه‌لای خرت‌وپرت‌ها و حوله‌های تازده می‌دواند. بالاخره در انتهای آخرین کشو ماشین دستی اصلاح موی سر کهنه‌ای را پیدا کرد. کونه‌ی سیگار را کف حمام پرت کرد و بدون آن‌که لباس‌هایش را دربیاورد با چشمانی قرمز از اشک و غم موهایش را از ته زد. بعد برای لحظاتی به صورتش خیره شد، با دلِ انگشتانِ دست چپش گونه‌هایش را لمس کرد. و برای این‌که دوباره به گریه نیافتد، بغض سینه‌اش را فروخورد، خیلی سریع کف حمام را تمیز کرد، دوش گرفت و با پوشیدن لباس‌هایش به اتاقش بازگشت. با نگاهی جدی و صورتی به غایت غمگین پاکت سیگار و فندکش را برداشت و با زدن عینکی سیاه و بزرگ به عزم رفتن پیش رضا از اتاق بیرون آمد. حین راه رفتن سرش را بالا گرفته بود و با قدم‌های بلند و بی‌اعتنا به کسانی که در آشپزخانه پشت میز بزرگ نشسته و نگاهش می‌کردند از آن‌جا دور شد و در میان درختان باغ از تیررس هیچ چشمی نماند. فاطی‌جان که تا پشت پنجره رفته بود و کنجکاوانه چشم به دنبالش دوخته بود دوباره بر سر میز بازگشت، فنجان چایی‌اش را برداشت و قبل از آن‌که ازش بنوشد، گفت:

- دختره‌ی بی‌چشم‌ورویِ هرزه. غضبِ خدا هم کچلش کرد. این یکی دیگه از اداواصولایِ این پتیاره‌ست.

زارسلیم استکان چایی‌اش را محکم تو نعلبکی کوبید و گفت:

- بس کن زن. ما که اختیاردار او نیستیم. مگه نمی‌بینی که خانم هم مدت‌هاست کاری به کارش ندره! آتیش جهنم رو برای خودت شعله‌ور نکن. ما باید کروکور در این‌جا زندگی کنیم. این روی پیشانیمون نوشته شده. کروکورولال.

فاطی‌جان فنجان را روی میزی که از تمیزی برق می‌زد گذاشت و گفت:

- معلومه که ما اختیاردارش نیستیم. ولی اون داره جلو چشم همه هرزگی می‌کنه. والله بالله وقاحت هم حدی داره. انگار شیطون رفته تو جلدش داره یکی‌یکی مردای این عمارت رو از خدا و پیغمبر دور می‌کنه. اگه هر نرینه‌ای توی تنبون زن‌ها گم بشه سقف زندگی فرومی‌ریزه و اون‌وقت هر چیز حرومی از این سقف چکه‌چکه می‌کنه و زاروزندگیمون نجس میشه و شیطون هر غلطی که دوست داشته باشه می‌کنه.

زارسلیم چپقش را چاق کرده بود و بِروبِر به فاطی‌جان نگاه می‌کرد. عاقبت با تُرشرویی، گفت:

- زن، هیچ‌کدوممون رو در یه قبر نمی‌ذارن. اگه گناهی هم هست بذار پای خودش نوشته بشه. بس کن. داری بی‌خود خودتو اذیت می‌کنی. دو روز دیگه شوهر می‌کنه و از این‌جا می‌ره. بعدش همه چی هم فراموش میشه.

زارسلیم هم به میان باغ رفت و فاطی‌جان با دست‌های روی میز و فنجانِ خالی پیش‌رویش چشم به نقطه‌ای نامعلوم از پنجره دوخت و پلک هم نمی‌زد. کوچک‌ترین اُمید و یا روزنه‌ای شادی در آن نگاه پیدا نبود. در آن هنگام مهین‌بانو راست‌قامت و بی‌صدا، عین یک شبح عزادارِ سیاه‌پوش از پله‌های سرسرا پایین آمد. در لاغری‌ای که پس از مرگِ سرهنگ تکیده‌ترش کرده بود، بی‌شفاییِ غمش را در آهنگی نو برای زندگی‌اش نهاده بود. واقعی‌ترین زیبایی که شاید تمنای روزگار به او داده بود هنوز در چهره و اندامش رُخ به اطراف می‌کشاند. و ملال و اراده‌اش که در آن روزها ستیزی ویرانگر آغازیده بودند در پَسِ پرده‌ای تیره‌تر از لباس عزایی که بر تن داشت چهره‌ای پنهان برکشیده بود. چین‌دارومواج درونش را تاب می‌داد و نگاهش را تُهی از روحِ زمانه‌ی خود کرده بود. دیگر هیچ ترس و تردیدی در انزوای بی‌درخشش و تاریکش او را برای رفع غُصه‌هایش برنمی‌انگیخت.

مهین‌بانو نرسیده به فاطی‌جان ایستاد و به چهره‌ی نزار و غم‌گرفته‌اش کمی نگریست. در آن چهره و دستانی که در دو طرف فنجان قرار داده بود و نگاهِ در جدیتِ عاصی از خویش و روزگار به پیش‌رو دوخته‌اش به مثابه‌ی آوردن دنیای درونش که ملغمه‌ای از گذشته‌ی دردآلود دور و امروزش بود را به نزد محکمه‌ای بی‌پاسخ و پُر از استهزاء می‌مانست. به گونه‌ای که نیرنگ‌های ساده‌انگارنه‌اش دیگر بر وجود همیشه در هراسش سنگینی نمی‌کردند، بلکه هر آینگی بی‌آلایشی بود که عمری در اهمیتی بزرگ رنجش داده بود، در پنهان اشک‌ها ریخته بود و در هر زمان و مکانی آویزانِ دعا و جادو و جنبل شده بود. اما در آن لحظه مهین‌بانو نمی‌دانست که فاطی‌جان و یا حتی زارسلیم و حکیم تا چه پایه حاضرند که به فرمان او حتی از نوشیدن آب سرباز زنند، و ضرورت این امر برایش حول‌وحوش اندیشه‌هایی می‌چرخید که آن روزها گریبانش را وِل نمی‌کردند. فاطی‌جان در فکر دور و درازی که ربوده بودش تا مهین‌بانو نزدیکش نیامد، متوجه‌اش نشد. با دستپاچگی خواست از سر جایش بلند شود که مهین‌بانو با گذاشتن دست راست بر شانه‌اش دوباره نشست. فاطی‌جان به صورت رنگ‌پریده، چشمانِ گود و حرکاتِ سایه‌وار مهین‌بانو چشم دوخت. هیبت تازه و غریبانه‌ی مهین‌بانو آن‌چنان تسلط‌آمیز بود که در جذبه‌ای قوی در ابتدا اشک به چشمان فاطی‌جان آورد و بعد الکن و لرزان، گفت:

- خانم‌جان، چایی تازه دمه، براتون یه استکان بریزم.

مهین‌بانو هیچی نگفت. چانه‌اش را به علامت نفی عین ساعت دیواری قدیمی‌ای که پاندولش نیمه خراب شده باشد به آهستگی نیم‌دایره‌ای چرخاند و بعد لای پیراهن سیاه بلندش که دست چپش را در زیر آن پنهان کرده بود پَس زد و سه تا شیشه‌ی دربسته‌ی کوچک را جلو فاطی‌جان گرفت و با صدایی که از سابق بُرنده‌تر و خشک‌تر به گوش می‌آمد، گفت:

- فاطی، این سه تا شیشه رو بگیر. یکی‌شون رو به حکیم بده که خون گاوِ قربونی توش بریزه، زارسلیم هم توی اون یکی ادرار شتر بیاره و سومی‌ام خودت از شمع‌های آب شده‌ی امامزاده داوود توش بریز. در ضمن به غیر از ما چهار نفر سایرین نباید از این شیشه‌ها خبردار بشن. فهمیدی!؟
- چشم خانم جان، به امام زمان قسم می‌خورم که اونا نفهمن.

مهین‌بانو فارغ از فرمانی که داد از پله‌ها دوباره بالا رفت و فاطی‌جان نگاهِ غم‌انگیزش را آنقدر دنبالش دوخت که از خمِ آخرین پله هیبت سیاهش غیب شد. بعد نگاهی به شیشه‌های خالی در دستش کرد و ناباورانه به چیزی که مهین‌بانو از او خواسته بود فکر کرد. سپس بدون آن‌که معنای درخواست مهین‌بانو را بفهمد عرق سردی بر پشتش نشست.

شمسی تکیه به چارچوب خالی از پنجره‌ی کلبه‌ی سیاه زده بود و از کشیدن آخرین سیگارش هم گذشته بود بی‌آن‌که صفحات دندان‌گیری از نوشته‌های رضا را تایپ کرده باشد. رضا هنوز نیامده بود. دست‌ودل شمسی که بند هیچ چیز نمی‌شد، نگاهش را رو به راهی دوخته بود که هر آن ممکن بود سروکله‌ی رضا مثل هر روز از آن‌جا پیدا شود.
جایی دور پرنده‌ای بال می‌زد، هر از گاهی از اسب‌های اصطبل خُرناسی بلند می‌شد و سُمی بر زمین می‌کوبیدند، قارقارِ کلاغی در آن نزدیکی و خش‌خش خزنده‌ای ناپیدا و بوی پهن و علف در هوا موج برداشته بود. شمسی دقایقی پیش‌تر از آن دل انگشتانِ باریک و بلندش را با دقتی زیاد بر تکمه‌های ماشین تایپ زیر دستش فرود آورده بود و صدایش در ناموزونی وهم‌انگیزی در میان درختان اطراف کلبه‌ی سیاه پیچیده بود تا بلکه آنقدر دل به آن کار بسپارد که به حرف‌های نیشدارِ فاطی‌جان فکر نکند. اما مگر می‌شد! برای همین دست از تایپ کردن برداشته بود و با حرصی که دندان‌هایش را بر هم می‌سائید، تمام سیگارهایش را

بی‌وقفه کشیده بود و حالا دل‌ضعفه و سردردی خفیف وجودش را در چنگ گرفته بود. شمسی زمانی که از آمدن رضا پشیمان شد و بِستوه و خسته قصد ترک کلبه را کرد، رضا با کلاسوری چرمی زیر بغلش به سمتش می‌آمد. جلیقه‌ای یشمی آلمانی روی پیراهنی سفید با شلواری فاستونی قهوه‌ای تیره‌ی خوش‌دوخت بر تن کرده بود با کفش‌های چرمی سیاه و پیپی که به دهان گرفته بود سر به زیر و متفکرانه گام برمی‌داشت. شمسی با دیدنش آهی کشید و با صدایی که در اطراف کلبه پیچید، گفت:

- تا حالا کدوم گوری بودی! می‌دونی ساعت چنده؟!

رضا یواش‌یواش داشت به حالت‌های غیرقابل پیش‌بینی شمسی پی می‌برد. با پوزخند، گفت:

- در گورِ خوابی عمیق . عین خرس خوابم برده بود و حالا به اندازه‌ی یک گاو گشنمه.

رضا نزدیک کلبه‌ی سیاه پیپ را از گوشه‌ی لبانش برداشت و با خیرگیِ دامنه‌داری، گفت:

- چه بلایی سر موهات آوردی؟!

شمسی دستانش را روی سینه به هم آورده بود و با نگاهی سخت‌گیرانه، گفت:

- آدمِ هرزه مو می‌خواد چیکار؟!

رضا با حیرتی زیادتر چانه‌اش را جلو برد و گفت:

- چی گفتی؟! معلومه امروز از دنده‌ی چپ بلند شده‌ای.

رضا با چند گام بلند وارد کلبه‌ی سیاه شد، کلاسور چرمی را روی میز تحریر گذاشت و با ژرفای نگاهی پر از پرسش، گفت:

- هر چند موی زن‌ها گرمای جذب کننده‌ای داره، اما باید اعتراف کنم که این مُدلی هم خیلی بهت میاد.

شمسی بی‌اهمیت به نظر رضا، گفت:

پیمان یاریان

- سیگارم تموم شده، داری یه نخ بهم بدی؟ باید به حکیم بگم یه بُکسِ دیگه برام بگیره.

رضا با نگاهی گذرا به روی میز تحریر جعبه‌ی سیگار مشکی‌ای از جیب شلوارش بیرون آورد و مقابلش گذاشت و گفت:

- بیا، هر چی دوست داری بردار.

شمسی جعبه را ازش گرفت، نخی درآورد و سریع فندک را زیرش گرفت و با پرده‌ی دود سفیدی که جلو صورتش را گرفت، گفت:

- این‌جوری بهم نیگا نکن. بیشتر از چهار صفحه نتونستم تایپ کنم. حالم خوش نیست.

رضا هم آتشی به پیپش انداخت و گفت:

- مهم نیست. فکر کنم اتفاقی افتاده. درسته؟!

شمسی با غروری که دیگر چشم‌ها و درونش را نمی‌آزرد، گفت:

- اتفاق بزرگ‌تر از این که من هیچ‌گاه صاحب اختیار زندگی‌ام نبوده‌ام! هر ننه قمری از راه می‌رسه یه تیپایی بهم میزنه و میره و من می‌مونم با دنیایی که رو سرم خراب شده.

رضا روی صندلی نشست و با قرار دادن پیپش بر کشاله‌ی ران، گفت:

- حالا این ننه قمر که امروز این کار رو کرده کی بوده که بریم ازش تشکر کنیم؟!

شمسی پوزخندی زد و گفت:

- بیچارگیم ریشه در اون سرنوشتیه که پدرم برام رقم زد و رفت. کاریشم نمیشه کرد. اما اینارو ول کن، یه چیز دیگه می‌خوام بهت بگم.

رضا گفت:

- بگو، گوشم با توئه.

شمسی با صدایی که چون ضرورتی طبیعی برایش اهمیت داشت، گفت:

- دیشب من و کیانوش نتونستیم جلو خودمون رو بگیریم. ما با هم سکس داشتیم.

چشم‌های رضا انحنای خطوطِ نوری که بر لب‌های شمسی افتاده بود را دنبال کرد و خونسرد، گفت:

- از این شوخی‌های بی‌معنی خوشم نمیاد. یه کم جدی باش.

شمسی قاطعانه و عصبی و با بُغضی که از شکستنش خودداری می‌کرد، گفت:

- این مشکل توئه که فکر می‌کنی به غیر از خودت هیچ‌کس جدی نیست. این مشکل و مسئله‌ی دیگرانه که جدی گرفته نمی‌شم نه من. اما من هم آدم هستم و همیشه فکر می‌کنم کرمی هستم که در این عمارت فقط اسم شمسی رو یدک می‌کشم. دارم یواش‌یواش از همه چیز می‌بُرم. می‌فهمی!

رضا پا روی پا انداخت و گفت:

- داری از بی‌اهمیت‌ترین چیزا صحبت می‌کنی. اصلاً مهم نیست که کسی تو رو جدی بگیره یا نگیره. دارم می‌بُرم یعنی چی؟ تو خیلی جوونی و هنوز کلی راه داری. اما جریان کیانوش چیه؟!

در سکوتی نه چندان سنگینی که مابین‌شان افتاد، شمسی غم‌زده در نگاهی که به کفِ دستانش دوخته بود و بی‌تفاوت در کلامی که انگار از روی متنِ ناپیدایی روخوانی می‌کرد،گفت:

- از این که دیشب رو با کیانوش گذروندم اصلاً پشیمان نیستم.

رضا ناباورانه گفت:

- بحث پشیمانی و این‌جور چیزا نیست. از حرفات یه مقدار شُکه شدم اما فکر کنم یه چیز دیگه پشت این ماجرا هست و داری ازش طفره می‌ری!

شمسی گفت:

- چه ماجرایی؟ چرا باید طفره برم؟! منظورت چیه؟

رضا گفت:

- نمی‌دونم.

شمسی دستانش را در انحنای بدنش قرار داد و گفت:

- پس من چرا تو رو تابو شکن می‌دونستم؟! مگه تو چپ نیستی؟! مگه چپ‌ها به روابط آزاد باور ندارند؟!

رضا ابروهایش را درهم کشید و گفت:

- در جوامع سنتی همیشه از چیزایی که می‌شنوند یا می‌خونند برداشت غلط دارند! مردم این‌گونه جوامع که ایران هم جزئی از آن‌هاست به دلیل سرکوب و عقب‌ماندگی، پرسش‌گر و جستجوگر خوبی نیستند. نبود آزادیشون رو در چیزایی می‌-بینند که آدما رو از درون متلاشی می‌کنه. رابطه با اعضای خانواده تابوشکنی نیست، مریضیه، چندش‌آوره. درثانی این فکر و یا شاید برداشت که چپ‌ها به روابط آزاد باور دارند از کجا میاد! من اگر به فرض با مادرم رابطه‌ی جنسی برقرار کنم به یقین مریضم و خوشحالی در اینکار چندش‌آور مثل این میمونه که وسط گُه و کثافت از ته دل بخندم. چرا از افکار چپ و یا من همه چیز رو اشتباه برداشت کرده‌ای؟!

شمسی که چشم به رضا دوخته بود، گفت:

- تو در این مدت همیشه از جامعه‌ی رها و آزاد و برابر برام حرف زدی...جامعه‌ای که قیدوبندهای مسخره و مذهبی توش نباشه....

رضا حرفش را قاطعانه بُرید و گفت:

- من هنوز هم روی حرفم هستم. آدما آزادند اما در این آزادی هر غلطی که نباید مرتکب شد! در برخی بی‌قیدوبندها یک مرز هست که از ارزش انسانی نگهداری می‌کنه. این ارزش اگه

از بین بره ما توی یه چاله می‌افتیم و بی‌اخلاقی شر مطلق می‌شه. اصلاً اینارو هم اگه کنار بذاریم روابط جنسی بین اعضای خانواده و حتی فامیل از دید و منظر علمی کاملاً رد شده.

شمسی گفت:

- پس چرا در این جامعه ازدواج پسرعموها و دخترعموها هر روز اتفاق می‌افته؟!

رضا گفت:

- این هم غلطه. این نوع ازدواج‌ها بیماری خاص خودش رو به دنبال داره. ریشه‌ی اونا به دین و مذهب می‌رسه. به نظر من هر مذهب و دینی به نوعی از نژاد تبدیل شده و اونایی که با هم‌خون‌شان وصلت می‌کنند از لحاظ علمی زیاد باهوش نیستند. اغلب بچه‌های ناقصی هم به دنیا میارند. برای حرفام دلایک علمی زیادی هم ندارم که بهت ارائه بدهم.

شمسی با لجاجت گفت:

- تو که گفتی همه‌ی خون‌ها و آدم‌ها برابرند.

رضا غُرید و گفت:

- بَس کن، بیشتر از این نمی‌خوام چیزایی رو که من نگفته‌ام بلغور کنی. از اغلب حرفای من برداشت نادرست داری. فارغ از جنسیت آدما برابریشون از لحاظ حق و حقوق انسانی مهمه. نه همخوابگی خواهر با برادر. تو در این مورد زیاد باید مطالعه بکنی. تازه مطالعه صرف راه چاره نیست. تو عملاً با دنیای بیرون قطع رابطه کرده‌ای. این تابوی وحشت و ترس رو بشکن و برو بیرون. دنیا مال توست.

شمسی یک آن گرما و بویِ بدن کیانوش را به روشنی حس کرد. تنش از لذتی شرم‌آگین لرزید. و ذهنش به سوی بیم و امیدی راه افتاد که در

خیره شدنی به رضا از اعترافی که کرده بود سخت پشیمان به نظر می‌آمد. برای اولین بار رضا را پیرمردی غُرغُرو می‌دید که به طور غربیانه‌-ای او را فرسنگ‌ها دور از خود احساس می‌کرد. و دست‌های کیانوش را آنقدر گرم و الهام‌بخش می‌دید که هیچ نگاه و کلامِ نکوهش‌آمیزی هم یارای شکستن آن به هم‌پیوستن را نداشت. شمسی در زورقی که ساخته بود بر دریایی از باورهای جورواجور رو به دنیایی پر از تابو پارو می‌زد که هیچ جامعه‌ای تاب حرکت آن زورق را نداشت.

شمسی تابی به بالاتنه‌اش داد و برخلاف درونش، گفت:

- من خیلی چیزا نمی‌دونم. و تو حق نداری من رو قضاوت کنی یا زیر سوال ببری و یا انتظار داشته باشی مثل سایر آدما رفتاری اجتماعی داشته باشم!

این را که گفت طوری چشم به لب‌های رضا دوخت که هر نقطه نظری از جانب او شاید حُکم متن رهایی‌اش را داشت. در آن کلبه‌ی سیاه که بر هیچ‌کس معلوم نبود به چه دلیل در گذشته سوخته بود رضا به مثابه‌ی مُنجی‌ای بود که شمسی گاه فکرش را نمی‌کرد این‌گونه آدمی سر راهش قرار بگیرد.

رضا عاقبت، گفت:

- نه تنها تو بلکه هر کس دیگری رو قضاوت نمی‌کنم. حالا خوب گوش کن ببین چی دارم بهت می‌گم؛ تو به تغییری اساسی نیاز داری. باید با مهین درخصوص خیلی چیزا صحبت کنی. در این خونه حق و حقوقی داری که باید بهت داده بشه. فراموش نکن که خیلی وقته از صغیری دراومده‌ای. اون چیزایی که از لحاظ مالی بهت برسه و اعلام استقلال کنی، مطمئن باش نوع نگاه‌ها به سمتت عوض خواهد شد. از وابستگی مطلق خودت رو رها کن.

رضا در حالی این حرف‌ها را می‌زد که خاطرجمع و مسلط بر چیزهایی که می‌گفت روبه‌رویش نشسته بود. سکوت که شد پیپ را از گوشه‌ی لبش برداشت و ازورای میز طوری به بیرون خیره شد که توگویی شمسی در آن‌جا حضور نداشت. شمسی تکیه از چارچوب پنجره برگرفت و با لحنی ملایم، گفت:

- بیا امروز از این عمارت کوفتی بریم بیرون و در سطح این تهران خراب شده بچرخیم.

رضا نگاهی تحسین‌آمیز بهش کرد و گفت:

- فکر خوبیه. به این میگن نقطه شروعی برای آزادی.

هیجان ناشی از آن بیرون رفتن نگرانی هجوم‌آورنده‌ای هم برای شمسی داشت که در پس‌زمینه‌ی فکرش توأم با دلهره‌ای عادت‌گونه همراه بود و او را به دیوار ناپیدای سختی می‌زد. از این‌رو از رضا خواست که مهین-بانو را هم از این گشت‌وگذار مطلع کنند. رضا با لحنی خوشایند از آن سرباز زد و با پیش کشیدن این‌که آن‌ها آدم‌های بالغ و آزادی‌اند و نیاز به اجازه خواستن و حتی مطلع کردن کسی ندارند، دلگرمی بزرگی برای شمسی بود. رضا از روی صندلی برخاست، جعبه‌ی سیاه سیگار را تو جیب شلوارش فرو کرد و گفت:

- خیلی گُشنمه. به لاله‌زار بریم و غذا بخوریم.

وقتی‌که از عمارت به عزم رفتن به مرکز شهر تهران شال‌وکلاه کردند، نصفی از روز رفته بود. تهران برای شمسی شهری بود که از دور هراسی بی‌اندازه از آن به دل راه داده بود و رضا از آن‌جایی که می‌پنداشت زیر پوست شهری را که سال‌ها پیش به جا گذاشته و می‌شناسد انواع فقر، عقب‌ماندگی و بدبختی‌های درهم تنیده‌ی آن را به نوعی برآمده از دیکتاتوری و فساد اقتصادی-اجتماعی آن برمی‌شمرد. او خیلی مایل بود که با زبانی ساده و بی‌تکلف سیاق و طرز فکرش را در این مورد برای شمسی بازگو کند. اما این کار را نکرد. چون‌که می‌دانست شمسی درک

درستی از آن نخواهد داشت و تنها ملولش می‌کند و لذت این گردش کوتاه را ازش سلب خواهد کرد. از این‌رو سعی می‌کرد با خنده‌های شمسی بخندد و با شور و هیجان‌های جورواجورش در قبال هر چیزی که می‌دید هم‌پیالگی داشته باشد. به گونه‌ای که خودش هم از آن لذت می‌برد و چقدر از ته دل به همچین حال‌وهوایی نیاز مبرم داشت.
آن‌ها در ابتدا با خوردن دیزی و چند شیشه آبجوی "شمس" ایرانی احساس سرخوشی بی‌اندازه‌ای کردند. شمسی در حالی‌که با الکل میانه‌ی خوبی نداشت اما نشاط ناشی از یک روز کاملاً متفاوت در زندگی‌اش باعث شده بود که هم‌پا با رضا از پس نوشیدن آن چند شیشه آبجو به خوبی بربیاید. او با آویزان کردن یک جفت گوشواره‌ی حلقه‌ای بزرگ که در بساط یک دستفروشی حول‌وحوش میدان توپخانه خریده بود و با آن کله‌ی از ته تراشیده‌اش در بین مردمی که از کنارشان عبور می‌کردند، جلب توجه زیادی می‌کرد. این نگاه‌ها حسِ رهایی و اعتماد ناشناخته‌ای بهش می‌داد و شوق فراوانی به زیر پوست جوانش می‌بخشید. تأثیر این‌ها بر رضا خالی از لطف نبود. آن‌ها بیشتر وقت‌شان را در چند محله‌ی قدیمی، میدان توپخانه و دیدن انبوهی از سالن‌های تئاتر و سینماهای خیابان لاله‌زار گذراندند. دیدن هر نقطه از آن شهر با آب پاکیزه و نان‌های خوشمزه‌اش یادهای زیادی را در رضا به جولان درآورده بود ولی برای شمسی نقطه عزیمت نویی بود که با کوچک‌ترین همت در زندگی‌اش پرده‌ی بی‌تحرکی و سکونش را فروریخته می‌دید و خود را از آن لاکِ به حصر کشیده آزاد می‌پنداشت. لابه‌لای این شوق‌وذوق‌ها، شمسی برای رضا تعریف کرد که وقتی بچه بوده، علی روزی او را به همین خیابان شلوغ لاله‌زار آورده و در ساختمانی نیمه‌تاریک و پُر از آشغال تئاتری را با هم دیده‌اند که شمسی فقط حرکت‌های بی‌معنیِ بازیگرها با سروصداهای بلندشان را به یاد داشت و پس از دیدن آن نمایش با خنده‌های زیاد پشمک و بستنی خورده بودند و شمسی هنوز تشنه‌ی

لبخندهای بی‌صدای علی بود. یادهای شمسی که رنگ لذت گمشده‌ای هم در آن مشهود بود هردوشان را مقداری دَمَغ کرد. مدت زمانی زیادی نبود که از مرگ سرهنگ می‌گذشت. رضا بدون آن‌که بتواند خلوتی پیشه کند و به نبود دوستی که سال‌ها جسمی بیمار و روانی آزرده و درمانده را به دنبال کشیده بود و اکنون زیر خروارها خاک خوابیده بود بیاندیشد و یا شاید عزاداری کند. برای رهایی از آن حالِ یأس‌آور سرش را به اطراف چرخاند تا که چیزی توجه‌اش را جلب کند و به مُرده‌ها فکر نکند. عاقبت با همهمه‌ی اطرافشان که نقطه جوش روزی شلوغ را به رُخ می‌کشید رضا پیش‌دستی کرد و با تعریف چند جوک سعی کرد از آن حالِ غم‌زده بیرون بیایند. آن‌ها کمی دیگر پرسه زدند و سپس برای این‌که روزشان را با شور بیشتری به اتمام برسانند به درون درشکه‌ای کرایه‌ای خزیدند تا متمایز و دلپسند به عمارت برگردند.

وقتی‌که به کوچه‌باغ نزدیک عمارت رسیدند هوا کاملاً تاریک شده بود و هردوشان با فرو رفتن به دنیای تفاوت‌های درونشان و از خستگی ناشی از درشکه‌ای که زیاد بالا و پایین‌شان کرده بود نای حرف زدن نداشتند. دنیای شمسی مقداری با شادی و اندوه همراه بود و مُدام از شاخه‌ی این رؤیا روی شاخه‌ی دیگری از ناامیدی و گمگشتگی می‌پرید و هنوز نمی‌دانست گسست‌های زندگی‌اش را که توأم با آویختگی و تأخیر بودند چطور به هم ربط بدهد. و در شانه به شانه رفتن با مردی که فاصله‌ی سِنی زیادی با او داشت بیزاری غریبی وجودش را به سُخره گرفته بود. احساس می‌کرد پوست تنش را در پیوستگی با او کدر کرده و بوی پیری شکننده‌ای درونش را آن‌چنان چِلانده که در آن غروب اندوهناک هیچ میل نداشت گوشه چشمی هم بهش بیاندازد. و هر چند می‌دانست این مغایرت با روزِ خوشی است که با او گذرانده بود. در این هنگام با دیدن بخشی از نورِ یکی از تیربرق‌های داخل محوطه‌ی نزدیک آلاچیق که از لای در نیمه‌گشوده‌ی عمارت بر سنگ‌ریزه‌های جلوی‌اش راه کشیده بود

بر شتاب قدم‌هایشان افزود بدون آن‌که کلامی با همدیگر ردوبدل کنند. زارسلیم که از پیش از غروب بر صندلی نزدیک در عمارت به انتظارشان نشسته بود با شنیدن صدای پاهایی بر سنگ‌ریزه‌های جلوی در بی‌درنگ بلند شد و پیش آمد. در میانگاه دروازه با شمسی و رضا چهره به چهره شد. شمسی با نگرانی، گفت:

- زارسلیم، چیزی شده!؟

بلافاصله صدایی زنانه و محکم از آلاچیقی که در تاریکی فقط خطوط سایه‌داری از آن پیدا بود، گفت:

- چیزی بدتر از این که دختر معمتد این وقت شب به خونه برگرده!

این صدای مهین‌بانو بود که از آلاچیق به درآمد و پا بر پله‌ها که گذاشت هیبت سرتاپا سیاه‌پوشش در زیر نور تیربرق نمایان شد. او همراه با سایه‌اش پیش آمد و با نگاه عمیق و پُر از ملامت به سرتراشیده‌ی شمسی، گفت:

- شمسی، این چه ریخت‌وقیافه‌ایه که برای خودت پیدا کرده‌ای! چرا موهاتو زدی؟!

شمسی گفت:

- از کی تا حالا دختر این خونه شده‌ام که شما نگران ریخت‌وقیافه‌ی من شده‌اید؟ دلم خواست و موهامو از ته زدم. و فکر هم نمی‌کنم به کسی مربوط باشه!

مهین‌بانو دردَم دستش را بلند کرد و محکم بیخ گوش شمسی خواباند. آب در چشمان مات‌زده‌ی شمسی جمع شد، ناباورانه گردنش را عقب برد و خواست چیزی بگوید که میهن‌بانو با خشمی بی‌سابقه، گفت:

- هیچی نگو. به اندازه‌ی کافی گند زده‌ای. تا زمانی که در این خونه هستی تحت نظارت من باید عمل کنی. مگه این‌جا خرتوخره. برو تو.

مهین‌بانو بی‌درنگ نگاه شماتت‌باری به رضا کرد و شمسی اشک‌ریزان، درمانده و گیج قدم‌هایی تند به سوی پله‌های عمارت برداشت. رضا دست‌هایش را روی سینه بهم آورد و گفت:

- این چه رفتاریه مهین!

زارسلیم خواست آن‌جا را ترک کند که با حرکت دست مهین‌بانو ایستاد. مهین‌بانو نگاه پُر از انزجاری به رضا کرد و گفت:

- ناسلامتی به سن و سال بابای این دختر هستی. چطور جرأت کردی دختر معتمد رو بدون اجازه‌ی من بیرون ببری و در تاریکی شب اونو برگردونی! اگه یاغی بشه مهار کردنش برام سخته و اون وقت آبروریزی به بار میاره.

رضا با نگاهی شکوه‌آمیز چشم از مهین‌بانو برنمی‌داشت. بالاخره گفت:

- اینا همه‌ش بهانه‌ست. تو نمی‌خوای چشمای شمسی به روی واقعیت‌های زندگی باز بشه. یه جوری باهاش رفتار می‌کنی که انگار بچه‌س و چیزی حالیش نیست. همین معتمدی که تو سنگش رو به سینه می‌زنی آدمی بوده که این سرنوشت بد و عجیب غریب رو برای شمسی رقم زده...

زارسلیم که تا آن لحظه در معذوراتِ حضورِ مهین‌بانو ایستاده بود با شنیدن نام معتمد برافروخته شد و گفت:

- دهنت را بشور وقتی می‌خوایی اسم آقا رو به زبان بیاری. من تحمل شنیدن اراجیف تو رو درباره‌ی ایشون ندارم. او مرد شریفی بود. پشت سر مُرده صفحه بالا نمی‌ندازن...

مهین‌بانو حرفش را بُرید و خیلی جدی، گفت:

- کافیه زارسلیم. من هنوز زنده‌ام. لطفاً برو.

زارسلیم چشمان خشم‌آلودش را از رضا برداشت و بعد به میان تاریکی رفت و صدای قدم‌هایش دورودورتر شدند. مهین‌بانو در سایه‌روشن نورِ

تیربرق نگاهش را به پیش پایش دوخته بود و چیزی نمی‌گفت. رضا دستانش را در دوطرف بدنش آویزان کرد و گفت:

- تا چند روز دیگه این‌جا رو ترک می‌کنم.

مهین‌بانو سرش را بلند کرد و التماس‌گونه، گفت:

- منظورم این نبود که از پیش ما بری. فقط به شمسی کاری نداشته باش....

رضا به میان حرفش دوید و گفت:

- چرا فکر می‌کنی که من شمسی رو علیه تو انتریک کرده‌ام!؟ بذار این دختر زندگیش رو به دست بگیره. این شرایط برای او تکرار در بلاتکلیفی است. به عنوان دختر معتمد در این خونه حق‌وحقوقی داره....

مهین‌بانو با زورگوییِ نه‌چندان محکمی، گفت:

- نداره، شمسی در این خونه حق‌وحقوقی نداره. همون‌طور که من هم هیچ حق‌وحقوقی ندارم.

باز مابین‌شان خاموشی درگرفت. و بعد مهین‌بانو ادامه داد:

- قرار بر این بود که پوران هم با کیانوش به این‌جا بیاد و مشکلات مالی و ارث و میراثی که داشتیم رو حل و فصل کنیم. اما پوران به جای خودش نامه‌ای رو که به کیانوش داده بود به دستم رسوند. این نامه حاوی سند مُهروموم شده‌ایست که معتمد دارونداراش رو به پوران بخشیده. تنها چیزی که برای من به ارث گذاشته مقداری وجه نقد در بانک سپه‌ست. همین. در این سند هیچ اشاره‌ای به شمسی نشده. حالا پوران جفت پاهایش را توی یه کفش کرده و می‌خواد ما رو از عمارت بندازه بیرون.

رضا تکیه به دروازه داد و گفت:

–   حتماً کاسه‌ای زیر نیم‌کاسه است. مگه می‌شه؟! اون نمی‌تونه
    به این راحتی شماها رو از این‌جا بیرون کنه.

مهین‌بانو گفت:

–   می‌تونه، همه چیز قانونی پیش رفته. خواهش می‌کنم نرو. من
    بهت نیاز دارم. در این شهر پُر خاطره کسی رو ندارم به جُز
    خاطره‌هایم.

مهین‌بانو سربرداشت و نگاه به پله‌های عمارت دوخت تا رضا قطرات
اشکش را نبیند. رضا جلو آمد و انگشتان دست چپ مهین‌بانو را گرفت
و گفت:

–   از روزی که به این‌جا اومدم ازم دوری می‌کنی. رفتار من هم
    زیاد خوب نبود. ولی نمی‌دونستم چه جوری بهت حالی کنم
    که همه چی تموم شده. سال‌ها پیش تموم شده. ولی نمی‌-
    دونستم اون رابطه هنوز برای تو زنده‌ست. مطمئن باش مدت
    بیشتری می‌مونم و تا جایی که بتونم کمک حالت می‌شم.

مهین‌بانو زیرلبی ازش تشکر کرد. سرش را دوباره به سوی رضا برگرداند
و عمیق به چشمانش خیره شد. اما نگاهش عجیب بود. نگاهی دور و به
غایت سنگین داشت. آنقدر سنگین که قعر فراموشی شیفته‌واری درونش
را می‌لرزاند.

۱۴

از بس که در باغچه زانو زده بود تا گُل‌های مورد علاقه‌اش را بچیند، دامن مهین‌بانو بوی گل‌های تازه شکفته‌شده و خاک نرم را گرفته بود. وقتی رضا از دَرِ پُشتیِ خانه‌ی پدری‌اش تو آمد و سرزده بالای سرش حاضر شد، او با لبخند خوش‌آمدش گفته بود، اما دستانش او را پس زده بودند. پشت درخت صنوبر گیرش افتاده بود و رضا زور می‌زد لبانش را ببوسد. مهین‌بانو چانه‌اش را پایین نگه داشته بود و از شرمی دلپسند داشت آب می‌شد، و در مخفیگاه دلش همین بازوان گرم را می‌طلبید، منتهی هیچ انتظارش را نداشت که در این روز آفتابی، آن‌هم در آن‌سوی درخت تنومند صنوبر که از دید پنجره‌ها پنهان مانده بود از او بوسه بطلبد. رضا عاقبت بوسیدش. بوسه‌ای پُر شور. و او تسلیم و آتشین در آغوشش ذوب شده بود. صدای هلن هم که بلندبلند داشت خیام می‌-خواند آن بوسه‌ی طولانی را متوقف نکرده بود.

حالا مهین‌بانو در کُنجِ اتاق‌خواب روی صندلی چرمی نشسته بود. دهانش نیمه‌باز مانده و در نوعی عصر واگشت، بی‌قرار و سرگشته پَرپَر می‌زد. سرش با اندوهی عمیق یک‌وری افتاده بود و بوی درخت صنوبری که می‌دانست سال‌هاست اثری از آن باقی نمانده هنوز مشامش را به خارش می‌انداخت. بوی خاک خیس‌خورده و گُل‌های تازه شکفته‌ی آن روزهای دور نیز به طرز معجزه‌آسایی دوروبرش پرسه می‌زدند. لبخندی ریز روی لبانش نشست؛ خنده‌هایی کوچک و خرد که انگار از انباشت سال‌ها رنج و حسرت، حقیر و کم‌جان به نظر می‌آمدند. او چانه‌اش را که شرمگینانه و پُر حسرت پایین گرفته بود؛ آن‌چنان‌که گویی در خود می‌پیچید، شاید می‌خواست پنهان شود یا حتی صورتش را بپوشاند. اما تلاشش برای پنهان کردنِ چهره‌اش بی‌ثمر بود؛ زیرا دستانش از یاری‌اش سرباز می‌-

زدند. یادها و درونِ گُرگرفته‌اش انگار جان تازه‌ای به او داده بودند. خود را جوان و شاداب دید؛ در حیاطِ خانه‌ی پدری‌اش به دامِ رضا افتاده بود و در بی‌پرواییِ محض او را می‌بوسید. تکانی خورد و چشمانش پنجره‌ی تاریک را دید و فهمید از سَرِشب مدت‌زمانِ زیادی نگذشته و می‌بایست پایین می‌رفت تا با سایرین شام بخورد. میانِ شتاب و فراموشی، یاد آن بوسه و درختِ صنوبر و دستانِ محکمی که سال‌ها بهش امید بسته بود از نسیانِ وجودش سربرآورده بودند و در بیداری کامل به این واقف بود که تا پایین نرود کسی لب به غذا نخواهد زد. در قیافه‌اش سگرمه‌ی تلخی نشسته بود؛ انگار که هنگامه‌ی درونش چنان جابه‌جا می‌شد که پنجره‌های بازیابی زمان گذشته قدرت بیشتری از اکنون یافته بودند. روزهای بارانی، پستان‌هایش را به تنه‌ی صنوبر می‌فشرد و در آن خلوت غریب به خود یادآوری می‌کرد که انسانی آزاد است. اما هر بار که سرش را رو به آسمان می‌گرفت، دانه‌های درشت باران افق ِ بازِ نگاهش را می‌بستند. تلنگری به خویش می‌زد که به دامِ شهوت و جنونی افتاده است که راه به فهم و رهایی از آن نمی‌برد. باز منگ، مدهوش و آشفته در برابر آن بوسه‌ی سنگین، تلاش می‌کرد صدایش نشکند؛ وقتی لبانش را واکند و درونش را در برابر نگاهی شکارگر به دامی همیشگی انداخته بود. اکنون احساس می‌کرد لبخندِ احمقانه‌ی آن روزهای آشنا، همچون نقشی ابدی بر چهره‌اش حک شده است. این نقش در درازنایِ سال‌های زندگی‌اش، در میزانِ غم زیادِ درونش، گویی مارهایِ بیشماری را از نبود نیش‌های کُشنده، آزاد گذاشته بود؛ مارهایی که بی‌تابانه و بی‌مهابا در سرش به هم می‌لولیدند. عذاب و درد در میان این آشفتگی تنها نیشی پُرشرنگ می‌طلبید؛ نیشی که زمان و زنده‌های در هر زمانه را بگزد و طعنه‌های خفته در زهرش را بی‌درنگ به کام‌شان بریزد.

در انتهای آن شبی که در فردایش جسمِ بی‌جانِ سرهنگ به جا مانده بود، مهین‌بانو رفت بخوابد در حالی‌که رقص‌وپایکوبی در باغ تا پاسی از

صبح ادامه داشت. قبل از هر چیز، به سمتِ اتاق سرهنگ رفته بود، دستگیره در را آرام پایین داده و وارد شده بود. خُرناس‌های سرهنگ در اتاق پیچیده بودند. مهین‌بانو مدتی به چهره‌ی خواب‌رفته‌ی برادرش نگریست و از ته دل آه عمیقی کشید. سپس سرش را برگرداند و از اتاق خارج شد. صدای موسیقی و خنده‌وریسه‌ی مهمانان هنوز به گوشش می‌رسید و او آن را بیهوده‌ترین کار آدمی می‌دانست؛ که بی‌خود و بی‌جهت درهم می‌لولند و ابرازِ شادی می‌کنند. در همان لحظه، درست کنار گلخانه‌اش ایستاده بود و افکار عجیب و غریبی در ذهنش راه می‌رفتند. حسِ خوبی نداشت. حس فقدان دنیا در فنجانِ قهوه‌ی سرد. این سرما کم‌کم وجودش را می‌پوشاند. برای اولین بار احساس می‌کرد که سراسر عمرش را در بیهودگی گذرانده است. مدتی دیگر در آن‌جا ایستاد و درک تنهایی‌اش را با سایه‌اش که بر زیباترین گل‌های گلخانه افتاده بود یکی پنداشت. سایه‌ای که هیچ‌گاه او را ترک نکرده بود. بی‌اراده لبانش را از هم گشود و خطاب به سایه‌ای که همیشه پیش از او راه رفته بود، گفت:

- ای سایه، ای نیمه‌ی تاریک وجودم. به جُز تو کسی برایم نمانده.

لحظاتی سکوت کرد و باز ادامه داد:

- البته برادرم هوشنگ هنوز زنده‌ست. ولی او مُرده‌ترین زنده‌ی فامیل من است...

دیگر ادامه نداد. باز سایه‌اش جلو افتاد و او را به اتاقش بُرد و روی تخت خواباند، بدون آن‌که برایش از فردای بدون مُرده‌ترین زنده‌ی فامیلش چیزی بگوید. یاد سرهنگ دو قطره اشک بر پهنای صورت مهین‌بانو فرو غلطاند و این اشک بر سنگی سخت افتاد و اطرافش را قطره باران کرد. پیش از آن‌که به وجود آن سنگ پی ببرد، چیزی از پنجره‌ی تاریک وارد شد و در گوشش نجوا کرد: "آسودم". و این مهمان ناخوانده به چشمانِ

مهین‌بانو خیره شده بود و ناگهان درونش را آن‌چنان سنگین یافته بود تا آسودهٔ بر سنگی بنشیند و به تاریکی و غم جَلا دهد.
مهین‌بانو از سر جایش که بلند شد، میزانِ غم در عمارت چنان زیاد شده بود که موهای خاکستریِ گیسوانش شبح یک‌دست سفیدی را برای همیشه در آغوش گرفت. پیوند مرموز بین یادها و امروز، کلاغ‌ها را هم به صدا درآورده بود و او تنها کسی بود که قارقارهای پی‌درپی پیش از واقعه‌ای تلخ را می‌شنید. از اعماق درونش برای لحظاتی به عمق پنجره‌ی تاریک خیره شد و بعد اتاق را ترک کرد. خان بر لبه‌ی آخرین پله‌ی سرسرا نشسته بود. او را برداشت و با مُلاطفتی عادت‌گونه دستی بر سرش کشید و همراه با خود پایین بُرد. اما برای لحظه‌ای بسیار کوتاه حس کرد که چیزی در درونش برای همیشه شکسته است. سکوت سنگین تمام آن مدت او را به جایی برده بود که دیگر قادر به دور نگه داشتن سیاهی درونش نبود.
بوی غذا در همه جا پیچیده بود و پای پاییزی که وارد سومین هفته از مهرماه گذاشته بود، اجازه نمی‌داد شبانگاهان پنجره را باز بگذارند تا هوایی که رو به سردی می‌رفت تو بیاید. مهین‌بانو از پله‌ها که پایین می‌آمد، نگاهی گذرا به آن‌سوی پنجره‌ها انداخت. روشناییِ ضعیف لامپ‌های تراس، گوشه‌ای از باغ را در هاله‌ای بین فناپذیری و رؤیا دست به دست می‌کرد. و نیز از آن بالا همه را دید که پراکنده و در خود فرورفته، دور میز شام به انتظارش نشسته بودند. لَب‌هایش را ورچید و با گردنی راست در آن جامه‌ی سیاه، طوری گربه‌اش را به خود چسباند که انگار میل به دیدارشان را نداشت.
شمسی با دقت ناخن‌هایش را سوهان می‌کشید، زارسلیم با طمأنینه چپقش را گوشه‌ی لبش گذاشته بود، و حکیم، کلافه از خستگیِ روزی پُرمشقت، منتظر شام بود، فاطی‌جان دست زیر چانه‌اش گذاشته بود و از زیر هرازگاهی به کیانوش نگاهی می‌انداخت و از ته دل آهی می‌کشید.

کیانوش هم یکی از کتاب‌های درسی‌اش را ورق می‌زد اما فکر دورودرازی را داشت دنبال می‌کرد. اما رضا تنها کسی بود که غرق در خواندنِ کتابِ پیش‌ِرویش بود و هیچ توجهی به اطرافش نداشت.
مهین‌بانو به آخرین پله که رسید، دولا شد و خان را روی زمین گذاشت. سپس با نگاهی که چیز تازه‌ای در آن خوانده نمی‌شد، به سوی میز رفت. آن‌قدر لاغر و رنگ‌پریده به نظر می‌رسید که همه‌شان با نگاه‌های بُهت‌زده حرکاتش را می‌پاییدند. اما راست‌قامتی‌اش را هنوز داشت و با چشمانی که یک بند انگشت گود شده بودند، ذهنِ روشن و پویایش را با تسلط بر حرکات سنجیده و طرزِ صحبت کردنش به رُخ حاضرین می‌کشاند.
فاطی‌جان همین‌که دست به کار شد تا میز شام را بچیند، در کمال تعجب شمسی و کیانوش را دید که به کمکش آمده بودند. شمسی را نادیده گرفت اما به روی کیانوش تبسمی کرد و به کشیدن غذا پرداخت.
مهین‌بانو لیوان آب را برداشت و قرص و قایم، خطاب به رضا، گفت:

- نوشتن خوب پیش میره؟!

رضا در جواب گفت:

- خوبه، بد نیست. فکر کنم تا آخر پاییز تموم بشه. خودت چطوری؟

مهین‌بانو که راست نشسته بود و سعی می‌کرد نگاهش با نگاه کسی تلاقی نکند، چانه‌اش را کمی پایین آورد و در حین جابه‌جایی لیوان نگاهش را از جمع گرفت. در آن چشم‌ها هیچ‌گونه احساسی موج نمی‌زد و نشانه‌ای از این‌که بخواهد با اطرافیان ارتباطی برقرار کند دیده نمی‌شد. در آن فضای سنگین و پر از سکوت او صدای نفس‌های خود و بشقاب‌هایی که شمسی یک‌به‌یک جلوی همه می‌گذاشت را به وضوح می‌شنید. برای این‌که در جواب رضا چیزی گفته باشد در آن حالت برای غلبه بر درون سنگین و غم‌بارش، گفت:

- خوبم، بدی نیستم. فقط این سردرد گاهی میاد و منو از همه چی می‌ندازه.

نگاه سرد مهین‌بانو بر همه بی‌تاثیر نبود. همه‌ی آن‌ها در خود فرو رفتند و منتظر بودند تا شام صرف شود. او بر هر چیز و هر یک از حاضران دور میز، حتی گذرا، نگاهی می‌انداخت، غمی سنگین رفته‌رفته همه را در بر می‌گرفت. چهره‌ی شمسی از آن شور و هیجان نصفه‌نیمه‌ای هم که داشت تهی شده بود، انگار که از درون مُرده باشد. کیانوش که اصلاً اهمیت به این چیزها نمی‌داد، در حالی‌که از جسارت خالی شده بود و چشمانش پر از اندوه بودند، چند پیک آورد و خواست برای همه شراب بریزد که مهین‌بانو، گفت:

- برای من و فاطی نریز، لطفاً. شراب بیش از اندازه اعصابم رو تحریک می‌کنه.

کسی چیزی نمی‌گفت، انگار واژه‌ها نیز در این غبار غم‌انگیز گم شده بودند. نور لوستر بالای سرشان هم قادر به زدودن آن همه ملال که می‌رفت در هر چیزی لانه کند را نداشت. گویی به جای نور گردوخاکی پنهان از خود می‌تاباند. زارسلیم دستان بزرگش را گاه بر لبه‌ی میز می‌گذاشت و گاه به زیر آن می‌برد. حکیم هم جدا از خستگی دل و دماغی برای حرف زدن نداشت و نگاهش از همه چیز می‌رمید.

شام در فضایی نیمه‌سکوت صرف می‌شد. شمسی و کیانوش گهگاه نگاه‌هایی پر از خنده ردوبدل می‌کردند، و دیگران نیز انگار مشق شبشان را به زور انجام دهند در جملات کوتاه با هم صحبت می‌کردند. صدای قاشق و چنگال زیر طاق آشپزخانه پژواک غمباری می‌یافت. اما سکوتی که رضا در پیش گرفته بود با سایرین فرق داشت. او احساس می‌کرد که دیگر تاب و توان برخورد سرد و بی‌اعتنای مهین‌بانو را ندارد. اشتهایش کور شده بود و قاشق را در بشقاب فقط می‌چرخاند. مهین‌بانو زیرچشمی آن را دید اما چیزی نگفت. رضا از درون به خودش می‌پیچید

و این در ظاهرش زیاد پیدا نبود. او هر از گاهی نگاهی به سقف و دستانش می‌انداخت و با آن بی‌اعتنایی سنگین نمی‌دانست چه کار باید بکند. انگار در آن شب او نیز از عمارت و اهالی‌اش دل بریده بود. شاید هم به دنبال بهانه بود که آن‌جا را در اولین فرصت ترک کند و به فرانسه برگردد.

مهین‌بانو گاهی به کیانوش نگاه می‌کرد و نیم‌خندی تحویلش می‌داد. هر چند این لبخند ظاهری بود اما در دل سردی و بی‌تفاوتی عمیقی هم نسبت به او داشت. به طوری که از نگاهش می‌شد استنباط کرد که دیگر کسی قادر به تأثیرگذاری بر او نیست.

حکیم خسته‌تر از آن بود که از شام و شراب لذت ببرد. همین‌که سیر شد، نیمی از شراب را نوشید و بلافاصله از سر میز بلند شد و گفت:

- خیلی خسته‌ام، باید برم بخوابم. شب همگی بخیر. فاطی‌جان دستت دردنکنه.

او رفت بخوابد. و مهین‌بانو نگاهی کوتاه، به دور از هیچ احساس خاصی، بدرقه‌اش کرد. فاطی‌جان فنجانی چای جلو مهین‌بانو گذاشت و گفت:

- خانم جان، چای تونو لطفا با نبات میل کنین. برای سردردتون خوبه.

پس از شام، کیانوش دور دوم جام شراب را به سلامتی مهین‌بانو بالا برد.رضا به تبعیت از او به چشمان میهن‌بانو خیره شد و جامش را تا نیمه سر کشید. ولی شمسی با اکراه و پوزخندی تلخ فقط لبی به شراب زد. پیش از آن، زارسلیم و فاطی‌جان نیز رفته بودند تا بخوابند.

کیانوش با هیجانی خاص و بی‌وقفه از زندگی تحصیلی شادکامانه‌ای که در ذهنش تصویر کرده بود، صحبت می‌کرد و آرزوهایش را به‌طور ساده‌انگارانه برمی‌شمرد. قاطعیتی که در نحوه‌ی بیانش وجود داشت، هیچ‌گونه پرسشی در ذهن مخاطب برنمی‌انگیخت. شاید حتی برای کسی اهمیت نداشت که او زندگی‌اش را چگونه می‌خواهد پیش ببرد. شمسی و رضا با دقت زیاد به حرف‌هایش گوش می‌دادند. اما مهین‌بانو صورتش

رنگ‌پریده بود و برای پنهان کردن لرزش دستانش، آن‌ها را دور استکان چای حلقه کرده بود و چشمان به گودنشسته‌اش را به لبان کیانوش دوخته بود. او فقط صدایی می‌شنید که در نظرش بی‌معناترین وقایع روز و ماه را پشت سر هم ردیف می‌کرد، همراه با آمدن و نیامدن‌هایشان. این صدا رفته‌رفته به ته چاهی رفت که حواس مهین‌بانو را معطوف به انگشتانِ خودش کرد. انگشتانی که این روزها محلولی می‌ساخت تا روزی به کارش بیاید و به زندگی‌اش خاتمه بدهد. با این فکر، دستانش را بیشتر دور استکان چای فشرد. به گمانش، اراده‌ی ادامه‌ی زندگی را از دست داده بود و به موازات آن با درشتی و دشمنی ندای درونش روبه‌رو شده بود، گویی در سکوت، همه‌چیز را در برابرش تیره و تار کرده بود. در قیافه‌اش جُز رنگ‌پریدگی و پیری‌ای که رنگ‌وجلای گذشته را در خود منعکس می‌کرد، نکته‌ی غیرعادی دیگری دیده نمی‌شد. در وقفه‌ای کوتاه که در حرف‌های کیانوش افتاد، مهین‌بانو از رضا پرسید:

-    خیلی وقته که صدای تار زدن تو رو نشنیدم. الآن دلم می‌خواد
     برای ما تار بزنی.

پیش از این‌که رضا جوابی بدهد، کیانوش با لحنی شتابزده و بدون این‌که منتظر بماند،گفت:

-    چه فکر خوبی. من میرم تار رو بیارم.

کیانوش که بیرون رفت، رضا رو به مهین‌بانو، گفت:

-    می‌خواستم ازت بپرسم.....

مهین‌بانو با حالتی تمسخرآمیز حرفش را بُرید و گفت:

-    می‌خوای بپرسی تار استاد ماهر تو این عمارت چطور پیداش
     شده؟!

رضا با لبخندی کم‌رنگ سرش را تکان داد و گفت:

-    آره، راستش خیلی برام سواله. استاد و زنش دلبسته‌ی این تار
     بودن. انگار یه تقدسی در آن تار بود که اونا بهش رسیده بودن

و ما درکی از آن نداشتیم. نمی‌فهمیدم چرا اینقدر بهش وابسته بودن، هیچ‌طوری حاضر نبودن ازش دست بکشن. این مدت پیش نیومد که بتونم ازت بپرسم.

اما رضا نگفت سال‌ها بعد این میزان دلبستگی و علاقه‌ی آن‌ها را نسبت به تار خیلی خوب فهمیده بود. مهین‌بانو پا روی پا انداخت و با مکثی کوتاه، گفت:

- وقتی‌که با زحمت زیاد کتابا رو به تبریز بردم، پس از مدتی لعیا، زن استاد ماهر، این تار و همراه با نامه‌ای برام فرستاد. ازم خواسته بود که تار رو ازش بخرم.

رضا با تعجبی که انگار در دلش فریادی بود، گفت:

- بخری! مگه میشه!

مهین‌بانو با نگاهی ملامت‌آمیز به رضا و لحنی که از ته دل تلخ بود، گفت:

- بله میشه، و شد. نیاز به پول و امرار معاش وادارش کرده بود تار را بفروشد. شما به اصطلاح آزادیخواهان شاید در اون دوران کودتا، خیلی هوشیار و با برنامه برای مقصدی خاص تلاش می‌کردید، اما وقتی با سرنیزه و سرکوب و زندان و تیرباران مواجه شدید، زمین بازی رو خیلی زود خالی کردید و اجازه دادید اراذل و اوباش سلطنت‌طلب همان نیمچه مسند فرهنگی و یا حتی سیاسی که داشتید رو ازتون بگیرن. شماها، به ویژه تو و امثال تو، هرگز نفهمیدید چه بر سر ما رفت.

صحبت‌های مهین‌بانو با آماج تیرهای گزنده‌اش، آب یخی بود که بر سر و روی رضا پاشیده شد. سوال‌های زیادی به ذهنش هجوم آورده بودند؛ نه به آن زمانی که مهین‌بانو از رضا دوری می‌گرفت و نه حالا با قطاری از کلام‌های نیشدار روزگارِ مُرده را از قبر درمی‌آورد. وقتی کیانوش نفس‌زنان وارد شد و تار را میانِ دستانش گذاشت، شمسی که از حرف‌های مهین‌بانو مبهوت شده بود، زبان به کام کشیده بود و فقط رضا را می-

نگریست. رضا با دستی مردد و درونی شرمگین، تار را سبک‌سنگین کرد؛ گویی می‌خواست میزان درد و غم لعیا، زن استاد ماهر را هنگام فروختن این تار ارزیابی کند. رضا نجواکنان گفت:

- لعیا با فروختن این ساز چه دردی کشیده!

مهین‌بانو گفت:

- درد قابل ارزیابی نیست. به مانند نیاکانمان، ما نیز در زیر خروارها درد حل‌نشده زندگی می‌کنیم.

شمسی تا به آن شب مهین‌بانو را این‌گونه نشنیده بود. تلخی و گزندگی‌اش هوا را هم می‌شکافت. اما کیانوش سرخوش از دو پیک شراب شوخ‌طبعانه، گفت:

- چرا معطلی استاد! ناز نکن. زودباش تا شراب از سرمون نپریده.

نوای سکرآور تار اغلب ایرانی‌ها را از خود بی‌خود می‌کند و در سکوتی سهمگین فرو می‌بردشان سکوتی که در آن حالت غم‌وشادی گل‌آویز هم می‌شوند. رضا با حسی غریب و متأثر از چیزی که شنیده بود، انگشتانش را بر سیم تار کشید. تارِ پیر به فغان درآمد. ناله‌ای بود پُر از شیدایی که به تدریج اطرافشان را به چنگ آورد و هر کسی را به عالمی ورای آن‌جا برد. بال‌گشودنی در آن‌سویِ رهایی که پنداشتی از آزادی را به آدم‌ها می‌بخشید تا روان را جَلا دهد و در فرود این پرواز، مأمنی از آرامش فراهم آورد. رضا کم‌کم چشمانش را بست و حُزن نگاهش همراه با لرزه‌های نغمه‌ی تار با دلتنگی غریبانه‌ای که در عمارت موج می‌زد به درونش کشید. نگاه شمسی هم به غَمی نشست که فراتر از غم‌هایش بود و کیانوش چشمانِ به ظاهر متفکر خام جوانش را گاه به انگشتان رضا و گاه به صورت زیبای شمسی می‌دوخت. اما چشمان میهن‌بانو ثابت بودند. در حالت چهره‌اش به جُز بازدارنگی هیچ چیز دیگری به نظر نمی‌آمد. و آسودمِ که در درونش هنوز بر تخته سنگی نشسته بود، غم را همچنان در تاریکی می‌افزود و با هر نوایِ تار این اندوه اوج می‌گرفت و از پنجره-

های بسته‌ی عمارت بیرون می‌خزیدند و به ابرهای پاییزی در آسمان می‌پیوست. ناگهان رضا از نواختن تار بازایستاد و چشمانش را گشود. کیانوش که زیباترین حالِ ممکن را به چنگ آورده بود معترضانه، گفت:

-       ای بابا! داشتیم کیف می‌کردیم، ها. چرا قطعش کردی؟!

رضا با کف دست تار را لمس کرد و هیچ نگفت. سکوت حاکم شد. کیانوش دوباره خواست چیزی بگوید که با نگاه‌های معنادار مهین‌بانو دَم فروبست. شمسی با بی‌تابی، گفت:

-       چرا موسیقی و شعر و همه چیز ما اینقدر غمگینه؟! این همه غم از کجا میاد؟! رضا، تو که سال‌هاست در اروپا زندگی می‌کنی، موسیقی و شعر اونام مثل ما اینقدر غصه و دلتنگی داره؟!

دوباره سکوت شد و هیچ‌کدام‌شان به همدیگر نگاه نمی‌کردند. سکوتی که همچون هوایی سنگین، فضا را در برگرفته بود و گویی هر لحظه‌اش به اندازه‌ی یک عمر می‌گذشت. عاقبت رضا نگاهی عمیق و سرشار از تأمل به شمسی انداخت؛ نگاهی که ظاهراً به مخاطب دوخته شده بود، اما ذهنش در جهانی دیگر پرسه می‌زد. گویی چیزی در افق‌های دوردست ذهنش در حال شکل گرفتن بود و برخی از آن‌ها روی هم صیقل می‌خوردند. آن نگاه، درگیر در لحظه نبود، بلکه غرق در گذشته‌ای تاریک و آینده‌ای مبهم بود که همزمان در دلش جریان داشت و او را از اکنونی که می‌زیست دور نگه داشته بود. عاقبت رضا گفت:

-       نمی‌دونم شمسی، رمق حرف زدن در این مورد رو ندارم. میرم بخوابم. شب‌تون بخیر.

رضا دَرِ آشپزخانه را گشود و باد چند برگ پاییزی را تو آورد. با نوک کفش آن‌ها را پَس‌راند و بعد بیرون رفت. برای مدتی روی تراس ایستاد و صورتش را رو به آسمان و سپس درختانِ گرفتار در باد گرفت. برگ‌های فروافتاده از شاخه‌ها، بی‌قرار و هویت از دست داده، ندبه‌های فراق تازه‌ای را لابه‌لای ضجه‌های باد سر می‌دادند. رضا تار را میان انگشتان

دست چپش فشرد و رو به خانه‌ی آن‌سوی عمارت حرکت کرد. در آن لحظه این ادراک بر وجودش مستولی شده بود که گونه‌ی مطبوع تن-آسانی‌اش را ناگهان از دست داده و آن جنون، هوسِ بی‌مرز و عشقی که تنها در میلِ به هم‌خوابگی برای خودش خلاصه کرده بود، دیگر در چنته ندارد.

اما درخشندگی نوای تار هنوز درونِ شمسی را می‌لرزاند و این برایش آوازی شد تأمل‌برانگیز. او ته‌مانده‌ی شرابش را لاجرعه سرکشید، زیرلب شب‌بخیری گفت و به سوی اتاقش رفت. کیانوش که تا آن لحظه نگاهِ خالی از تفکرش را به جامِ خالیِ شراب دوخته بود با گذاشتن آن بر میز کِش‌وقوسی به خودش داد و گفت:

- مادربزرگ، برم بخوابم که صبح زود باید بلند شم و به کارام برسم.

این را گفت و از سر جای خود بلند شد، پیشانی مهین‌بانو را بوسید و از پله‌ها بالا رفت. مهین‌بانو بی‌میل و دل‌زده، نگاهِ زهرآلودی به دنبالش انداخت. گویی با چشمانی آکنده از کینه، به آن‌که تاب حضورش را نداشت، خیره مانده بود؛ به گونه‌ای که انگار حضورش زهر جانش شده بود. کیانوش به نیمه‌ی پله‌ها نرسیده بود که مهین‌بانو، گفت:

- نگران چیزی نباش کیا جون، خوب بخوابی جوان.

کیانوش ایستاد، سرش را برگرداند و متعجب گفت:

- نگران چه چیزی باشم مادربزرگ!

مهین‌بانو شانه‌هایش را بالا انداخت و گفت:

- هیچی عزیزم. فقط می‌خوام بگم که به زندگی هر طور نگاه کنی بیهوده و چرتِ.

کیانوش خسته‌تر از آن بود که بخواهد فکر کند. لبخندی زد و مابقی پله‌ها را بالا رفت. مهین‌بانو دورِ میز تنها شد و در سکوتی سنگین فرورفت. مدتی به همان حال باقی ماند و بعد از جای خود بلند شد، به

طرف پنجره رفت و نگاهش را به بیرون دوخت. وزش باد شتاب گرفته بود و شاخه‌ها چنگ به هم می‌زدند. برگ‌ها سرگردان‌تر از قبل معلق و بی‌روزن در هوا پراکنده بودند. بی‌محابا رعد غُرید و یک قدم او را از پنجره عقب راند. تپش قلب گرفت. در حالی‌که می‌خواست بماند و شاهد ریزش اولین قطره‌های باران باشد، اما با دنیایی که روی دلش هوار شده بود، پله‌ها را سنگین‌سنگین بالا رفت. در این باوقاری، سنگینی نگاهش را بر خود افکنده بود. و در دل به خودش گفت:

- من هستم، وجود دارم. من در تألمی پُر از ریشه همه‌کاره‌ی این عمارت هستم و کسی نباید بدون اجازه‌ی من یک قطره آب بنوشد. من حشره نیستم که بشود زیر پا له‌ش کرد. جوانی‌ام را در این‌جا حیف‌ومیل کردم. می‌فهمی، حیف‌ومیل.

با هر قدمی که برمی‌داشت، نوکِ انگشت روانش قلب سخت و بی‌روزنش را نشانه می‌گرفت و هر چه سایه‌اش بر عمارت گسترش می‌یافت، درد و رنجش دامن می‌گسترانید. وقتی به اتاقش رسید، نه از برون و نه از درون اشک نمی‌ریخت؛ فقط از سنگی که آسودهِ بر آن نشسته بود، ملالِ جانکاهی را وزیدن گرفته بود که با نوای تار و باد و بارانِ سرگردان در باغ در هم آمیخته بود. با چشمانی باز روی تخت دراز کشید. دوباره صاعقه شد و به دنبالش آسمان غُرید و درونِ سنگینش از وحشت و انزجار به لرزیدن افتاد. دست‌هایی سمج درونش را می‌جستند. و کسی دَرِ گوشش گفت:"صدای کیانوش را بوسیدم."

در دل آرزو می‌کرد که این فقط وِرزدنی بی‌خود باشد و بَس. ناگهان، آن صدا درشتی گرفت و دشمنی فزونی یافت. نشانه‌های عقل از آن پریده بود. با کلماتی فرسوده، درونِ سایه‌اش را هم می‌جُست. ناغافل دستی زبروخاردار، مهین‌بانو را از جا بلند کرد و رو به پنجره‌ی بسته در پاییز و تاریک وادارش کرد که بایستد. بدون هیچ مقاومتی ایستاد. همان دست پنجره را گشود و کسانی، همراه با بادِ پاییزی تو آمدند. ناآشنا بودند.

هیچ‌کدام‌شان سایه نداشتند. بوی عنبری دیرینه می‌دادند. رایحه‌ای افسونگر.

میهن‌بانو دلش می‌خواست با آن‌ها صحبت کند، اما زبانش بند آمده بود. طوری مردمک چشمانش را به این‌سو و آن‌سو می‌گرداند که در گمانی بزرگ، بیم‌وامیدی دور از هر انگیزه‌ای را مزمزه می‌کرد. صورت‌هایشان چنان بی‌حرکت بودند که انگار نقاشی چیره‌دست تکه‌هایی از سایه‌ی خود میهن‌بانو را در خلوت و خیال با انبوهی از خودبینیِ زیاد بر بوم آن شب وهم‌انگیز زاده بود. از آن‌ها عدم احساس توضیح‌ناپذیر به مشام می‌رسید. مهین‌بانو از پنجره فاصله گرفت و به پستوی اتاقش رفت. جایی که شوق‌های سرکوب شده‌اش را همچون رازی بزرگ و حل‌ناشدنی پنهان کرده بود. در انتهای پستو، سه گنجه‌ی قدیمی با درهای آبی‌رنگِ درون دیوار تعبیه شده بود. و روی هر گنجه طاقچه‌ای آیینی قرار داشت. اما در سمت چپ پستو، کمی آن‌سوتر از آینه‌ی قدی و کمد لباس‌ها، صندوقی خیلی قدیمی روی زمین بود. بر بدنه‌ی صندوق نقاشی بسیار هنرمندانه‌ای به چشم می‌خورد که بهرام‌گور را در حال شکار آهو نشان می‌داد. بهرام‌گور، با اسبی سفید در حالِ تاخت، همراه با چند سوارکار، آهوهای هراس‌زده‌ی زیادی را تعقیب می‌کردند.

مهین‌بانو در برابر صندوق روی زانوانش نشست و به دور از هر شتابی دَرِ آن را گشود. با کنار زدن نفتالین‌های زیاد و برداشتن ملافه‌ها، عاقبت پیراهنی سفید را در آن دید. لباسِ عروسی‌اش بود. لحظاتی به آن خیره شد. کفِ دستانش را به آرامی بر آن کشید. سردِسرد بود. آن را از ته صندوق درآورد. بوی سال‌ها پیش دوباره به مشامش خورد. شبی که در اوج جوانی عروس شده بود و در این لباس همچون ملکه‌ای می‌درخشید. قبل از آن‌که برای دومین‌بار در زندگی‌اش آن را بر تن کند، نگاهی به پشت سرش انداخت. همه‌ی آن چهره‌های ناشناس و بی‌سایه ردیف ایستاده بودند و با نگاه‌هایی خالی از هر چیز او را می‌پاییدند.

میهن‌بانو پیراهن را پوشید و جلوی آینه‌ی تمام قدِ قدیمی ایستاد. موهای یکدست سفیدش با رنگ پیراهن مو نمی‌زدند. چیز نامفهومی زیر لب ادا کرد. سرش را کج گرفت و لبخندی تصنعی که بر لبانش نشاند، لایه‌های یخ‌زده‌ی بیشتری دور قلبش حلقه بستند. از آینه دوری گرفت و با باز کردن اولین گنجه، سه شیشه‌ی هم‌سان و هم‌رنگی را درآورد. و از گنجه‌ی دوم عطردانِ لاجوردی عتیقه‌ای را با ملاحظه‌ی زیاد برداشت. روی زمین نشست، درب همه‌شان را برداشت و مدتی ژرف به شیشه‌ها خیره شد.

بعد، در ابتدا مقداری از خون گاوِ قربانی را از شیشه‌ی اول داخل عطردانِ لاجوردی ریخت، سپس چند قطره ادرار شتر را هم از شیشه‌ی دوم به آن افزود و دست‌آخر مقداری از شمع‌های آب شده‌ی امامزاده داوود را به آن‌ها اضافه کرد. باقیمانده‌ی داخل شیشه‌ها را دوباره به گنجه بازگرداند. در آن لحظه مکثی کرد. صدای خش‌خشی به گوشش رسید. مار بود. ماری خوش خط‌وخال که هنوز در گوشه‌ای از دهانش ته‌مانده‌ی گیاه زندگی به چشم می‌آمد.

این مار از سقفِ زیرشیروانی پایین خزیده بود، پله‌ها را طی کرده، از راهرو و کنار گلخانه سینه‌خیز رفته و اکنون با عبور از میان چهره‌های ثابت و بی‌سایه، آرام‌آرام تن خزنده و آتشینش را به ساقِ پاهای مهین‌بانو می‌مالید. مهین‌بانو در ابتدا نمی‌دانست چه باید بکند، اما رفته‌رفته بی‌اراده و به ندایی مسخ‌شده دولا شد، کله‌ی مار را گرفت و با گذاشتن دندان‌های مار بر لبه‌ی عطردان لاجوردی، زهرش را به محلول افزود. وقتی کله‌ی مار خوش خط‌وخال را وِل کرد تا برود، نگاهش با نگاه خود در آینه گرِه خورد. آیا خودش را می‌شناخت؟! نمی‌دانست. و نیرویی او را از آشناییِ دیرین با خود دور می‌کرد. آن‌چنان دور که سرانجام در کُلیتی ناشناخته از همه چیز وداع گفت.

اما در آن لحظه، کاملاً باخبر بود که زندگی شادمانه‌ای را پشت سر نگذاشته است. عطردان را پیش رویش گرفت و چشمان اسیر در دستان آسودمِ را به آن دوخت. سپس عطردان را در یک دست گرفت و با انبوه شمع‌هایی که از گنجه برداشته بود از اتاق بیرون رفت. همه خواب بودند و مویه‌های پیچیده در باغ چنگ‌هایی سوزنی به درون مهین‌بانو فرو می‌کردند. تَنَش لرزید اما دلش سنگِ‌سنگ بود.

پیش از پایین رفتن از پله‌ها، از وَرای پنجره‌های بسته چشم به بیرون دوخت. روشناییِ فسرده‌ای، چون فانوسی گُم‌شده در دریایِ سراسر مه گرفته‌یِ بی‌ساحلِ زندگی، از تاب برداشتن‌های باد در میانِ شاخه‌ها، نَرمه‌رقصی جادویی پیشِ پاهایش پهن کرده بود. زمان، در سِحری غمگین فرو رفته بود، گویی تله‌ای در قلبش برای خودویرانیِ افسارگسیخته‌ای در حال چیدن بود. مهین‌بانو پله‌های سرسرا را با تأنی و وقار پایین رفت و به ناگاه دَرِ رو به باغ به رویش گشوده شد. انبوه برگ‌های پاییزی همراه با بادوباران، به درون آمدند.

دست‌هایی زیاد، به طرزِ جادویی، بالای سرش چتر شدند، و او به میانِ درختانِ در ظلمت فرورفته، قدم برداشت. باد زوزه‌کشان، شاخه‌ی درختان را عبوسانه تکان می‌داد. انگار در پیِ کندنشان از ریشه بود و انگار شیونی بود که عروسی پیر را به تاریک‌ترین نقطه‌ی زمان فرا می‌خواند. مهین‌بانو پای هر درخت که می‌رسید، خم می‌شد، شمعی می‌نشاند و چند قطره از محلولِ عطردانِ لاجوردی را در آن فرو می‌چکاند تا روشنش کند. در دلِ شب، دامنِ ظلمت آنقدر سیاه بود که دست‌های لرزانِ هر شمعی مرگ را تمنا می‌کردند. رَعد می‌غُرید، طوفان در میان درختان می‌پیچید و همراهان مهین‌بانو هوم‌هوم‌کنان پا بر زمین می‌کوبیدند تا ایزدی را از قربانی شدن باز دارند. مهین‌بانو گویی در ندایی درونی می‌دانست که اگر این ایزد قربانی شود، شَر شکسته خواهد شد. اما نه باد، نه باران، نه رَعد، نه طوفان، نه درختان و نه همراهانِ ناشناخته خواستار

مرگ ایزد نبودند. شمع‌ها با دود کُندر می‌سوزاندند تا ایزد در میان درختان غرقِ عصیانی پُر از کین، قربانی بگیرد.
وقتی عروس پیر آخرین شمع را پای درخت بزرگِ صنوبر نشاند و با محلولِ در عطردانِ لاجوردی روشنش کرد، تمام پنجره‌های عمارت در ناله‌ای مهیب گشوده شدند. در آن هنگام، چهره‌های ناشناس میانِ درختان می‌لولیدند و با هوهوی باد زنجیری از هوم‌هومی گزنده می‌بافتند. چشم‌هایی از حماقت در دل آن تاریکی به روی عروس پیر برق می‌زدند. انگار چراغ‌های کوچکی بودند که در نبود پذیرش و باور، به خفتی بزرگ تَن داده بودند. در بی‌معناییِ حرکات آن چشم‌ها، کج‌خُلقی چموشانه‌ای را یاد این پیرعروس می‌آوردند. اما او نمی‌دانست کی و کجا این حجم از تَنِش را دیده است. طوفان در نوای تار می‌پیچید و تار در هوم‌هومی سرد، بوی کُندر را از پنجره‌های باز به درون می‌برد تا یک‌به‌یک اهالی عمارت را از خواب بیدار کند.
فاطی‌جان از هیمنه‌ی صدای رَعد بیدار شد و دهانِ باز سرهنگ خاطرش را لرزاند. ترسید که تا آن لحظه برای دفعِ شَرِ آن دهانِ باز کاری نکرده است. با دلی پر از نگرانی بلند شد و روی تخت نشست. انگشتانِ دو دستش را در هم گره زد و با طوفان در باغ و کُندری که عقل را از کله می‌پراند، شروع به خواندن وِردهایی جادویی کرد. اما به همین بسنده نکرد. او می‌بایست موش مُرده‌ای پیدا می‌کرد و آن‌قدر سوزن به آن می‌زد تا مبادا کسی دیگر بمیرد. از تخت که پایین آمد، آسمان‌گرمبه و ناله‌ی او درهم آمیختند. از اتاق بیرون دوید، جارو را برداشت و سعی کرد یکی از صدها موشی که در آشپزخانه، هراسان از سروکول هم بالا می‌رفتند را بگیرد. در آن وقت حکیم روی پله‌ها ایستاده بود و لبخندی خاص روی لب‌هایش بازی می‌کرد. او از دنیا با انبوه فغان‌هایش سردرنمی‌آورد. هیچ‌گاه در تصورش نمی‌گنجید که این عمارت با باغ بی‌دروپیکرش این‌قدر وهم‌انگیز به نظر برسد. همان‌طور که با دهانی

نیمه‌باز ایستاده بود، در ذهنش تسلط باغ و عمارت بر وجود خود را خاتمه یافته دید. گردنش را به طرف نوای سنج و دُهُلی که از آشپزخانه گرم گرفته بود، کج کرد. فاطی‌جان دُمِ یک موش مُرده را به‌طور عجیبی به سمت صورتش گرفته بود، طوری که انگار شرورترین موجود زنده را به دامِ مرگ گرفتار کرده بود. موش‌ها، که گویی در سرزمینی متروک و فراموش شده در ترسی عظیم زندگی می‌کردند، هنوز دوروبرش می‌-پلکیدند. فاطی‌جان، نرم و آرام، با صدای سنج‌ودُهُل شروع به چرخیدن دور خود کرد. حکیم، انگار در طلسمی هولناک گرفتار شده بود، نگاه‌های بی‌معنایش را به او دوخته بود. در ذهنش، قطارِ پُر سروصدایی در حرکت بود که با کوپه‌های خالی رو به مقصدی نامعین می‌رفت، بدون این‌که اراده‌ای برای هدایت آن داشته باشد. آذرخش‌هایی پی‌درپی فضای اطراف را به روشنایی کشید و بعد، غرش رعد، به شکلی نامتعارف زمان را در یک ریشخند عجیب به چشمان حکیم پرتاب کرد. حکیم تلاش می‌کرد خود را تسکین دهد تا در این دنیای پر از فغان، معنا به وجودش بدهد. اما برای فرار از این شرایط، کافی بود که نفسش بند بیاید. زارسلیم در هیجانی طغیان‌گر، چوب‌دستی‌اش را بالای سر بُرده بود و با زیرپیراهنی سفید و انبوه موهای خیسِ بدنش، راهرو را با فریادی که از اعماق گلو برخاسته بود، به سوی باغ دوید. شمسی که در آستانه‌ی اتاقش با لباس‌-خوابِ قرمز دکلته‌ی بدون سینه‌بند ایستاده بود، سربرداشت و یک‌راست به چشمان حکیم زُل زد. حکیم صورتش سرخ از بوی کندر، گردنش را هنوز به سوی آشپزخانه چرخانده بود، بدون آن‌که نگاهش به آن‌جا باشد. او نیاز به دست‌هایی بی‌قرار داشت تا به مانند زارسلیم از ته دل فریاد بکشد و در دل درخت‌ها و آدم‌های دیوانه گم شود و همچون شیفته‌ای جهان را به سُخره بگیرد.

در باغ همه پای می‌کوبیدند. این پای کوبیدن‌ها در تلاش برای دور کردن پرندگان سفیدی بود که برای افزودن روشنایی به فضای آن‌جا آمده

بودند. زمانی نبرد که دیگر در ذهن‌ها وروان‌های هیچ‌کدام از آن آدم‌های هراسان در باغ بال‌های اندیشه به روشنایی‌ها گشوده نشد. شمع‌ها که بوی کُندور را به برگ‌ها می‌چشاندند، برگ‌ها در طوفان و باران اشعاری از خیام می‌خواندند.

گر من ز میِ مُغانه مستم، هستم
گر کافرِ گبر و بت پرستم، هستم
هر طایفه ای به من گمانی دارد
من زانِ خودم، چنانکه هستم، هستم

و اندیشه‌های فیلسوفِ پیر در انتهای باغ، با چشمانی گشاد، همه‌چیز را در استعاره می‌دید.

در همان لحظه، رضا، خیس از باران، با چشمانی ترس‌خورده، از تراس بالا آمد. از همان‌جا صدا به گلو انداخت و حکیم را با ارتعاش‌های تنیده در کُندور به سوی خویش کشاند. شمسی با صدای رضا از آستانه‌ی اتاق بیرون آمد و با پاهایی برهنه و سینه‌هایی لرزان به دنبال حکیم روان شد. همه لابه‌لای درخت‌ها می‌دویدند. چهره‌های ناشناس به روی‌شان "هوم‌هوم" می‌کردند و عروس پیر کنار درخت صنوبر ایستاده بود و عطردان را در آغوش گرفته بود، بی‌آن‌که قطره‌ای باران او را خیس کرده باشد.

تنها کسی که هنوز خواب بود و بوی کُندور نتوانسته بود به زیرشیروانی راه یابد تا موجب بیداریش شود، کیانوش بود. گویی دنیا مرزهای غریب و ناپیدایی بر خود کشیده بود که هیچ کس از آن آگاه نبود. ناگهان صاعقه‌ای سهمگین بر چند درخت سپیدار فرود آمد و در بانگی دلهره‌آور، آن‌ها را به چندین قطعه‌ی کوچک‌وبزرگ از هم متلاشی کرد، در حالی که بخش‌هایی از آن‌ها به آتش کشیده شد. در این لحظه، سیاهی و تباهی همچون پرده‌ای سنگین بر فراز هر چیز و هر کس معلق بود. زمان در تعلیقی دیرین گرفتار آمده بود و زندگی‌ها در آویختن به مرگ،

چشم‌های مرطوب و بی‌روزن خود را بر یکدیگر می‌گشودند تا زوالِ پیش آمده بر دوش‌هایشان را با تلخی پذیرا شوند. دیگر هیچ‌کدام به زندگی نمی‌اندیشیدند و دیگر فُرجه‌ای برای خیال‌پردازی درباره‌ی دنیایِ پس از مرگ که از دیرباز سخن‌ها درباره‌اش گفته شده بود، باقی نمانده بود. آن‌ها در کنارِ مقبره‌های نفس‌های به تنگ‌آمده، در برابر هر رویدادِ نامیمون، پا بر زمین می‌کوبیدند تا قلب‌هایشان از سرما یخ ببندد.

عروسِ پیر، به آرامی عطردانِ لاجوردی را در انحنای شانه‌هایش بالا آورد و با سایه‌اش در گرداب چرخشی بی‌انتها فرو رفت. اندوه و دلتنگی همچون امواجی نازک از درونش تراوش کرده و دوباره و دوباره به میان باغ پراکنده می‌شد. زارسلیم چوب را در هوا می‌چرخاند، حکیم با چهره‌های ناشناس و بی‌سایه، به سایه‌های خود چنگ می‌زد و با هر حرکت، سیلابی از تلخی‌ها را به رودِ انتهای باغ می‌فرستاد. این‌گونه بود که رضا، واژه‌ها را یک‌به‌یک گُم می‌کرد، دفترهایش از جمله‌ها تهی می‌شد و درونش در دل وهمی بزرگ فرو می‌رفت. شمسی با پاهای برهنه بر زمین می‌کوبید و در چشمان مَدهوشش، انبوهی از توان نامحدود را در خود جذب می‌کرد؛ تا چشم به چشم و دست به دست مقایسه کند، رنگ‌ها را بسنجد و سایه‌اش را در این رقصِ بی‌سرانجام دنبال کند.

فاطی‌جان مابین انبوهی از موش‌های زنده، با نوای سنج و دُهُل به دور خود می‌چرخید، هر چرخش، تابِ بدقواره‌ای از مذهب را بر بالاتنه‌اش می‌افکند و در هر لحظه، سوزن به موش مُرده می‌زد. انگار فرزند زئوس و سمله مادینه زاده شده بود و جنونِ آیینی‌اش را داشت در وَهم و گمانی تاریخی جادو می‌کرد. ناگهان در باغ، آدم‌های بی‌سایه بر بارانِ محصورِ مابین درختان، آتشی روشن کردند و برای لحظاتی، همراه با زارسلیم و حکیم، اورادی بی‌سکه و قدر خواندند. سپس همه‌شان نرم‌نرمک دور آتش به رقص آمدند. عروسِ پیر، سنگین و گران، به قعر باغ رفت و شمسی بی‌روزن و ترس‌خورده به دنبالش دوان‌دوان شد. رضا، کنجکاوانه

در رسوبِ آزاردهنده‌ی زمان غرق شده بود و شاهد پُرچانگی غُرشِ آسمان و آدم‌های دور آتش بود. او سعی می‌کرد با چشمانی هُشیار، به قعر جایی برود که مهین‌بانو و شمسی لحظاتِ پیش رفته بودند.

با هر قدم که برمی‌داشت، می‌دید که آدم‌ها گُله‌به‌گُله بر آب آتش روشن کرده‌اند و دورِ آتش می‌رقصند و نان بیات می‌خورند. آسمان، همچون برق‌گرفته‌ها، زمینِ همیشه گرفتار در خشونت را پشت سرهم روشن و خاموش می‌کرد. و رضا، با چشمان به انتظار و دستپاچه‌اش، نگاهش را به سوی آدم‌های پریشان در رقص تنگ می‌کرد. ناگهان، همه‌ی آن آدم‌ها به سویی رفتند که چهره از خورشید پنهان کرده بود. آن‌جا تاریکیِ مطلقی بود که طنینی تیز داشت. برای رسیدن به آن مکان، می‌بایست درختانِ زیادی را پشت سر می‌گذاشتند.

زارسلیم اولین نفری بود که به آن‌جا رسید. عروسِ پیر کُنجی ایستاده بود و شمسی با خنده‌هایی جنون‌آمیز، سایه‌اش را داشت دنبال می‌کرد. در این لحظه، آدم‌های بی‌چهره و بی‌سایه معطل نکردند؛ بر زانوانشان فرود آمدند و زمین را چنگ زدند. آنقدر چنگ زدند و چنگ زدند تا گودالی بزرگ کندند. در این میان، به جُز رضا، همه اورادی جادویی می‌خواندند. اما رضا چشمانش را بسته بود، گویی نمی‌خواست به چشم‌هایش اعتماد کند. در حالی که دستانش قدرتمندتر از دیگران، گودال را عمیق‌تر می‌کند.

صاعقه‌های ممتد و آوای رعد همچنان ادامه داشت. گویی زمان سوار بر بال‌هایی عظیم در غُرش‌هایی بی‌امان به اعماق زمین فرو می‌رفت. دست‌ها در خروشی سرازیر شده، آخرین چنگ‌هایشان را بر گودالی بزرگ فرود آوردند و به تبعیت از بی‌نورترین تاریخِ زمان که عقربه‌هایش بر صفر ایستادنی کُشنده را تجربه می‌کرد، همه‌شان مانند جن‌زده‌ها به سوی عمارت رفتند. در ابتدا قدم‌هایشان آرام بود، اما به تدریج، زیر نوای دُهُل و سنج شتاب گرفت. آن‌ها هر چه به عمارت نزدیک‌تر می‌شدند، آن نوا

اوجی از تلاشِ بیهودگی و ناهشیاری را به ذهنِ دردناک در هر زمانِ منحوس متبادر می‌کرد.

شمسی در کنار رضا می‌دوید و زارسلیم و حکیم، در میانه‌ی آدم‌های بی‌چهره و بی‌سایه، دوان‌دوان خیز برداشته بودند، ولی تنها کسی که هنوز آن‌سوی گودال با قیافه‌ای حاکی از حق‌طلبی ایستاده بود عروس پیر بود.

وقتی‌که آن‌ها با سراسیمگی و چهره‌هایی هراسان پا به عمارت گذاشتند، هیچ‌کدامشان نه در جست‌وجوی کشف راز زندگی و مرگ، نه در پی فهم فقر و ثروت، و نه در آرزوی جاودانگی بودند. آن‌ها پُر از ترس‌وبیم، پله‌ها را یکی پس از دیگری بالا می‌رفتند، و هر دَم، نوای دُهُل و سرنا و بوی کندور که در هر گوشه و کناری می‌چرخید، ضربه‌هایی سخت و کشنده بر مغزهایشان فرود می‌آورد. رضا در حین بالا رفتن برای لحظاتی سرش را به سمتِ فاطی‌جان گرفت. فاطی‌جان در دایره‌ای بی‌پایان هنوز به دور خودش می‌چرخید و سوزن به موش مُرده می‌زد. رضا در آن لحظه، چیزی غم‌انگیز و حسرت‌آور را در آن دید؛ حسرت قرن‌ها عقب‌ماندگیِ آشنا که در هر حرکت بی‌وقفه، از سوزن به موش می‌ریخت. او می‌خواست بایستد، به سمتِ فاطی‌جان برود و تکانش دهد تا از آن خوابِ غفلت بیرونش آورد، اما پاهای خودش اسیر در کُندور و خروشی غیرمترقبه گرفتار شده بود.

چهره‌های ناآشنا، هوم‌هوم‌کنان راهروِ طبقه‌ی بالا را پشت سر گذاشتند و خود را به پشتِ دَرِ اتاق زیرشیروانی رساندند. در یک لحظه همه سکوت کردند، و بعد راه را باز کردند تا شمسی از ته صف بیاید و با فشاری بر دل انگشتانش در را باز کند. شمسی، بی‌هیچ تردیدی، دست به کار شد. با یک فشار بر دستانش دَرِ اتاق زیرشیروانی چارتاق باز شد. در آن تاریکیِ اتاق، کیانوش از خواب پرید و با ترس، گفت:

- چی شده؟! کی اونجاست؟!

اما کسی چیزی نگفت. کیانوش در زیر سایه روشنِ پنجره‌های بالای سقف فقط تعدادی سایه می‌دید که به جز صدای پاها و نیز بی‌وقفه نفس‌زدن‌های بلندشان که انگار از راه دوری آمده باشند چیز دیگری به گوشش نمی‌رسید. این بار هراس‌زده‌تر از قبل، گفت:

- چی می‌خواین از من؟! رضا، شمسی شمائید؟ آره، بگید دیگه.

باز هیچ‌کس چیزی نگفت. کیانوش لحاف را تا زیر چانه‌اش بالا کشید و حسِ ناباوری به یک بازیِ بی‌مزه‌ای که نمی‌دانست از سوی کدام دست در حالِ وقوع است، کشاند. انگار که واقعیت‌ها به رنگی مبهم و از دست رفته درآمده بود. در همین هنگام، دستانی زیاد و زبر که آغشته به ناپسندی، دورویی و مکر و فریب بودند به سمتش آمدند. کیانوش در گیجی و وحشت، تلاش می‌کرد آن دست‌ها را عقب براند. دستانی که در آن تاریکی، صورت صاحبانشان در هاله‌ای از عدم شناخته شدن محو بود و همین امر اضطراب و دودلی‌اش را چند برابر می‌کرد. ترسیده بود. ترسی که بو داشت و این بو که به مشام تمام آن آدم‌هایی که آن‌جا بودند رسید. کیانوش که از شدت ترس وگیجی هنوز نمی‌دانست دقیقاً چه اتفاقی در حالِ رُخ دادن است، در حالی‌که تلاش می‌کرد خود را جمع‌وجور کند، با صدایی لرزان و ناباورانه به صاحبانِ آن دست‌ها که قصد داشتند او را از تخت پایین بکشند، گفت:

- این دیگه چه بازیایه؟! شماها کی هستین؟! چرا این کارو می‌کنین؟!

کیانوش با دلهره‌ای غریب مرتب به اطرافش نگاه می‌کرد. چهره‌های آشنا، اما نه چهره‌های واقعی، بلکه سایه‌هایی از آن‌ها به شکل مه‌آلودی در برابر دیدگانش می‌رقصیدند. حضور غریبه‌ها و سکوت سنگین‌شان او را در دنیای مرموز و ناشناخته‌ای غرق کرده بود. دست‌های سرد و بی‌رحم، همچون بندهایی ناپیدا او را به خود چسبیده بودند و هر حرکتش را محدود می‌کردند. وحشتی عجیب در دلش جای گرفته بود، وحشتی که

گویی از دل یک کابوس کهنه برمی‌خاست. او در ابتدا با قدم‌هایی لرزان و تسلیم چند گام همراهشان برداشت. بغضی سنگین در گلو داشت و هراسان زیر لب زمزمه کرد:

- حتما اشتباهی شده.... چرا هیچ‌کدومتون حرف نمی‌زنین؟

با هر صاعقه و آسمان غُرمبه‌ای، چهره‌های آشنا برایش واضح‌تر از غریبه‌های بی‌سایه می‌شد. هر چه دُهُل و سِنج، آن نغمه‌ی بی‌رحم و ناهنگام، بلندتر می‌شد، قلبش به طرز غیرقابل‌مقاومتی تندتر می‌زد. گویی هر ضربان قلبش یک قدم نزدیک‌تر به فروپاشی بود.

وقتی که آن‌ها، غریبه‌ها و آشنایان، او را به آستانه‌ی اتاق زیرشیروانی بردند تا بیرونش ببرند، زمزمه‌های مرگ‌آور "هوم‌هوم" همچنان در عمارت پیچید و فضا را به دستانی که از گرسنگی به تاریکی دست می‌یازیدند، تقدیم می‌کرد. در آن لحظه، کیانوش دیگر طاقت نیاورد و خواست مقاومت کند. پاهایش را محکم بر زمین فشرد و با صدایی که گویی هیچ‌کس نمی‌شنید، از چهره‌های آشنا یاری می‌خواست.

اما کسی نمی‌خواست به یاری‌اش بیاید. و هوا بویی مرموز و غریب داشت، بویی سنگین و ناشناخته عجیب و ترسناک که هر نفس کیانوش را در بند خود می‌کشید.

کیانوش تاب نیاورد. صدایش در گلویش پیچید و با تقلایی بیهوده تلاش می‌کرد تا از چنگ آن آدم‌ها رها شود. وقتی او را با زانوهای تاخورده از پله‌ها پایین می‌کشیدند، فاطی‌جان موش مُرده را به گوشه‌ای پرت کرد و با اوراد و حرکاتی جادویی به میان جمعیت آمد. چنگی به پیراهنِ کیانوش انداخت و به پیروی از همه او را به باغ بردند.

هوا آکنده از بوی کُندور بود.

هوم، هوم.... همه پا بر زمین می‌کوبیدند،

هوم،هوم، هوم.... همه فریاد می‌زدند،

هوم،هوم،هوم،هوم...

وحشت کیانوش افسار گسیخته بود. ناگهان، چونان رعد، خروش‌های سهمگین، رنگ تباهی مطلق را در برابرش نمایان کردند. آسمان غُرید و در پیِ این تُندر او را به عمق باغ کشاندند. نفس‌نفس می‌زد؛ در آن ظلمت و طوفان، در آن هیاهو و فریادهای بلند، احساس می‌کرد در خوابی تلخ و بی‌بازگشت فرو رفته است، خوابی که راه گریزی از آن ندارد. در میانِ، آدم‌های بی‌چهره و بی‌سایه، زارسلیم و حکیم را دید. محکم چنگ به پیراهنش زده بودند، انگار که نابخردانه‌ترین اندیشه و عمل را پس از قرن‌های متمادی در دست گرفته باشند، کَت‌بسته، به جایی نامعلوم می‌بردند.

کیانوش، در نگاه پُر از یأس و در میان جست‌وجوهای بی‌حاصلش، فاطی-جان را دید که در خلأیی که مانند دریاچه‌ای بیکران، تمام آن سیاهی و فراموشی را در خود می‌بلعید، بی‌وقفه می‌غلتید. دستانش همچنان در تقلای چنگ زدن به پیراهن او، اما نه برای نجات، بلکه به‌گونه‌ای که گویی فاطی‌جان می‌خواست برای فرو بردن بیشتر او در ژرفای آن سیاهچاله، به گودالی که تنها در اشباح خیال و ابهام تیره‌ی آن می-توانست تصور کند، بکشد.

"فاطی‌جان، فاطی‌جان" کیانوش صدایش زد، صدایی که محو شد و فقط انعکاس‌هایی از آن در آسمان بی‌خواب، طنین انداخت. هیچ‌کس نشنید، نه فاطی‌جان و نه هیچ‌یک از آن چهره‌های بی‌صدا که در میان سایه‌ها معلق بودند.

در این تاریکی، شمسی را دید، چشمانش پُرملال، بی‌رمق و خسته بودند، انگار تمام امیدها در دلش گم شده و بدنش در پرواز بی‌واژه به نقطه‌ای ناشناخته می‌دوید. اما وقتی رضا را دید، در دستانش آغوشی از تمنای پنهان پدیدار شد. دستانش را به سوی او دراز کرد، اما رضا ندید، شاید هم دید، اما انبوهِ تئوری‌های بافته در ذهنش، مانع از آن شد که آن دست‌ها را ببیند.

در همان زمان، دستانی که از درختان فرسوده‌ی خاک، از شکاف‌های زمان و دنیای گذشته آمده بودند، او را در برگرفتند. کنار گودالی عمیق، مانند طنابی از گذشته و ناامیدی به دستانش پیچیدند، آن‌طور که دیوارهای تاریک زندگی‌اش تنگ‌تر شد. هیچ‌کدام از آن‌ها نمی‌خواستند او را نجات دهند، بلکه انگار می‌خواستند او را به سمت آن نقطه‌ی حفره-ای ببرند که هیچ‌گاه از آن باز نمی‌گشت.

چشم‌های کیانوش به جست‌وجو در آن فضای بی‌حس، بی‌زمان و بی-چهره، به سوی عروس پیر دوخته شد. آخرین نگاهش به او و همان‌طور معلق ماند، در نوری که دیگر وجود نداشت. فریادش از اعماق گلویش بیرون آمد، اما مانند یک لرزش بی‌صدا در برابر آن آسمان غمگین و ساکت به قعر گودال زمین فرو افتاد.

آسمان به غروبی از رعدی غم‌انگیز بدل شد، همان لحظه که آن دست‌ها، همچنان بی‌صدا و بی‌هیچ تردیدی بر زانوانشان افتادند و خاکی که دیگر هیچ‌گاه به دست‌ها پاسخ نخواهد داد، بر پیکر زنده‌ی کیانوش ریختند. خاک که همچنان بر سرش ریخت، مانند غباری از ابدیت بر روی بدنش فرود می‌آمد، و جهان، که حقیر و به زیر افتاده، خورشید را گم کرده بود، تماماً در تاریکی و سردی غرق شد.

در نهایت، همه‌چیز محو شد. هیچ نوری، هیچ صدایی، هیچ زندگی‌ای وجود نداشت. تنها یک سکوت خالی و مرده بر جا ماند که گویی تمام آن چیزی بود که از کیانوش و از آن دنیای بی‌رحم، تا آن لحظه مانده بود. تن جوان و زنده‌ی کیانوش در زیر خروارها خاک دفن شد.

۱۵

صبح بود؛ صبح پاییزیِ غریبی که همه چیز از خود بیگانه به نظر می‌رسید، و رگه‌هایی از پوچیِ بزرگ و ناآشنایِ گنگ و گیجی، همراهِ سرگردانی در برابر با واقعیت‌ها، در همه جا پرسه می‌زد. آسمان صاف بود و آفتاب با اندک رمقی در سرپنجه‌هایش بر عمارت و باغ بی‌دروپیکر آن می‌تابید. عمارت را سراسر برگ‌های پاییزی پوشانده بود. همه جا خیس از بارانِ دیشب و همه جا سرشار از چیزهای فرسوده‌ای بود که کسی از آن‌ها سر درنمی‌آورد. همان‌طور که عمارت حاکمیت بلامنازع خود را از دست داده بود، خاک رو به زوال نهاده بود و مرزوبومِ درخت‌ها، بی‌هیچ چشم‌اندازِ از پیش تعیین‌شده‌ای، استبداد کوتاه‌مدت را در برافراشتگیِ ناپایدارشان در تجربه بودند. اما با این فکر نه چندان قوام یافته، مابین آدم‌های عمارت، درد یگانه‌ای دست‌وپا نمی‌زد. هر دردی رنگ خود را داشت و بی‌خبر از درد دیگری؛ نه در پی التیام خویش بودند و نه به دنبال روزنه‌ای امید، فقط مرگ بود و آنان از خیلی وقت پیش مقدمه‌ی این مرگِ عجیب را رقم زده بودند.

در آن صبح زود به جُز مهین‌بانو کسی در باغ نبود، و او با فراهم آوردن آتشی در حالِ سوزاندن لباس‌هایش بود. هر تکه لباسی که به دست می‌گرفت، نگاهی بهش می‌انداخت و بعد روانه‌ی زبانه‌های آتش می‌کرد. از هر کدام از آن لباس‌ها خاطره‌ای می‌تراوید و این خاطره‌ها در لابه‌لای این آتش درهم می‌پیچیدند و تأثیر زمانه و سال و ماه‌شان خیلی زود محو می‌شد.

در این هنگام زارسلیم با چشمانی نگران، سررویی ژولیده و با قدم‌هایی ترس‌خورده آمد و کنارِ آتش ایستاد و گفت:

- خانم‌جان!

مهین‌بانو بدون آن‌که نگاهش کند، گفت:

- هوا داره رو به سردی میره زارسلیم، بیا و دستات و با این آتیش کمی گرم کن.

زارسلیم پریشان‌احوال و گنگ، گفت:

- خانم‌جان،....من....من دنبال کسی می‌گردم. ولی هر چه این‌وراونور میرم پیداش نمی‌کنم.

جرقه‌های آتش مابین‌شان به زمزمه نشست. لحظاتی گذشت. زارسلیم در حالی‌که چشمانِ پیر و خسته‌اش را به عمقِ آتش دوخته بود باز گفت:

- خانم‌جان،....جوانِ خوش‌بَروبالایی را در این نزدیکی ندیده‌اید؟!

مهین‌بانو همچنان با آهستگی، یک‌به‌یکِ لباس‌هایی را که یادگار تمام سال‌های زندگی‌اش بودند، به کامِ آتش می‌سپرد؛ آتشی که در نگاهش حقیر و ناتوان می‌نمود. آنقدر بی‌مقدار که در لحظاتی کوتاه نشانه‌ها، خاطره‌ها و اُنس و الفت‌ها را یک‌جا به خاکستر تبدیل می‌کرد و بر روی تباهی زیستِ انسانی آتش‌وار می‌خندید. از چهره‌ی مهین‌بانو چیزی نمی‌شد خواند. همچنان که زارسلیم زیرِ آسمان آبی و کنارِ آتش خاطره‌ها ایستاده بود؛ صورت سیه‌چرده، خسته و پیرش را رو به آسمان گرفت و گریست. شدت گریه‌اش آن‌چنان زیاد بود که شانه‌هایش به تندی تکان می‌خورد. اما مهین‌بانو نیم‌نگاهی هم بهش نیانداخت. سرتاپا سیاه‌پوش ایستاده بود. و آتشی که در حد فاصل بین او و زارسلیم قرار داشت، با چهره‌ای سرد و دستانی سردتر از چهره‌اش، یکی‌یکیِ گران‌ترین پارچه‌ها و لباس‌هایش را به زبانه‌های سیری‌ناپذیرش می‌انداخت. در این هنگام، دسته‌ای کلاغ به آن پاییز غمگین و سرد، رنگی از اندوه‌ی ژرف‌تر بخشیدند. زارسلیم هنوز می‌گریست. با گردنی خمیده و شانه‌هایی فروافتاده، طوری رو به آتش اشک می‌ریخت که انگار تمام زندگی‌اش را در آن سوزانده بودند. تا به آن‌وقت کسی گریه‌ی زارسلیم را ندیده بود. کسی که رازدار و مطمئن معتمدها بود؛ مردی از جنس قدرت و توانایی

با گوش‌هایی بسته، دهانی بسته و پاهایی در زنجیرِ اطاعت مَحض. عاقبت با همان حالِ خراب از آتش فاصله گرفت و به سوی درخت‌هایی رفت که عُمری از آن‌ها نگهداری کرده بود.

مهین‌بانو آخرین لباسش را که در آتش انداخت، یک گام پس نشست؛ بی‌هیچ نشانی از درماندگی در اندام و صورتش، دست‌هایش را پیشِ دامنش در هم حلقه کرد و مقدس‌وار به شعله‌ها چشم دوخت. همچون قدیسی که به نیایش ایستاده باشد. انگار هر فردی را از وجودش تارانده بود و به دور از هر احساسی، دست به کاری زده بود که یادآور نقطه‌ی عزیمت همه چیز بود. در آن هنگام رو به پله‌های سنگی کم‌عرضِ عمارت چرخید و با نگاهی گذرا به تمام نمای عمارت، رو به پنجره‌های آشپزخانه گام برداشت. انعکاس صَلابت قدم‌هایش در انتهای باغ، قعر افکار دور از یگانگی را باز می‌تاباند.

در سویی از میز، فاطی‌جان تک‌وتنها نشسته بود. سطح میز پر از لکه‌های قهوه بود و خرده‌ریزهای نان روی آن دیده می‌شد. وقتی مهین‌بانو را دید که به سمتش می‌آمد، با چشمانی به گود نشسته و رنگ و رویی عین میت، لرزان و ترسان از سر جایش بلند شد. با هر قدم برداشتنِ مهین‌بانو پلک‌های چشمان لوچش می‌پرید. مهین‌بانو از کنار میزِ عریض و طویل رد شد و در چند قدمی فاطی‌جان ایستاد و گفت:

- برو تو اتاقت استراحت کن! اینجا نشسته‌ای چیکار؟!

فاطی‌جان با صدایی لرزان و چهره‌ای رنگ‌پریده، گفت:

- خانم‌جان، پس چه کسی به شکم‌های گرسنه‌ی این عمارت برسه؟!

مهین‌بانو در حالی‌که داشت از او دور می‌شد و پا بر پله‌های سرسرا می‌گذاشت، گفت:

- کسی که گرسنه باشه زیر سنگ هم شده نان به دست میاره. تو وکیلِ هیچ شکم گرسنه‌ای نیستی!

مهین‌بانو پله‌ها را در پیش گرفت. و فاطی‌جان نگاهی کوتاه در بی‌رمقیِ دامنه‌داری به دنبالش کرد و بعد سرش را پایین انداخت و درماندگی بزرگی اطراف انحنای شانه‌ها و دست‌هایش را فراگرفت؛ سنگینی‌اش آنقدر بود که لب‌هایش را به لرزه انداخت. او مانده بود با انبوهِ کارهای نیمه‌تمام، با افکاری که از صبح مثل بختک رو سرش خراب شده بودند و دنیایی که دیگر هیچ شناختی از آن نداشت. سرش را ناباورانه و دردآلود به این‌طرف و آن‌طرف گرداند. انگار در پی آن بود که خودش را از ته چاهی که نمی‌دانست چگونه در آن افکنده شده رها کند. اما یک چیزی بیشتر از هر چیز دیگر درونش را داشت می‌چُلاند. در پس‌زمینه‌ی ذهنش دنبال نامی می‌گشت که گُم کرده بود و به دنبال راهی می‌گشت و یا شاید روزنه‌ای که اطرافش را بهتر ببیند تا بلکه آن نام بر سر زبانش بیاید. فاطی‌جان آن‌قدر از هم گسیخته بود که حتی جادو و جنبل‌هایی را که همیشه بلد بود یا آن اورادِ جادوگرانه‌ای را که در بزنگاه‌های عجیب خودش را با آن‌ها تسکین می‌داد، هیچ‌کدام یادش نمی‌آمد. گویی درونش قفل و زنجیر شده بود؛ دیگر چیزی نداشت که به آن چنگ بیاندازد. همان وقت با صدایی چنان ضعیف که پنداری از ته چاه برمی‌آمد، سرش را بلند کرد. شمسی بود. دست‌ها، پاها، موها و لباس‌هایش گِل‌آلود بودند. گِلی خشک که سرپنجه‌هایش هم شیارشیار آغشته به خون بودند. هر از گاهی قطره‌ای خون از نوکِ انگشتانش بر کف آشپزخانه می‌چکید. اما نه خودش و نه فاطی‌جان کوچک‌ترین اهمیتی به آن نمی‌دادند. فاطی‌جان فقط نگاه‌هایِ خالی و سردش را بهش دوخته بود. شمسی گفت:

- فاطی، صِدام رو می‌شنفی؟!

فاطی‌جان دست‌هایش را روی گوش‌هایش گذاشت، صورتش را به هم آورد و با دنیایی از دلتنگی که انگار چیزی را به یاد آورده باشد، گفت:

- آقایم کو!... آقا...آقا کیانوش!... کجا رفت؟!... چرا رفت؟! نکنه هنوز در اتاقشه!

طوری بالاتنه‌اش را به این‌طرف و آن‌طرف تکان می‌داد که انگار با این حرکت دنبالِ کیانوش می‌گشت. شمسی با همان صدای ضعیف و ناتوانش، گفت:

- نمی‌دونم فاطی.... نمی‌دونم.... ما چه کردیم فاطی!

بعد به طرفش رفت و خواست بغلش کند، اما او به تُندی واچرخید و با قدم‌هایی ریز و آقا کیانوش آقا کیانوش گویان به اتاقش رفت. شمسی سرش را بالا برد و قطرات اشک از چشمانش پایین آمد. سپس خسته و رنجور سرش را پایین گرفت، به سمت شیر آب رفت، آن را پیچاند و دهانش را زیر آب گرفت و قلوپ‌قلوپ آب نوشید. انگار تشنگی‌اش رفع نمی‌شد. وقتی شیر آب را بست به جز صدای بادی ضعیف که انگار پشت نَعشِ مُثله‌شده‌ای، زمینِ گورستانی را می‌ربود، صدای دیگری به گوشش نمی‌آمد. در حالی که به سوی پنجره می‌رفت ناخن‌های خونینش را زیر دندان گرفته بود و ضمن جویدنشان دَرِ آشپزخانه را گشود و به سمتِ درخت‌های باغ رفت. درخت‌هایی که نیمی از برگ‌هایشان را از دست داده بودند و خود خواب رفته و هلاک توانایی نگه‌داشتن نیم دیگرشان را نداشتند. برگ‌های خیس‌خورده‌ی زیر پایش تداعی‌کننده‌ی ناله‌هایی آشنا برایش بودند. ناله‌هایی که نمی‌دانست از چه سمت و کجا و توسط چه کسی شنیده بود! در آن حال بویی زننده و ناجور هم به دماغش خورد. دل‌آشوب شد. دست‌ها و پاهایش شروع به لرزیدن کرده بودند. به میانه‌ی درختان که رسید حالش به‌هم خورد و پای یکی از درخت‌ها بالا آورد. سپس کمر راست کرد و پشت دست‌های گِل‌آلودش را دور دهانش کشید و تکیه به درخت داد. خسته، دردمند و حیران بود. در آن لحظه می‌ترسید و جرأت نداشت به سویی از باغ نگاه کند. باغی که مانند کفِ دست آن را می‌شناخت و تمام زندگی‌اش را در آن‌جا جولان داده بود. باز بغض کرد. و باز رعشه‌های ریزی بدنش را فرا گرفت. انگار جانش از توهمی بزرگ می‌لرزید. اما او به شدت آن توهم را رد می‌کرد. دستی به

بدنش کشید. می‌خواست مطمئن شود که در واقعیتی ملموس زندگی می‌کند. گِرد خود چرخید و تنهایی را دید، عمیق‌تر از هر سایه‌ای که پیش از این بر جانش افتاده بود. و سکوت‌هایی که پشت سر گذاشته بود و در آن‌ها گم شده بود. با آن حسِ بسیار بد از درخت فاصله گرفت و به سمت خانه‌ی آن‌سوی عمارت رفت. یک آن به ذهنش رسید که شاید رضا رفته باشد، کتاب‌ها را هم با خود برده و او را در این دنیای خشونت‌بار تنها گذاشته است. بی‌قراری تمام وجودش را گرفت. هر چه قدم‌هایش را تندتر برمی‌داشت نفس‌هایش بیشتر به شماره می‌افتاد. در آن لحظه هیچ‌چیز برایش اهمیت نداشت. پناهگاهی را می‌خواست که در این چند ماهِ اخیر پیدا کرده بود. "آه، اگر این دیوارِ محکم و پُرامید پادرآورده و رفته باشد." همین‌که به آن‌جا رسید، دستگیره را پایین داد و تو رفت. ضربه‌هایی شدید به شقیقه‌هایش می‌خورد. آن‌جا سرد و کرخت بود و صدای پای شتابزده‌ای از این‌سوی خانه به آن‌سوی به گوشش می‌رسید. همه جا به‌هم ریخته بود، انگار جنگ شده بود. هیچی سر جای خودش نبود. نگاهی به کف زمین انداخت. همه‌جا جای پای گل‌آلود دیده می‌شد. جلوتر که رفت حکیم را دید که با چشمانی بسته دراز به دراز روی تخت افتاده و سرتاپایش گِلی بود. در این حین رضا با کاسه‌ای مسی پر آب و حوله‌ای در دست از حمام بیرون آمد و به شمسی گفت:

- بیا کمک، حکیم حالش خوش نیست. داره از تب می‌سوزه. باید پاشویه‌اش کنیم.

شمسی فقط بِروبِر نگاهش می‌کرد. تو گویی باور نداشت دوباره رضا را ببیند. رضا با عصبانیت گفت:

- بیا دیگه! چرا اونجا وایسادی؟!

گویی شمسی منتظر همچین تلنگری بود، از جا کنده شد و به طرف تخت رفت. رضا نگاهی به سرتاپا و دست‌های شمسی کرد و گفت:

- برو دستات رو بشور. با این دستای کثیف نمیشه کاری کرد.

شمسی نگاهی به دست‌هایش کرد. گِلی بودند. گِل‌ریزه‌های خشکی که خون‌های ماسیده در لابه‌لای‌شان را لجنی دید. سپس نگاهی به دست‌های رضا و نیز حکیم انداخت و با لب‌هایی لرزان و بُهتی ترسناک، گفت:

- رضا، دستای تو هم خونی و گِلی‌اند، عین دستای من. نیگا کن از دستای حکیم هم داره خون می‌چکه.

رضا کاسه‌ی مسی و حوله را کنار گذاشت و با شگفتی به دستانش خیره شد. شمسی بغض‌آلود، گفت:

- از نوک پنجه‌هامون خون میاد.

رضا نگاهش را از دستان خود برداشت و به چشمانِ خیس و ترس‌خورده‌ی شمسی نگریست. لحظاتی در همان حالت ماند. شاید در آن لحظه نمی‌دانست کجا ایستاده است و زمان و زندگی‌اش چگونه در زلزله‌ای ناخواسته لرزیده‌اند؛ ارتعاشاتی که همچنان سکون نه چندان ساده‌ی روزگارش را به لرزه درمی‌آورد. بعد بی‌معطلی دست شمسی را گرفت و با شتاب او را به داخل حمام بُرد. شیر آب را باز کرد؛ ابتدا دست‌های شمسی را شُست و سپس دستان خودش را زیر آب گرفت. در تمام آن لحظات، شمسی ساکت بود و با حیرت حرکات رضا را می‌پایید. گویی برای اولین بار بود که نگاهش به مرز میان واقعیت و خیال گشوده می‌شد. اما آن واقعیت چنان عظیم و تلخ بود که به تدریج خیال را در خود محو می‌کرد. رضا بدون این‌که چیزی بگوید سراسیمه‌وار سراغ حکیم رفت و شمسی هم به دنبالش روان شد. هر دو دست‌ها و پاهای حکیم را شستند و پس از آن شروع به پاشویه‌اش کردند. شمسی احساس می‌کرد که کفِ دستانش از داغی بدن حکیم می‌سوزد. تا جایی که توانستند تبِ حکیم را پایین آوردند. اما حکیم پلک‌های خسته‌اش گاه و بی‌گاه موجی برمی‌داشتند و معلوم نبود که از این حالت اغماوار کی به در می‌آید! رضا چندین بار حوله‌ی خیس را در کاسه‌ی مسی چِلاند، آن را صاف کرد و روی پیشانی حکیم گذاشت. شمسی هم به همین منوال

به پاشویه‌ی پاهای حکیم ادامه داد. عاقبت آن‌ها بی‌رمق و خسته در گوشه‌ای افتادند و غرق درون خودشان شدند، و هیچ کلمه‌ای مابین‌شان گُل نکرد. و طوری نشسته بودند و به نقطه‌ای نامعلوم زُل زده بودند که انگار تا ابد به همان حال می‌خواستند باقی بمانند. سرانجام رضا نفس بلندی کشید و گفت:

- چای می‌ذارم. گِلویی تازه کنیم.

شمسی باز چیزی نگفت. آن دختری که زمانی در کنار رضا وقتی به وجد می‌آمد، کلامش همچون سیلابی روان و بی‌وقفه از دهانش جاری می‌شد و کسی نمی‌توانست او را بازدارد، اکنون مات و گیج در سکوت فرو رفته بود. سکوتی که به نوعی ناشی از دردی در درونش بود؛ دردی که همچون آتشی زیر خاکستر می‌سوزاندش و آرام‌آرام به روانش نفوذ می‌کرد. میلی به صحبت کردن در چهره‌اش پیدا نبود و به نوعی حالتش به آتش زیر خاکستر می‌مانست.

رضا دو استکان چای آورد و کنار دست شمسی روی زمین گذاشت. بعد دوباره سراغ حکیم رفت و برای چندمین بار حوله را در آب کاسه‌ی مسی خیساند و آن را بر پیشانی‌اش نهاد. اما همین‌که از پایین آمدن تب حکیم اطمینان یافت با کمی آرامش خاطر به سوی شمسی برگشت، تکیه به دیوار داد و روی زمین نشست. شمسی دستانش را دور زانوانش حلقه کرده بود و چشم به گوشه‌ای از آسمان دوخته بود که از لای پنجره‌ی روبه‌رویشان قابل دیدن بود. سکوت سنگینی مابین‌شان افتاده بود. انگار مسئله‌ای که ذهن هر دو را درگیر خود کرده بود را نمی‌خواستند با هم در میان بگذارند. رضا سیگاری که پشت گوشش گذاشته بود را برداشت و بدون آن‌که بخواهد روشنش کند، بین انگشتانش آن را می‌چرخاند. شمسی در این هنگام بدون آن‌که سرش را به سمت رضا بگیرد زیر لب بریده‌بریده گفت:

- ما...ما... واقعا......واقعا کیانوش رو کشتیم؟! یا این فقط خیال و وهم بود...

دیگر نتوانست ادامه بدهد. گلویش خشک شده بود و خستگی از صورتش بیداد می‌کرد. رضا دستش را روی زانوی شمسی گذاشت و با صدای گرفته و خش‌دارش، گفت:

- احساس زبونی می‌کنم...من   من در زندگی‌ام حرف‌های احمقانه‌ی زیادی زده‌ام. هیچ‌گاه افکارم را خوب الک نکرده‌ام و ....و اما دیشب شب غریبی بود. من....این....کیا....

رضا نتوانست ادامه‌ی حرفش را دیگر پی بگیرد. شمسی بلافاصله سرش را برگرداند و با چشمانی که دو کاسه خون بودند، خشمگین و با نفسی که به تندی بالا و پایین می‌رفت، گفت:

- نه! این ربطی به حرف‌ها و افکارت نداره.... ربطش به عمل بود. عملی که خلاف ایده‌ها و نوشته‌هایت بودند.....ولی من... من خودم دیدم! ... دیدم که با همین دستای خودت کیانوش رو گرفتی و انداختیش ته اون گودال... همون گودالی که همه‌مون با دستای خالی کندیم. من هم بودم. من هم...شریک.....

رضا سیگار را مداوم مابین انگشتانش تاب می‌داد، گویی تنها جسمش در آن‌جا بود و روانش جایی دیگر سیر می‌کرد. شمسی اما نگاه از رضا برنمی‌داشت. او به دنبال پاسخی قانع کننده بود. هر چند می‌دانست که کیانوش دیگر برگشتنی نیست. "آدم مُرده رفته و هیچ‌وقت برنمی‌گردد." عاقبت شمسی کاسه‌ی سرش را بر دیوار گذاشت و پلک‌های لرزانش را بست و با غیظ در خاموشی گریه کرد.

آن‌ها از درون درگیر خود بودند؛ درگیر نشانه‌ها و حالاتی که تشخیص سرمنشاء هر چیزی برایشان غیرقابل شناسایی شده بود. لحظه‌ها کِش می‌آمدند و سکوت گوش‌های پیر و سنگینش را در آن وانفسای آشفته پهن کرده بود. آن‌ها می‌خواستند حرف بزنند و آن‌چه را که پشت سر

گذاشته بودند پیش چشم‌هایشان بیاورند تا به مقصدِ معینی از بلاهت و خشونتِ پشت سر گذاشته دست یابند و به ارزیابی‌اش بپردازند؛ اما هر واژه از آن سخنان، همچون مُرده‌هایی بودند که پیش از رسیدن به سقف دهانشان جان می‌دادند. این مُرده‌ها راهِ گلوی‌شان را بسته بودند و بی‌رمقی وجود لامپ‌های آویزان خاموش و بی‌مصرف، سنگینی خاصی به فضا می‌بخشید که درون خویش لمس می‌کردند. در این رهگذرِ، نزدیک بودنشان به یکدیگر از نگاه کردن به هم هراس داشتند؛ به جسم‌هایشان که اکنون در ضمیرشان چون حشراتی فلج و دست و پاگیر می‌نمودند؛ موجوداتی که جز خزیدن بر زمین و همراهی با زوال خاک کار دیگری از آن‌ها ساخته نبود. همچنین سقف وجودشان را آنقدر پایین می‌دیدند که حتی توانی برای دست دراز کردن به سوی آن استکان‌های چای سرد را در خود سراغ نداشتند. فروغ روشنایی از جهانِ پلک‌های خسته‌شان جرأت عبور نداشت. در این لحظه، نیمچه آفتابی از پنجره تو آمد. دستانش نه گرم بود و نه آبی؛ به رنگ همان پاییز بود؛ زرد و مات. صدایی نداشت، اما انگار مدت‌ها از آخرین ضربه‌ای که فرود آورده بود، می‌گذشت. رضا و شمسی، محو آن تکه از آفتاب شدند؛ انگار نیاز مبرم و ناخواسته‌ای بود که ناباورانه فقط به آن می‌نگریستند. شاید این آغازی بود برای ادامه‌ی شب و روزهای پیش‌روی‌شان. جهانی از ثانیه‌ها و دقیقه‌هایی که در تبی آشکار قصد سوختن و سوزاندن داشت. و آن‌ها چاره‌ای جز ادامه‌ی راه نداشتند، و خاک و خون در آن راهِ عریان و بیدار، از جنونی سترگ سخن می‌گفت؛ جنونی که از گوشت و خون‌هایی برآمده بود، یکسان و هم‌ریشه، گویی از یک تبار بشری بودند؛ همان‌هایی که در میانه‌ی روز به شب‌هایی لبریز از بدبختی می‌اندیشیدند.

شمسی در حالی‌که خسته و دردمند از جای خود بلند می‌شد با صورتی مستأصل و لبانی که می‌لرزید، گفت:

- بیا به.... به این درخ.....درخت‌ها.... وسط این باغ لعنتی بریم... به جایی‌که....

حرفش را ادامه نداد. اما نگاه ملتمسانه‌ی رضا به او می‌گفت که از رفتن به باغ بگذرد. شمسی بی‌اعتنا به آن نگاه‌ها تصمیمش را گرفته بود؛ نیرویی قوی او را وامی‌داشت که از فضای بسته‌ای که حس پوچی در آن داشت بیرون بزند و به جایی برود که ذهن و درونش اسیر آن‌جا بود. به سوی در رفت و رضا هم با وجود مورمور پاها و دست‌هایش، پشت سرش حرکت کرد؛ طوری از پا افتاده و کوفته راه می‌رفت که گویی زمین نه زیر پای او بلکه بر دوشش می‌کشید؛ به مانند تمام سال‌هایی که در غربت گذشته را سنگین‌سنگین بر شانه‌اش به هر کجا برده بود، بدون آن‌که درباره‌اش حرفی زده باشد. بدنش از درد می‌لرزید و انقباض ماهیچه‌هایش همچون پُتکی بر وجودش فرود می‌آمد. اما در دلش دردی بزرگ‌تر سر برآورده بود؛ دردی با شاخه‌های فرسوده از درخت واژگانی که هیچ به کمکش نمی‌آمدند. انگار این کلماتِ بی‌توان او را میان سطرهایی نانوشته اما بی‌دوام و بی‌ارج به دام انداخته بودند. رضا احساس می‌کرد توانایی رام کردن کلمات را از دست داده بود تا افکارش را بسط دهد و بحث‌های چالشی در پاراگراف‌های طولانی‌ای که زمانی می‌نوشت ایجاد کند. نه، او همه‌ی این‌ها را از دست داده بود. در آن لحظه با شمسی بر صفحه‌های سفیدی قدم برمی‌داشتند که نه قلمی در آن حوالی بود و نه صاحب قلمی. تنها دنیایی لجنی وجود داشت که به گندابی از بیهودگی در حال سقوط بود.

پا که بیرون گذاشتند، آفتاب با دستانِ نازکش، رقت‌انگیزی روزگار را به پیشانی‌شان کوبید. آن‌ها بدون این‌که با هم حرف بزنند با قلب‌هایی که در مشت گرفته بودند به میان درختان رفتند. صدای خش‌خش برگ‌های زیر پایشان چون داسی در درون‌شان فرود می‌آمد و با هر ضربه انبوهی از چندگانگی‌ها را درو می‌کرد؛ و این خوشایند هیچ‌کدام‌شان نبود. هر

دو با طمأنینه راه می‌رفتند و شمسی چند قدمی جلوتر از رضا بود. انگار شتابش برای رویارویی با واقعیت‌ها بیشتر از رضا بود. در این گیرودار، انعکاس بال زدن پرنده‌ای میان آن همه درخت آن‌ها را سر جایشان میخکوب کرد. شمسی سرش را که به سمت رضا برگرداند، متوجه رنگ-پریدگی او شد. به سویش رفت و گفت:

-      درد داری؟ یا این‌که از رفتن به دل باغ می‌ترسی؟

رضا تکیه به درختی داد، نفسی تازه کرد و در حالی‌که آب دهانش را به سختی قورت داد، گفت:

-      درد که دارم، انگار دارند به بدنم سوزن می‌زنند. اما ترس ندارم. منتهی....رفتن به آنجا برایم جالب نیست. برویم به غلط دیشب خودمون نگاه کنیم که چی بشه؟!

شمسی با حالتی پریشان، گفت:

-      شاید.....شاید زنده باشه. خاک رو دوباره.....

رضا دستش را روی دهان شمسی گذاشت و گفت:

-      بسه دیگه. بریم.... ولی خاک رو چنگ نمی‌زنیم. چون ما دقیقا نمی‌دونیم دیشب چه اتفاقی افتاد.

شمسی به سرعت دست رضا را پس زد و با خشمی فروخورده، گفت:

-      این دروغه.... دروغه. ما می‌دونیم....این ما بودیم....

رضا منتظر ادامه‌ی صحبت شمسی نماند. با آن حال بدش راه افتاد و شمسی هم با همان آشفتگی و دل دردمندش به دنبالش رفت. آن‌ها آنقدر پیش رفتند تا به میانه‌ی باغ رسیدند. در آنجا نه از عمارت، نه از استخر فیروزه‌ای، نه اصطبل و نه هیچ جای دیگری خبری نبود. تنها ناله‌ی پرندگانی به گوش می‌آمد که هنوز از واقعه-ای نه چندان دور آرام نگرفته بودند. شمسی و رضا سرهایشان را که بلند کردند، صدها پرنده را دیدند که بر شاخه‌های درختان نشسته بودند. آوای متفاوتشان در باغ طنین انداخته بود؛ آوایی

انسان‌وار که درون هر کسی را به لرزه درمی‌آورد. رضا گوش‌هایش را خوب که تیز کرد در تعجبی بزرگ فرو رفت. پرندگان سوگنامه می‌خواندند؛ مرثیه‌ای غم‌بار که در انتهای هر بیت سرهایشان را به سمت چپ می‌گرفتند و چند بار تُک به آسمان می‌زدند. صدایشان هیچ شباهتی به صدای پرندگان نداشت، آنان به‌گونه‌ای بشری نغمه‌های حُزین می‌خواندند. انگار در هر بیتی که می‌خواندند به خاک سرد و نمناکی اشاره می‌کردند که قلبی پُر از امید زنده‌زنده در آن دفن شده بود.

پرنده‌ی فاخته که هر ازگاهی بیتی تکی می‌خواند این‌گونه واقعه‌ها را در این باغ چندین هزار ساله می‌نامید. صدای پرندگان گاه در اوج می‌رقصید و در لابه‌لای آن شاخه‌های غرق در ماتم پاییز خاطره‌های تلخ را یک‌به‌یک نشانه گرفته بودند. هر یادی رویدای هراس‌آلود می‌آفرید و هر هراسی نسیان بر جای می‌گذاشت.

شمسی ایستاده بود، اما نگاه بی‌قرارش روی زمین و میانِ درختان سرگردان بود. رضا نه تاب شنیدن آن مرثیه را داشت و نه رمق ایستادن. آرام و تلخ‌گونه بر زمین نشست. شمسی با اشاره‌ی دست به کپه‌ی خاکی که نو و خیس بود، گفت:

- این‌جا....این‌جا بود، نه!؟ آره خودش..... نیگا کن...خاکش نم داره.....

رضا هیچی نگفت. معلوم نبود به کجا خیره شده است. شمسی بی‌حال و توان نشست و کف دستش را روی خاک گذاشت و بغض‌کرده گفت:

- آره،.... همین‌جاست....خاک این قسمت شخم‌زده است.... ای داد.... کیانوش.... ما چه کردیم کیانوش....!

رضا تحمل شنیدن هیچ گریه و زاری را نداشت. حرکتی به بدن کوفته‌اش داد و از جا بلند شد و سراغ شمسی رفت. دولا شد و او را بلند کرد و گفت:

- هر دو نیاز به استراحت داریم. بلند شو. این‌جوری پیش بریم از پا درمیایم.

شمسی سرش را روی شانه‌ی رضا گذاشت و بلندبلند گریه را سر داد. پرندگان نیز همراه با او مرثیه‌ای کهن را سر دادند. واژه‌ها انسانی بودند و انگار از ذهن و زبانِ صدها انسان خوانده می‌شد. اما زبان‌ها یکسان نبودند و این به شور سوگنامه می‌افزود. در این حین گیسوان بلند شمسی یکی در میان سرخ می‌شد. رضا از گوشه‌ی چشم آن را دید و در ابتدا فکر کرد که شاید چشمانش خسته‌اند و دچار اشتباه می‌شود. کف دستش را به آرامی بر موهای شمسی کشید. دستش را که برداشت شیارشیار قرمز شده بود. می‌خواست حرف بزند و به شمسی بگوید که موهایش یک‌درمیان قرمز شده اما کلام در گلویش ماسیده بود. رضا بیخ گوش شمسی گفت:

- بریم، به غروب چیزی نمونده.

شمسی تسلیم و بی‌کلام راه افتاد. آفتاب هم پا پس کشیده بود و هوایی خاکستری، پُر ملال، مابین درختان پرسه می‌زد. هنوز چند قدمی نرفته بودند که زارسلیم، پریشان‌احوال و گرفته آمد و گفت:

- من دنبال کسی می‌گردم. ولی هر چه این‌وروان‌ور میرم، پیداش نمی‌کنم.

شمسی زارسلیمی را در برابر خود می‌دید که از طفولیت او را این‌گونه ندیده بود. این مردِ بلوچ همیشه حس پناهی پنهانی برایش داشت. زارسلیم تنها با نگاه‌های معنادارش شمسی را نکوهش کرده بود اما هیچ-وقت به خودش اجازه نداده بود که در رفتار و یا کارها و نوع زندگی‌اش دخالت کند. شمسی نگاهی به سر و وضع زارسلیم انداخت. همه‌ی لباس‌هایش گلی بودند و دستانش آغشته به خونی مُرده بود. رنگ به رو نداشت و لبانش از خشکی ترک برداشته بود. شمسی جلو رفت، دستش را گرفت و در بُهتی غمبار، گفت:

- دنبال کی میگردی زارسلیم؟

زارسلیم سری تکان داد، قطره اشکی ریخت و گفت:

- دنبال جوانِ خوش برروبالایی می‌گردم، انگار یک قطره آب شده و رفته تو زمین.

شمسی تاب نیاورد. زارسلیم را بغل کرد و هر دو گریستند. شمسی مابین هق‌هق‌هایش، گفت:

- دنبال کیانوش می‌گردی؟! درسته؟!

زارسلیم گردنش را بی‌قرار و بی‌امید تکان داد و گفت:

- از پرنده‌ها سراغ کیانوش را گرفتم، اما جوابم ندادند. ولی چهچه‌هایشان آوازی چند هزار ساله داشت.

زارسلیم این را گفت و رفت. با همان شانه‌های فروافتاده، با همان گردن کج و با همان هق‌هق‌های فروخورده. شمسی و رضا آنقدر نگاه به دنبالش دوختند تا زارسلیم مابین درخت‌ها دیگر دیده نشد. آنها باز راه افتادند و رضا گفت:

- ما چقدر بدویم ولی به مقصد نرسیم! ما چقدر قدم برداریم ولی انگار هیچ گامی برنداشته‌ایم! ما در زیر آفتاب داغ درد زندگی، عین درک عمیق شرمندگی از کاری که نکرده‌ایم، هی آب می‌شویم.

۱۶

شمسی با غوغاهایی از خواب پرید. رؤیاهایِ آشفته و غریبی که سایه‌وار در ذهنش پرسه می‌زد، دست از سرش برنمی‌داشتند. سراسر شب را در التهابی مبهم گذرانده بود. سرش سنگین بود و درد می‌کرد. جُز تصاویری گنگ و پریشان، هیچ از آن رؤیاهای گریزان به خاطر نمی‌آورد، مگر شلوغی و همهمه‌ای که هنوز در گوشش می‌پیچید. رها کردن گرمای لحاف نیز برایش دشوار بود؛ آن حصار نرم و دلپذیری که او را از سرما و ملال روزمرگی جدا می‌کرد. باید خود را می‌شست، لباس می‌پوشید و به تکرارهای زندگی‌اش بازمی‌گشت. اما وقتی لحاف را کنار زد و دست برد تا لباس‌هایش را بردارد، از شستن خود چشم پوشید. سرمای صبحگاهی از لابه‌لای انگشتانش خزید و لرزه‌ای نامحسوس بر آن‌ها دواند. ناسازگار با خویش، دمی درنگ کرد و به دستانش نگریست؛ گویی آن‌ها را نمی‌شناخت و از آنِ او نبودند. انگشتانش را در خود جمع کرد و با مشت‌هایی گره کرده به شکمش فشرد، انگار می‌خواست لرزش‌شان را فرو بنشاند.
از لای درز پرده روشنایی بیمارگونه‌ای تو خزیده بود؛ گویی نوری بی‌جان و بی‌مهر که بر تنِ ناخوش صبح افتاده باشد. صبحی که آفریدگار بی‌رمقی بر همه چیز سایه افکنده بود. چشم‌های شمسی آن روشنایی معیوب را پذیرا نبود. اما در آن لحظه به ذهنش رسید که از این پس باید تن به تکرار بی‌رحم زندگی بدهد. هنوز می‌لرزید. لرزشی که سرما از آن دور شده بود و ژرفای آزردگی عمیق بر آن مستولی.
سروصدای بیرون از اتاق، حواسش را از دستانش ربود. این صدای زندگی بود و یا بی‌اعتنایی آدم‌ها به تلخکامی‌های بیش از اندازه‌اش! دَمپایی‌هایش را پوشید و به آرامی از اتاق بیرون رفت. در راهرو با شلوغی‌هایِ نتراشیده‌ای روبه‌رو شد که ترسی دَمِ‌دست را به درونش هُل داد.

سروصدای کاسه و بشقاب‌هایی که فاطی‌جان با رنگ‌پریدگی و آزرده‌دلی می‌شست، در هم می‌آمیخت با صدایِ جارو کشیدن حکیم که با حرکتی بلند و سگرمه‌هایی درهم به جان برگ‌ها و خس‌وخاشاک افتاده بود. با هر حرکت، موجی از برگ‌ها را یکجا به سویی می‌ریخت و باز موجی دیگر را به دنبال آن روانه می‌کرد. رضا هم تراس را آب و جارو می‌کرد و خان روی آخرین پله‌ی سرسرا نشسته بود و دُمَش را خونسردانه به چپ و راست تکان می‌داد. شمسی بدون آن‌که چیزی بگوید، جارو را برداشت و آشپزخانه را جارو کشید. سپس با دستمالی نَم‌خورده روی میز را تمیز کرد. در این میان، فاطی‌جان تنها یک بار نگاهی به او انداخت و باقی وقتش را صرف شست‌وشو و نظافت کرد و درنگی در کارش نبود. اما شمسی از زیر حواسش بهش بود. حرکاتش را می‌پایید و خوب می‌دانست که او دنیایش را روی آبی پُر تلاطم می‌بیند. او احساس می‌کرد که فاطی‌جان کاملاً از کالبد خود خارج شده و تنها پیوندش با این عمارت و ساکنانش، شاید نخی نازک از جنس بی‌کسی و ترس باشد!
فاطی‌جان وقتی کارش تمام شد با دستانی چروکیده از شستن‌های زیاد، نشست و غمگنانه به گوشه‌ای ناپیدا زُل زد. انگار برای نهایت هر چیز خوب، غمبرک زده بود و بر لبه‌ی پرتگاه مرگ جهان نشسته بود. با حالی دل‌آشوب و بُریده از هر چیز، سیگاری از ته جیب دامن بلندش درآورد و گفت:

- شمسی، اون کبریت رو بهم بده!

شمسی کبریت را از کنار سماور برداشت و به فاطی‌جان داد. فاطی‌جان ناشیانه کبریت را زیر سیگار گرفت و آن را روشن کرد. شمسی خواست چیزی بگوید اما حرفش را خورد. فاطی‌جان با پرده‌ی دودی که صورتش را پوشانده بود، گفت:

- دل‌ودماغ صبونه درست کردن ندارم.

شمسی با مکثی کوتاه گفت:

- آماده کردن صبونه با من، نگران نباش.

فاطی‌جان نگاهی قدردان به شمسی انداخت، اما شمسی بی‌درنگ مشغول آماده کردن صبحانه شده بود و آن را ندید. فاطی‌جان بی‌تجربه از سیگار کشیدن به سُرفه افتاد. سرفه‌هایش ادامه پیدا کرد. صورتش رنگ پرید و کاملا دولا شده بود و دود سیگار از لای انگشتان چروکیده‌اش موج می‌زد. شمسی متوجه شد، سریع لیوانی آب دستش داد و گفت:

- فاطی، تو که سیگاری نبودی! نکش، برات خوب نیس.

فاطی‌جان قلوپی از آب را نوشید و مابین سرفه‌های کوتاه و اشکی که از گونه‌هایش فرو می‌لغزید، گفت:

- غم اگه بیاد، سیگار هم دواش نمی‌کنه.

شمسی دست‌هایش را از هم گشود و او را بغل کرد و زیر گوشش، گفت:

- درست میشه فاطی، همه چیز درست میشه. این روزا حال هیچ‌کدوممون خوب نیس.

در آن لحظه، شمسی به این می‌اندیشید که گاهی رنج و درد آن‌چنان عظیم می‌شود که به تنها پیوند میان آدم‌ها بدل می‌گردد؛ ریسمانی نامرئی که هر چند زخمی و چرکین، آن‌ها را به هم گره می‌زند. رنجی که می‌توانست هرگز نباشد، تا زخم‌های کهنه را نشکافد، تا بر ویرانه‌های دل‌ها سرود نیستی نخواند و تا سایه‌ی تلخ تباهی را بر جا نگذارد. اما حالا بر این دو زن، درد چون ریشه‌های سمج یک گیاه وحشی در جانشان دویده بود، و زمین زیر پایشان دیگر آن به ظاهر استواری پیشین را نداشت؛ انگار که زیر گام‌هایشان خلائی پنهان دهان باز کرده باشد، خلائی که هر گام را سنگین‌تر می‌کرد و آن‌ها را به پرتگاهی نامعلوم می‌کشاند.

صبحانه که آماده شد، حکیم و رضا هم تو آمدند و همه دور میز جمع شدند. در سکوتی سنگین و با نگاه‌هایی که از یکدیگر گریزان بود، لقمه پَسِ لقمه به خندق بَلا می‌ریختند، بدون آن‌که حتی کلمه‌ای ردوبدل

شود. مهین‌بانو غایب اصلی جمع بود. او اغلب در اتاقش غذا می‌خورد و گاهی اوقات حتی از این کار هم سرباز می‌زد. در چنین مواقعی، گاه به زور، فاطی‌جان لقمه‌ای به او می‌داد. اما چیزی که همه را در بُهت فرو برده بود، سکوت عمیق و غم‌انگیزش بود. این سکوتِ سنگین تنها نشان از غم و اندوهی عمیق نداشت که در درون او نهفته بود، بلکه گویی او از دنیا و از همه چیز فاصله‌ای غریب گرفته بود، حتی از جمعی که به ظاهر به او تعلق داشت. ژرفای این تغییرات به خوبی نشان می‌داد که دردهای درونی مهین‌بانو، فراتر از آن‌چه که به ظاهر دیده می‌شد، به اعماق وجودش نفوذ کرده بود.

صبحانه را که تمام کردند، شمسی برای همه چای ریخت و جلوی هر کدام از آنان گذاشت. به جُز صدای استکان‌ها، هورت کشیدن چای نوشیدن حکیم، نفس‌های کوتاه و بلند فاطی‌جان، صدای قارقار کلاغی و یا عبور پرنده‌ای مهاجر از لای پنجره‌های باز و فواره‌ی همیشه بی‌قرار حوضخانه چیز دیگری به گوش نمی‌آمد. فاطی‌جان چای‌اش را که یک تکان نوشید، استکان را با کامِ تلخ در چهره‌اش روی میز گذاشت و دستمال سفید بزرگ تا شده‌ای که از ته جیب دامنش بیرون آورده بود، با دقت جلوی بینی‌اش گذاشت و فین کرد. در آن لحظه، زارسلیم با هیبتی آشفته و چشمانی که گویی هر آن ممکن بود از کاسه بیرون بپرد، وارد شد. بی‌مقدمه و با صدایی گرفته و پُر تشویش که انگار از ذهنی آشفته برمی‌آمد، گفت:

- من دنبال جوانی خوش‌بروبالایی می‌گردم، شماها اون رو این طرفا ندیده‌اید؟!

چشمان همه به او دوخته شده بود، اما نگاه‌ها نه تنها درهم گره نمی‌-خوردند، بلکه از او دور می‌شدند، انگار که در حضورش، حتی نفس کشیدن نیز به گناهی ناپسند تبدیل شده بود. سکوتی سنگین‌تر از قبل

فضا را پر کرده بود و هر کسی در دل خود، درگیر افکار و تخیلاتی بود که انگار از نگاه‌های زارسلیم می‌گریختند. شاید از درون دنبال دلیلِ شرمی می‌گشتند که گم شده بود و زمان آن را یک‌جا بلعیده بود. فاطی‌جان دیگر تاب تحمل آن را نداشت و ناگهان زد زیر گریه. دستانش را جلوی صورتش گرفت تا این منظره‌ی غریب و دور از انتظار را نبیند. صدای هق‌هق گریه‌اش در اطرافشان تاب می‌خورد و کسی جرأت نداشت تسلی‌اش دهد؛ چرا که آنان غم مشترکی داشتند و هر قطره اشکِ فاطی‌جان بار سنگین درونِ ناآرام خودشان را نیز می‌ریخت. شمسی هم آرام می‌گریست اما قدرت انجام کاری را در خود نمی‌دید. زارسلیم که چشمانش در بی‌قراری موج می‌زد به هیچ‌یک از نگاه‌های غم‌گرفته توجه نکرد و گویی به دنبال چیزی بیشتر از یک نگاه ساده می‌گشت؛ به چیزی که در دل‌های دیگران گم شده‌اش را دوباره بازیابد. او کاملاً بریده بود. جنون او نه تنها در هذیان کلماتش بلکه در حرکات عجیب و ناگهانی دست‌ها، پاها و گردنش نیز آشکار بود و بی‌تابی‌اش را به همه منتقل می‌کرد.

حکیم فقط نگاهش می‌کرد. در صندلی فرو رفته بود و نمی‌توانست از چنگ آن رهایی یابد. زارسلیم در آن هنگام زد زیر خنده. گردن ستبرش را بالا گرفته بود و بلندبلند می‌خندید. دستان زخم و زیلی‌اش را گاه روی چشمانش می‌کشید و گاه دور گردنش می‌انداخت، همچنان که می‌خندید. آن خنده‌ها همه را وادار کرده بود که به او نگاه کنند؛ عین زهری که به زور به چشم فرو می‌رود و امیدی به بینایی آن نیست. از خنده‌هاش کمی که کاسته شد، رضا به آرامی بلند شد، دستش را گرفت و او را مابین خود و حکیم نشاند. سپس از شمسی خواست برایش صبحانه بیاورد. فاطی‌جان هم پا شد و استکانی چای برایش ریخت و بعد دستی بر سر و رویش کشید و گفت:

- تو نیاز به حموم داری زارسلیم.

زارسلیم در حالی‌که لُپ‌هایش پُر بودند و به سختی آن را می‌جنباند، نیم‌رخش را رو به فاطی‌جان گرفت و طوری به او نگریست که انگار هیچ‌وقت همدیگر را ندیده‌اند.

روزها گذشت. پاییز پا به آخرین ماه خود گذاشته بود و درختان باغ خالی از هرگونه برگ و ردی شده بودند، و به جُز زارسلیم، آن‌هم حیران و سرگشته، کسی پا به دل این باغ نمی‌گذاشت. حکیم و رضا آب حوض فیروزه‌ای را خالی کرده بودند و روی آن را با برزنتی سیاه پوشانده بودند تا از سرمای زمستان در امان باشد و تَرَک برندارد. برخی مواقع کلاغ‌ها در انبوهی زیاد شاخ و برگ‌های چند درخت را قُرُق می‌کردند و نیز گاهاً با فرود آمدن بر برزنت سیاه و طنین تُک‌زدن‌های بی‌وقفه‌شان صدایی عجیب در باغ می‌پیچاندند. و کسی در پیِ فراری دادن کلاغ‌ها نبود. چنان‌که گویی پیش از زوال هر چیز، چشم‌ها باید بر متروکه‌ها بلغزند، درون آدم‌ها را از هم بگسلد و زخم ناسور بر دل‌ها بر جای بگذارد. در دل انبوه بی‌انتهای درختان، جایی دور از چشم اهالی عمارت، خاک آرام‌آرام شکلی دیگر به خود می‌گرفت؛ غریبه، موموز، بی‌صدا. گاهی، صداهایی ناشناخته از دل آن برمی‌خاست و همچون نخی ناپیدا، آسمان را می‌شکافت؛ اما هیچ‌کس بیدار نمی‌شد، انگار که خواب، سپری نامرئی بر گوش‌ها کشیده بود.

آسمان، دیگر آن آسمان نبود. رنگش کم‌جان شده بود، بی‌هویت، مثل چشمی که رؤیاهای تکراری را آن‌قدر دیده باشد که دیگر چیزی را باور نکند. زمان در میان رویاها گم شده بود؛ گذشته و حال و آینده، در هم پیچیده، مثل رنگ‌هایی لجوج که از هم جدایی نمی‌پذیرند. و با این همه اهالی عمارت همچنان بی‌خبر بودند؛ درگیر روزمرگی‌های خاموش خود، بی‌آنکه بدانند درست زیر پایشان، چیزی در حال زاده شدن است. چیزی که شکلش هنوز روشن نیست، اما حضورش را می‌شد با پوست حس

کرد. مثل بادی که از ناکجا می‌وزد، بی‌آنکه برگ‌ها را بلرزاند، اما در دل هشداری خاموش می‌گذارد.

با گذر روزها، باغ دیگر آن باغ خاموش نبود. نفسِ زمین دگرگون شده بود؛ گاه بریده، چنان‌که گویی زیر لایه‌های خاک چیزی بیدار می‌شد، چیزی بی‌نام، کهنه‌تر از زمان. شب‌ها، از تنه‌ی درختان، قطراتی سرخ و غلیظ فرو می‌چکید؛ نه شیره، نه باران، خون بود. آهسته، آرام، بی‌هیاهو، چکه می‌کرد روی ریشه‌هایی که انگار مدت‌ها بود چیزی را پنهان کرده بودند.

درختان، در خواب زمستانی‌شان بی‌قرار شده بودند. برگ‌هایی که دیگر نداشتند، در رویاهایشان صدا می‌دادند. هذیان می‌گفتند با زبانی گمشده، زبانی که تنها خاک می‌فهمید. زمزمه‌هایی که از عمق تنه‌ها بالا می‌آمد، شب‌ها در باغ می‌پیچید، بی‌آنکه باد در میان باشد. زمین نرم‌تر شده بود، نه از باران، که از چیزی شبیه تنفس؛ خاکی که انگار پوست تازه‌ای به تن می‌کرد، بافتی زنده، مرطوب، لغزان. گاهی تکان می‌خورد، به آهستگی مثل کسی که در خوابی سنگین جابه‌جا شود. نقش‌هایی بی‌نظم بر سطح آن نقش می‌بست و ساعتی بعد محو می‌شد، گویی باغ خودش را می‌نویسد و خود پاک می‌کند. ریشه‌ها کم‌کم از دل زمین بالا می‌آمدند. نه به تندی، نه با خشم. آرام، اما مصمم، بی‌هیچ قصدی جز بودن. گویی دیگر زمین به آنها تنگ آمده بود و باغ می‌خواست تا استخوان‌هایش را به آفتاب نشان دهد. همه چیز در حال دگرگونی بود. مرگ همچون بویی نمناک، در هوا پیچیده بود؛ اما نه از جنس ناپیدایی مطلق. مرگی که آغاز می‌زایید، مرگی که خود زنده بود. و باز اهالی عمارت نمی‌دانستند؛ چون باغ دیگر برای چشم نبود. فقط آنانی که حس می‌کردند، می‌توانستند حقیقت را بفهمند.

شب که می‌شد، زارسلیم به دل درختان پناه می‌برد. بر زمین می‌نشست و به خاکی خیره می‌ماند که ناباورانه و رازناک در آستانه‌ی تغییری ناپیدا

بود. نگاهش در بلاهتی ناشناخته فرو می‌رفت؛ گویی چیزی را می‌دید که نه از این جهان بود، نه از جهان دیگر. در یکی از شب‌ها کنجکاوانه دستش را بر خاک گذاشت. سرمایی ژرف و سنگین زیر انشگتانش دوید. لحظه‌ای همان‌جا ماند، بی‌حرکت و آن‌گاه که دستش را بالا کشید، تنش نیز رو به سردی رفت. دندان‌هایش بی‌اختیار بر هم کلید شده بودند و بدنش می‌لرزید. برخاست، با گامی لرزان به سوی اصطبل رفت، در میان کاه و یونجه‌ی اسب‌ها دراز کشید و چشم‌هایش را به سقف چوبی دوخت. اندکی بعد خواب او را ربود. از آن شب، اصطبل به خوابگاه همیشگی زارسلیم بدل شد. کسی هنوز به آن پی نبرده بود. اما گاهی بی‌محابا از خواب می‌پرید، با دهانی کاملاً باز و چشمانی گشوده اطراف را نگاه می‌کرد. به اسب‌ها، به تیرهای سقف و به تاریکی. انگار نمی‌دانست در کدام نقطه‌ی جهان ایستاده است. بعد سراسیمه از آن‌جا بیرون می‌دوید و خود را به دل درختان می‌سپرد. این اتفاق بیشتر در شب‌ها رخ می‌داد. ابتدا دورتادور درختانی می‌چرخید که عمری با مهر و مراقبت، عاشقانه پرورانده بود و سپس با قدم‌هایی بلند و هذیان‌هایی فروخورده به ژرفای باغ می‌رفت تا به خاکی تازه و کپه شده برسد. خود را روی آن می‌انداخت و با چشمانی بسته واژگانی گنگ و ناشناخته را بر زبان می‌آورد. در همان لحظه، هم‌زمان با رنگ باختن خاک چین و چروک‌هایی عمیق زیادی بر دست‌ها و صورت زارسلیم پدیدار می‌شد. اما رفته‌رفته زبان او تغییر کرد. سخن گفتن‌اش دیگر به زبانی نبود که کسی بشنود و بفهمد. زبانی بود خاموش شده، کهن‌تر از حافظه‌ی جهان، گویی از هزاران سال پیش، مدفون در زمان، و اکنون از طریق زارسلیم دوباره لب به روایت می‌گشود؛ روایتی تلخ از آنچه گذشته بود و فراموش شده بود.

در آن واپریشانی زمان، شمسی دوباره خواندن کتاب‌های رضا را از سر گرفت؛ کتاب‌هایی که خود را مالک آن‌ها می‌دانست و با شناگری ناشیانه به جنگ ابهاماتشان رفته بود. هر چه بیشتر می‌خواند، تشنگی‌اش برای

دانستن بیشتر می‌شد و به دلیل عدم درک مطالب آن کتاب‌ها، درونش را ناāستوار می‌دید. این مسئله او را مقداری عصبی کرده بود. مفهوم بیشتر آن کتاب‌ها چپ‌گرایانه بود و او همیشه سعی می‌کرد مفاد آن‌ها را با زیست خود مقایسه کند. در آن وقت، سرخوردگی عمیقی سراغش می‌آمد. بروزِ حالات و رفتارهای غافلگیرکننده‌اش به گونه‌ای بود که اگر از آن‌ها دست می‌شُست، فکرهای بی‌پایه باز سراغش می‌آمدند و او را به کوچه‌های وحشتی می‌بردند که شب‌ها در خواب از آن پس‌کوچه‌ها می‌گذشت، بدون آن‌که در بیداری چیز دندان‌گیری بخواهد به یادش بیاید. شمسی گاه با کتابی در دست از راه می‌رسید و بی‌کلام کنار فاطی‌جان می‌نشست. بی‌آن‌که کلمه‌ای بگوید تنها نگاهش را بر خطوط سیاه کتاب می‌لغزاند. فاطی‌جان نیز مرتب برای هر دویشان چای می‌ریخت؛ بی‌کینه، بی‌طعنه، بی‌زخم‌زبانی. دیگر نشانی از آن قضاوت‌های تلخ و حرف‌های نیش‌دار گذشته در نگاهش نبود. اگر هم قضاوتی هنوز در دلش پنهان بود، آن‌قدر در تاریکی، خستگی و ترس مدفون شده بود که راهی برای ظهور نمی‌یافت. با این حال، گاهگاهی در سکوتی لرزان و غبارآلودِ ذهنش اجازه می‌داد از دل باورهای مذهبی‌اش نگاهی آتشین و حق‌به‌جانب به شمسی و حتی دیگران بیاندازد. ولی این حالت خیلی زود فرو می‌نشست و به خاموشی می‌گرایید. فاطی‌جان هنوز در خلوت خود خودخوری‌هایش را داشت. زیر لب اوراد جادویی‌اش را زمزمه می‌کرد و دست‌آخر در بیم و امید به اطراف فوت می‌کرد؛ شاید که با این کار خود را به خدا بسپارد و آرام گیرد، یا دست‌کم، پرده‌ای میان خودش و ناگفته‌های جهان بکشد.

اما شمسی در قید و بند این چیزها نبود. او یک‌جورایی از خدا گریزان بود و هرگز به‌طور جدی به آن نیاندیشیده و نیاز به خدا در او شکل نگرفته بود. بچه که بود، مادربزرگش از زمین و زمان که می‌بُرید، فحش-

های چارواداری نثار خدا می‌کرد. این زن همیشه به زمین اشاره می‌کرد
و می‌گفت:

- خدا این‌جاست. این مردم احمق فکر می‌کنند که خدا در
آسمان‌هاست. اما این ملعون زیر این خاک سفت و سخت
خوابیده. برای همین که همه‌مون رو به زیرزمین می‌کشه و از
خاکسترنشینی ما فقیربیچاره‌ها کیف می‌کنه.

این‌ها را که می‌گفت، سپس با غضب پا بر زمین می‌کوبید و به زعم
خودش خدا را کتک‌کاری می‌کرد. اما شمسی در طول زندگی‌اش، هر
بار که میان صفحات کتابی، نامی از خدا یا اشاره‌ای از او می‌خواند، بی‌
اختیار سرش را به اطراف می‌چرخاند؛ نه از ترس و نه از کنجکاوی، بلکه
از نوعی اطمینان آرام که دورش جا خوش کرده بود؛ اطمینان محکم
کسی که خوب می‌دانست هیچ‌چیزی آن‌جا نیست و هیچ صدایی از آن
سوی جهان به گوش نمی‌رسد. در آن وقت خرسندی عجیبی در دلش
موج می‌زد؛ خرسندی کسی که جهان را بی‌نیاز از تکیه بر قدرتی غیب‌
گونه، با دستان خود ساخته بود. همین‌که می‌دانست هیچ نگاه پنهانی او
را نمی‌پاید و هیچ دستی از آسمان قرار نیست در کارش دخالت کند،
برایش نوعی آزادی بی‌اندازه‌ای به همراه داشت. اما شمسی نمی‌دانست
آیا به زندگی بی‌خدا خو گرفته بود یا نه؛ نه با دلتنگی یا بیم، بلکه با
نوعی روشنی و وضوح؛ جهانی که در آن هر چیزی همان است که هست،
نه بیشتر و نه کمتر. و گاه با خود فکر می‌کرد اگر روزی قرار بود خدا را
به چشم ببیند، آن‌وقت شاید همه چیز به یک سوءتفاهم بزرگ بدل
شود؛ شبیه دیدن سایه‌ای که سال‌ها خیال کرده بود وجود ندارد و حالا
ناگهان پیدا می‌شود، بی‌آن‌که معنایی به همراه داشته باشد. او از درون
هیچ نیازی به خدا در خود حس نمی‌کرد.

در خانه‌ی آن‌سوی عمارت، پیک‌زدن‌های حکیم و رضا سکوت اطرافِ پر از دود را می‌شکست و شمسی کمی دورتر از آن دو، تکیه به دیوار زده و کتابی گشوده روی پاهایش گذاشته بود و چای می‌نوشید. بیرون از آن‌جا، آفتاب آخرین رمق‌های روزش را برچیده بود و هوایی خاکستری مابین شاخه‌ی درختان برهنه از برگ، پرسه می‌زد. حکیم در دَم‌دمای ظهر همان روز به مرکز شهر رفته بود و عرق سگی تهیه کرده بود. او و رضا احساس می‌کردند با نوشیدن عرق سگی می‌توانند برخی چیزها را به فراموشی بسپارند و یا پشتِ گوش بیاندازند. و حالا با رضا روبه‌روی هم نشسته بودند و چنان محکم پیک‌هایشان را به هم می‌زدند که مبادا خدشه‌ای به آن دوستی دیرجوششان وارد شود.

حکیم از آتشی که عرق سگی در ابتدا به گلویش انداخت، کم‌کم درونش را به گرمایی می‌سپرد که میل داشت سربه‌سر شمسی بگذارد. او را با طعنه‌هایی خنده‌دار وامی‌داشت که به آن‌ها بپیوندد و گلویی تَر کند. اما شمسی تنها یک‌بار به رویش دماغ ورچید و باز غرق در مطالعه‌اش شد. در آن روزها، وجود آن دو را در کنار خود غنیمت و دلگرمی بزرگ و خوبی می‌دانست، اما اصلاً نمی‌خواست دست از خواندن کتاب بردارد و در نوشیدن مشروب به آن‌ها ملحق شود.

حکیم قاشقی از ماست خورد تا تلخی عرق را از دهانش بگیرد و با تنگ کردن چشمانش رو به رضا، گفت:

- با این کتاب‌ها خوب این دختر رو سرگرم کردی! ریشه‌ی پدر هر چه کتابخون رو سوزوند!

رضا پَری از لیمو را به دندان گرفت و با چشمک زدنی به حکیم گفت:

- به نظرم اعتیاد به کتاب بدترین نوع اعتیاده!

حکیم خندید، نگاهی به شمسی انداخت و شوخ‌طبعانه پرسید:

- لابه‌لای این سگ‌مصب چی‌چی پیدا می‌کنین که معتادش می‌شین؟!

رضا خندید و با صدای خش‌دار و گرفتگی بینی که هنگام نوشیدن الکل بهش دست می‌داد، گفت:

- همین سگِ لامصب رو درش پیدا کردیم.

هردوشان قاه‌قاه زدند، بدون آن‌که تأثیری بر شمسی بگذارد. رضا سرش را خم کرد تا عنوان کتابی که شمسی در حال خواندنش بود را ببیند و پرسید:

- چی داری می‌خونی؟!

شمسی با لاقیدی گفت:

- یه چیزی تو مایه‌های رَدِ خدا.

چشمان حکیم برقی زدند. انگار چیزی را که شنیده بود داشت سبک و سنگین می‌کرد. گردنش را کمی کج کرد، نگاه سطحی و کم عمقش را به نقطه‌ای ناپیدا دوخت و گفت:

- مگه میشه با یک کتاب خدا رو رد کرد! انکار خدا برای چی؟! من نمی‌فهمم. اگه یه نگاهی به اطرافمون بندازیم، نشونه‌های خدا اونقدر زیاده که سرسام می‌گیریم.

شمسی چانه‌اش را بلند کرد، پلک‌هایش را بر هم گذاشت و با لحنی اعتراضی، گفت:

- منظورت از این همه نشونه چیه؟! کدوم نشونه‌ها؟!

رضا یک‌وری نشسته بود و عرق سگی حسابی بهش حال داده بود، و در آن حالت نیز عمیقاً منتظر واکنش حکیم بود. حکیم تکیه از دیوار گرفت و خیلی خودمانی گفت:

- خوب معلومه، همین ما آدما، درختا، آب و هوا، پرنده‌ها..... ما از آفریدن این چیزا عاجزیم. بچه که بودم می‌گفتن خدا رو در اطرافتون پیدا کنین. خوب راست می‌گفتن.

شمسی بلافاصله گفت:

- به نظرم، طبق اون چیزایی که تا حالا خونده‌ام، هر چه در کره‌ی زمین می‌بینیم؛ نتیجه‌ی فرآیندهای مختلفیه که بعد از انفجار بزرگ اتفاق افتاده. اینا هیچ ربطی به خدا ندارند، چون اصلاً خدایی وجود نداره.

حکیم مابین سرخوشی و عدم درک چیزی که شنیده بود، نکوهش-گرایانه سرش را تکان داد، پیکش را به پیک رضا زد و قبل از آن‌که آن را بالا بندازد گفت:

- من این چیزا رو نمی‌فهمم. انفجار بزرگ دیگه چیه؟ خدا هست، چون خدا من رو آفریده، تو رو آفریده و......

رضا به میانه‌ی حرفش پرید و گفت:

- شمسی تو با این حرفت سختش کردی. ببین حکیم؛ شمسی درست میگه. این یک بحث علمیه. حالا تو اون انفجار بزرگ و اینا رو بذار کنار، قضیه رو یه جور دیگه ببین. تو نمیتونی ما رو به چیزی که نمیتونیم ببینیم قانع کنی.

حکیم گفت:

- علمی که در پیِ نابود کردن خداست به کار من نمیاد. من از این علم متنفرم. سری که درد نمیکنه چرا دستمال بهش ببندم.

شمسی کتاب را کنار دستش گذاشت و خونسردانه گفت:

- خدا ساخته و پرداخته‌ی ذهن ما آدم‌هاست.

حکیم گفت:

- یعنی چی! قبل از این‌که ما وجود داشته باشیم خدا بوده. ما با وجود او به وجود اومدیم.

رضا گفت:

- شمسی راست می‌گه، خدا رو انسان‌ها درست کردند. هر چه بیشتر هم در این مورد گفتند و نوشتند و پیغمبرهای

جورواجور سردرآورد، بیشتر مفهوم خدا به بیراهه رفت. چون خداپرست‌ها اجازه‌ی خداشناسی رو نمیدن، چون خدا پرست هستند. آنی هم که مورد پرستشه، مقدس میشه و تقدسات را هم نباید زیر سوال برد، چون کامل بهشون نگاه می‌کنند.

حکیمِ گُرگرفته گفت:

- منظور شماها رو نمی‌فهمم. یعنی چی ما انسان‌ها خدا رو درست کردیم؟! ما زخمی که می‌شیم دردمون می‌گیره و عاجز از تیمار خودمونیم. اون وقت چطور می‌شه که بشینیم و خدا رو درست کنیم. این کتابایی که خوندید چه مزخرفاتی یادتون داده. بس کنید بابا.

در این‌جا شمسی و رضا خندیدند. رضا چانه‌اش را با کف دست پوشاند و بعد گفت:

- ما انسان‌ها برای همین عجز و ناله‌ها و ناتوانی‌هامون خدا رو درست کردیم.

شمسی با همان چهره‌ی پر از خنده رو به حکیم گفت:

- به نظر من همین طبیعتی که تو مُدام حرفش رو می‌زنی یه سیستم پیچیده‌ست. چرا برای درک این پیچیدگی آویزون چیزی بشیم که قابل رؤیت و درک نیست.....

رضا حرفش را برید و گفت:

- ولی علم این اجازه و توان رو به ما می‌ده که بهتر طبیعت رو بشناسیم و در برابر خطرات ناشی از اون همیشه آماده باشیم و یا این‌که حتی راحت‌تر زندگی کنیم. اما ایدئولوژی‌های آسمانی ما را وادار به اطاعت کورکورانه می‌کنه و به جز خفت و مطیع بودن محض، چیزی عاید بشریت نکرده و نمی‌کنه.

حکیمِ با پوزخند گفت:

- اما اگه خدا اراده کنه هم طبیعت و هم همه‌ی چیزایی که انسان بهش رسیده رو یک‌جا نابود می‌کنه. همین وعده را هم در تمام کتابای مقدس داده. خدا خالقه، آفریننده‌ی موادیه که به اصطلاح علم‌بازها با اون مواد سروکار دارند.

شمسی پرسید:

- به نظرت این خدایی که ازش حرف می‌زنی ما آدما رو دوست داره؟

حکیم با خوشرویی حق‌به‌جانبی گفت:

- قطعاً خدا آدما رو دوست داره. همیشه سربزنگاه به دادمون رسیده.

شمسی خیلی جدی گفت:

- پس چرا باید اراده کنه و ما رو یک‌جا نابود کنه! مگه مریضه؟!

حکیم گفت:

- تا صد سال دیگه نمی‌تونم قانعتون کنم که خدا هستش. چون تا اون کتابا رو می‌خونید، کفر زیادتر می‌شه و خدا از ما رو برمی‌گردونه....

در آن تنگ غروب، هر سه نفرشان سکوت کردند. شمسی جُرعه‌ای از چای سردش را با صدایی ملایم و آرام نوشید و حکیم و رضا آخرین پیک‌هایشان را با نگاه‌هایی که گویی هیچ‌گاه قرار نبود یکدیگر را درک کنند، به هم زدند و نوشیدند. سپس هر کدامشان در دو سوی پنجره دراز کشیدند و در عوالم مست‌گونه‌ی خود به گونه‌ای فرو رفتند که انگار پی بردن به اصل حال‌شان سخت به نظر می‌رسید. روزها کوتاه شده بودند و خیلی زود دست روز در دل تاریکی شب گم می‌شد. چیزی نمانده بود که پاییز آخرین رنگ‌های زردش را برچیند و وارد زمستان شوند. ولی این تغییرات برای حال و روز اهالی عمارت گویا توفیری نداشت.

شمسی در آن لحظه دیگر کتاب نمی‌خواند، اما ذهنش به جاهایی می‌-
دوید که قبلاً به فکرش هم نمی‌رسید. همین باعث شده بود که هیجانی
ناخواسته درونش را در چنگ خود بگیرد. اما به مانند سابق میلی به بروز
هیجاناتش نداشت. او به خدایی هم که چند لحظه پیش در بی‌تفاوتی
ردش کرده بود، دیگر فکر نمی‌کرد. اما در سکوتی که در اتاق جولان
می‌داد، صداهایی از دور می‌شنید؛ خش‌خش‌هایی مبهم و بریده‌بریده و
ناله‌هایی که زیاد دوام نداشتند و خیلی زود محو می‌شدند. شمسی
ترسید. تکیه به دیوار زد، نیم‌رخش را رو به پنجره‌ای که در آن گرگ و
میش آسمان دست‌وپا می‌زد گرداند و زانوانش را خیلی آرام در آغوش
گرفت. نوک انگشتانش رفته‌رفته به ذق‌ذق افتادند. دستانش را از دور
زانوانش برداشت و آن‌ها را به دل سینه‌ی تپنده‌اش چسباند. انگار درونش
آن درد بازآمده بر دل انگشتانش را کم می‌کرد. برای لحظه‌ای دستش را
به سمت حکیم و رضا دراز کرد، اما بی‌درنگ دستش را پس کشید و
نوک انگشتان دردآلودش را دوباره به سینه‌ی تپنده‌اش چسباند.
پیشانی‌اش خیس از دانه‌های ریز عرق شده بود. لبان نَم‌برداشته‌اش را
باز کرد و خواست نام کسی را بر زبان بیاورد، اما آن نام در گلویش ماند
و بیرون آمدنی نبود. گویی لج کرده بود و شاید واهمه‌ای که با امواج
صدای شمسی بیرون بیاید و همه چیز دگرگون شود. چشمانش را دوباره
به سمت پنجره گرفت. تاریکِ تاریک بود. کمی دیگر گوش‌هایش را تیز
کرد تا که شاید آن صداهای عجیب را از دور بشنود. اما نشنید. فقط
سکوت بود و دیگر هیچ. تردیدی نداشت که صداهایی شنیده بود اما
حالا این سکوت بیشتر او را در بی‌قراری فرو می‌برد. ناگهان باران گرفت.
ضربه‌های باران به پنجره می‌خورد و در اتاق پیچ می‌خورد و می‌چرخید.
رضا بلند شد و گفت:
-     عجب بارونی!

حکیم همان‌طور دراز کشیده، بدنش را روی دست چپش انداخت و خیره به رضا گفت:

- چه پاییز پر بارانی داشتیم!

رضا زیر چانه‌اش را خاراند و گفت:

- شماها گشنه‌تون نیست؟ من که خیلی گشنمه.

شمسی اما هنوز مات به یک نقطه زُل زده بود و تکان نمی‌خورد. حکیم گردنش را بلند کرد و رو به شمسی گفت:

- ما مشروب خوردیم ولی تو گیج و منگ شدی، چته دختر؟! چرا رنگت پریده؟!

رضا گفت:

- شمسی خوبی؟

شمسی به خودش آمد. پاهایش را دراز کرد و با لبانی نیمه‌باز گفت:

- فکر کنم باید چیزی بخورم. شاید دل‌ضعفه دارم.

شمسی به آرامی بلند شد و ادامه داد:

- بیایید با هم بریم. من از این بارون و تاریکی وحشت دارم.

حکیم سرش را رو به پنجره گرفت و گفت:

- روزها چقدر کوتاه شده! من هیچ‌وقت از فصل سرما خوشم نیومده.

رضا تکیه‌اش از دیوار گرفت و در حالی‌که داشت بلند می‌شد گفت:

- پاشو حکیم. بریم یه چیزی بخوریم.

وقتی‌که از خانه‌ی آن‌سوی عمارت به قصد رفتن به آشپزخانه بیرون آمدند، هنوز سر شب بود. رضا چتری بزرگ برداشت و آن را بالای سر هر سه نفرشان گرفت. شمسی وسط آن‌ها قرار گرفت و سعی می‌کرد اطرافشان را نگاه نکند. باران بی‌وقفه می‌بارید و آن‌ها بدون هیچ توافقی حرف نمی‌زدند. صدای پاهایشان با شُرشُر و ضربه‌های بی‌امان باران بر تنه‌ی درختان و زمین، پژواک مأیوس‌کننده‌ای به دنبال داشت. حرکت‌ها

و فکرهایشان در آن تاریکی شیون‌آلود به جایی سوق داده می‌شد که میلی به بیان آن نداشتند. در این بی‌انتها لحظه‌های دردناک، هیچ‌چیز واقعی به نظر نمی‌رسید. عاقبت شمسی با صدایی لرزان گفت:

- این‌جا چقدر ترسناک شده! قبلاً در بارون و تگرگ و تاریکی به میان این درخت‌ها می‌رفتم و از هیچی نمی‌ترسیدم. اما حالا.....

شمسی ادامه نداد. رضا و حکیم هم چیزی نگفتند. راه‌باریکه‌ی میان درختان پر از آب بود. به‌طوری‌که پاهایشان تا قوزک خیس شده بود و راه رفتن برای آن‌ها دشوار شده بود. اما هر طور بود، آن‌ها خودشان را به آشپزخانه رساندند. فاطی‌جان تک‌وتنها روی یکی از پله‌های سرسرا رو به پنجره‌ها نشسته بود. دستانش را ملتمسانه در هم تنیده بود و نگاه از بارانی که پشت شیشه‌ها می‌بارید برنمی‌داشت. او انگار رضا و حکیم و شمسی را هم ندیده بود. شمسی به سمتش رفت و با لحنی دلسوزانه گفت:

- فاطی، حالت خوبه؟ چیزی شده؟!

فاطی‌جان تکانی به خودش داد و با صدایی آرام و گیج گفت:

- آه، شماها کی اومدین؟ ندیدمتون!

این را گفت و از روی پله بلند شد و به سمت آشپزخانه رفت. آن‌ها نگاه‌هایی پر از تعجب ردوبدل کردند. فاطی‌جان در حالی‌که پشتش به آن‌ها بود با صدایی کاملاً بی‌تفاوت گفت:

- من هنوز چیزی نپخته‌ام. این روزا دست و دلم به کار نمیره.

رضا دو قدم به طرفش رفت و مهربانانه گفت:

- ما خودمون چیزی درست می‌کنیم. تو نگران ما نباش. یه بار هم شده، دست‌پخت ما رو بخور.

فاطی‌جان انگار منتظر همچین حرفی بود، بلافاصله روی اولین صندلی نشست و باز چشم به پنجره‌های گرفتار در باران دوخت. آن‌ها بی‌درنگ

مشغول تدارک شام شدند. شمسی در این فاصله استکانی چای برای فاطی‌جان ریخت و گفت:

- تا غذا آماده میشه این چای رو میل کن، فاطی.

فاطی‌جان بدون آن‌که چشم از پنجره‌ها بردارد، استکان چای را با طمأنینه برداشت و آرام شروع به نوشیدن کرد. چند لحظه‌ای نگذشت که بوی غذا در آشپزخانه پیچید و آن‌ها دیگر به فاطی‌جان توجهی نکردند. انگار او را فراموش کرده بودند. اما فاطی‌جان به خدایی فکر می‌کرد که امروز لای درخت‌ها پیدا کرده بود و حالا بر طاقچه‌ی اتاقش جا خوش کرده بود. او میل نداشت در مورد این خدا با هیچ‌کس صحبت کند.

امروز صبح، وقتی بوی قهوه در فضا پیچیده بود، فاطی‌جان فنجانی از آن برای خانمش برده بود. مهین‌بانو روی صندلی چرمی نشسته بود و در افکار ناشناخته‌ای سیر می‌کرد. فاطی‌جان برای لحظه‌ای احساس کرده بود که مرگ خانمش نزدیک است و همین موضوع، آینده‌ی نامعلوم خودش را پس از مرگ او برایش ترسناک کرده بود. مهین‌بانو، که هنوز هشیاری و تیزی ذهنش را از دست نداده بود با صدایی محکم و بی‌احساس پرسیده بود:

- چی می‌خوای فاطی؟ حرف بزن، بگو ببینم این چشمای نگرانت چی میخوان بگن؟!

فاطی‌جان با تردید و من‌من‌کنان گفته بود:

- خانم‌جان، امیدوارم خدا عمر دراز به شما بده. فقط خدا می‌دونه هر آدمی چه وقت از زمین کنده میشه و بال مرگ اونو با خودش می‌بره. شاید من زودتر از شما بمیرم. اما ترسم از اینه که اگر خدایی نکرده اتفاقی برای شما بیافته، من چه کار کنم؟! خاک کجا رو روی سرم بریزم؟! من از روزهای پس از شما و آینده‌ام می‌ترسم. در این دنیا به جز خدمت به شما کار

دیگه‌ای نکرده‌ام و هیچی بلد نیستم. کسی رو هم ندارم ازم نگهداری کنه. خانم‌جان، من می‌ترسم.

مهین‌بانو فنجان قهوه را از روی میز برداشت و قبل از نوشیدن آن گفت:

- تو تا حالا به این فکر کرده‌ای که خدایت را عوض کنی؟ آدم‌ها گاهی باید خدایشان را عوض کنند! قِبله‌شان را هم باید به سویی دیگر برگردانند.

این حرف انگار رعشه‌ای بر تن فاطی‌جان آورد. گویی حرفی شیطانی شنیده باشد، تکانی خورد و در بُهت و ناباوری گفت:

- خانم‌جان، نمی‌دونم منظورتون چیه! مگه میشه آدم خداش رو عوض کنه؟! زبانم لال، اون وقت در اون دنیا جواب خدا رو چی بدیم؟!

مهین‌بانو جرعه‌ای از قهوه‌اش را نوشید و پس از مکثی کوتاه گفت:

- برو به این باغ، شاید خدایت در اون‌جا باشه. اگه پیداش کردی، تَروخُشکِش کن. ازش مواظبت و نگهداری کن. شاید در اون دنیا به کارت بیاد. برو، معطل نکن.

فاطی‌جان از اتاق بیرون آمد و با عرق سردی که بر تنش نشسته بود از پله‌های سرسرا پایین رفت و مدتی هاج‌وواج از چیزی که از خانمش شنیده بود به درختان آن‌سوی پنجره‌های آشپزخانه نگریست. اما از آن‌جایی که سال‌ها بود حرف مهین‌بانو را زمین نگذاشته بود با ترسی در دل و لرزشی در پاها به باغ رفت. در آن وقت آفتاب هنوز از لای درختان خودی نشان می‌داد و صدای پرنده‌ها در تکرار سال‌ها پیش به گوشش نمی‌آمد؛ گویی آنان ترانه‌ای نو می‌خواندند که طبیعت و نیز آدم‌ها هنوز به آن خو نگرفته بودند. ترانه‌ای که در یکسانی، تضاد بین طبیعت و انسان را زیادتر نشان می‌داد. این صداها ترسِ درون فاطی‌جان را بیشتر کرد. او نمی‌دانست به کدام سمت از باغ برود تا بلکه خدا را بیابد. ناگزیر راهش را به میان درختانی که بیشتر در هم فشرده بودند در پیش گرفت.

درختانی که طبیعت آنان را خوابانده بود، اما او از کنار هر کدامشان که رد می‌شد، چشم باز می‌کردند و راهی را نشانش می‌دادند که هیچ شباهت و تناسبی با باغی که سال‌ها می‌شناخت، نداشت. کمی به اطراف نگاه کرد. در آن لحظه بویی زننده به مشامش خورد. بویی که از چرک و خون بود. و پُشت‌بند آن صدای قدم‌هایی شنید که در بی‌خیالی گام برمی‌داشت و انگار به سمت او می‌آمد. فاطی‌جان هم می‌ترسید و هم کنجکاو بود تا بالاخره صاحب قدم‌هایی را که می‌شنید، ببیند. در آن گیرودار که مرتب به دور و برش گردن می‌چرخاند، سرش را که برگرداند مردی کت و شلواری با چهره‌ای پر از زخم و زیلی را در برابر خود دید. آن مرد خیلی جدی ایستاده بود و نمی‌خندید. اما فاطی‌جان در حالی‌که سخت ترسیده بود نیرویی او را از فرار کردن بازمی‌داشت. او می‌بایست می‌ایستاد و بر ترسش غلبه می‌کرد تا به ماهیت این فرد پی ببرد. فاطی‌جان ترس‌خورده و لرزان گفت:

- شما چطور وارد این باغ شده‌اید؟! هر کس نمی‌تونه وارد اینجا بشه! کسی در رو براتون باز کرد؟!

مرد دستی بر صورت خسته‌اش کشید و گفت:

- من به هر کجا که بخواهم می‌روم و نیازی به اجازه‌ی ورود ندارم.

فاطی‌جان برق چشم‌های این مرد را که دید کمی بر ترسش غلبه کرد. نگاهی به سرتاپایش انداخت، او را متفاوت دید. رفتار، گفتار و حرکاتش جذابیت و گیرایی خاصی برایش داشت. فاطی‌جان با لکنت گفت:

- من.... من دنبال....دنبال خدا می‌گردم. شما خدا هستید؟

مرد در آن حال لبخندی زد که جای زخم‌های روی صورتش را خط انداخت و این دل فاطی‌جان را دوباره در ترسی ناشناخته فرو برد. مرد با مکثی طولانی گفت:

- درست فهمیدی. من خدا هستم. اما گرسنه و تشنه هستم. دنبال غذا و جای خوابی گرم و نرم می‌گردم.

فاطی‌جان با هیجانی فروخورده دست روی دهانش گذاشت و با تعجب گفت:

- من عمری‌ست فکر می‌کردم شما در آسمان‌ها هستید. و ثناگوی شما بودم و هستم. و باز فکر می‌کردم که شما بی‌نیاز از غذا و خواب هستید؛ اما حالا در این باغ و روی زمین شما را می‌بینم. پس من حتماً بهشتی هستم، درسته؟

خدا دردمند و خسته گفت:

- من خسته و گرسنه‌ام. حال و روزم هم خوش نیست. می- خواهی به من کمک کنی یا راهم را بگیرم و بروم؟

فاطی‌جان در حالی‌که از هیجانِ دیدنِ خدا تمام بدنش خیس از عرق بود، بی‌معطلی گفت:

- من خودم در این‌جا نیاز به کمک دارم، اونوقت چطور.......

فاطی‌جان حرفش را خورد. انگار فکری به ذهنش رسیده بود. سپس به عمق چشمان خدا خیره شد و گفت:

- تنها جایی که می‌تونم شما رو پنهان کنم و ازتون نگهداری کنم، اتاق خواب خودمه.

خدا بلافاصله گفت:

- فکر خوبی است. لطفاً هر چه سریع‌تر برویم. توان ایستادن روی پاهایم را ندارم.

فاطی‌جان معطل نکرد. بدون هیچ فکری به سمت خدا رفت، دست زیر بازویش گرفت و او را به اتاق خودش برد. از آن پس خدا در اتاق فاطی- جان به دور از چشم و گوش همه بر طاقچه‌ای قدیمی قرار گرفت. هر شب قبل از خواب، فاطی‌جان در برابر این خدا زانو می‌زد، اورادی جادویی می‌خواند و با لرزشی در بدنش به رختخواب می‌رفت. اما خدا

دیگر آن موجود عظیم و بی‌پناه در آسمان‌ها نبود. هر روز فاطی‌جانِ خسته از زندگی، دستمالی به دست می‌گرفت و به سویش می‌رفت تا او را پاک کند.

فاطی‌جان هر بار که دستمالی بر خدا می‌کشید، جوانه‌ی سوال‌های زیادی که در ذهنش سر برمی‌آوردند را زود می‌روفت تا مبادا با بر زبان آوردن آن پرسش‌ها خدا را دلگیر و خسته کند. خدا یک تکه گوشت بود وقتی فاطی‌جان برای اولین بار لباس‌هایش را درآورد تا بدنش را در تشتِ آب گرمی که در وسط اتاق گذاشته بود، بشوید. خدا زبون و ناچیز در دستان زمخت فاطی‌جان شسته می‌شد و بعد لباس‌های تمیزی بر تنش می‌کرد و باز او را بر طاقچه می‌گذاشت. این زن یواش‌یواش فرمانبری مطیع‌تر از گذشته شد؛ در تنها اتاق زندگی‌اش و درونِ تنهاتر از زندگی‌اش، خدایی را به حبس کشیده بود که تمام وجودش را برای همیشه در آن خدا ذوب کرده بود. نه خدا و نه این زن قادر به جدا ماندن از همدیگر نبودند. فاطی‌جان همین‌که اتاق را ترک می‌کرد، قفلی بر آن می‌زد و کلیدش را با نخی دور گردنش می‌انداخت. کاری که در طول این سال‌ها ازش سر نزده بود. سپس در سکوت و تبعیت محض کارهایی را که عمری عهده‌دارشان بود را بی‌کم‌وکاست انجام می‌داد. نسبت به همه کس و همه چیز سرد شده بود. به طوری که در برابر هر حرف یا مسئله‌ای که پیش می‌آمد، هیچ واکنشی نشان نمی‌داد. اما همین‌که زارسلیم را می‌دید بی‌درنگ به سمتش می‌رفت، دستش را می‌گرفت و با نشاندن او بر صندلی، غذایی گرم جلویش می‌گذاشت و خودش هم در کنارش می‌نشست و غمگنانه به او خیره می‌شد. گاهی با صدای نرم و آهسته از زارسلیم می‌خواست که دوباره همان مرد قوی گذشته شود. همان زارسلیمی که میان درخت‌ها می‌چرخید تا خاک همیشه بارور باشد، درختان قادر به نفس کشیدن باشند و هوای اطراف عمارت همیشه شاداب جلوه دهد. اما زارسلیم هیچ نمی‌گفت. او در دنیایی سیر می‌کرد

که نفوذ به آن سخت می‌نمود. فاطی‌جان دوباره تو لَک می‌رفت و با چهره‌ای غم‌انگیز به غذا خوردن او می‌نگریست. شمسی یکبار رفت و کنار فاطی‌جان نشست. به آرامی دستان زبر از کارهای زیادش را گرفت و گفت:

- فاطی، تو زیاد کار می‌کنی. این حق توئه که یه جا لم بدی و کمی استراحت کنی. ما خودمون بلدیم غذا بپزیم، لباسامونو بشوریم و به کار و زندگی‌مون برسیم. به خودت هم برس. ما همه دوستای توایم. دوستت داریم فاطی.

فاطی‌جان سرش را آرام روی شانه‌ی نازک شمسی گذاشت و برای چند لحظه پلک‌هایش را روی هم گذاشت. نه تاریخ و نه هیچ‌کس دیگری نمی‌دانست، آخرین باری که فاطی‌جان به کسی تکیه داده بود و سرش را روی شانه‌اش گذاشته بود، کی بوده است.

آن شب، وقتی همه دور میز نشسته بودند، شام می‌خوردند و با حرف‌های خنده‌دار رضا غش‌وریسه می‌رفتند، مهین‌بانو بی‌صدا و آرام از پله‌ها پایین آمد. با دیدن او سکوتی ناگهانی بر جمع سایه انداخت. فاطی‌جان سریع بلند شد و یکی از صندلی‌ها را جلو کشید تا میهن‌بانو بنشیند. بعد با لحنی نرم و آرام گفت:

- خانم‌جان، چه خوب شد اومدین پایین. بفرمایین بنشینین تا براتون غذا بیارم.

مهین‌بانو نشست. لبخند زورکی بر لبانش آورد و گفت:

- چرا خنده‌هاتون رو قطع کردید؟

رضا بی‌درنگ رشته‌ی خاطرات هیجان‌انگیز و خنده‌دارش را از سر گرفت و قاه‌قاه خنده‌ی شمسی که میان همه پُر شورتر به گوش می‌رسید، اطراف را پر کرده بود. با این حال، نگاه شمسی بی‌وقفه متوجه مهین‌بانو بود. مهین‌بانو نیز سریع در حال‌وهوای آن یادهای شیرین و خنده‌دار غرق شد و لبخندی بی‌جان و نه چندان مهرآمیز بر لبانش نشاند. اما در

چشمانش چیزی خوانده نمی‌شد. نه شادی، نه اندوه، نه حسرت و نه هیچ چیز دیگر. پدیده‌ی کسالت‌بار آن روزها روان شمسی را آن‌چنان به هم ریخته بود که توانی برای درک مهین‌بانو در خود نمی‌دید. شمسی خوب می‌دانست که گرفتار پهنه‌ای ناشناخته آمده؛ سرزمینی تاریک و مبهم، آکنده از مسئله‌هایی که به هیچ وجه سر از آن‌ها درنمی‌آورد و دلش را آرام‌آرام به سردی ویرانگری سوق می‌داد. درست در همان شب، زمانی که دیگران رفته بودند تا بخوابند، مهین‌بانو رو به رضا کرد و با نگاهی ژرف گفت:

- میل داری در این انتهای شب پیکی شراب با من بنوشی؟
رضا گفت:

- من از نسل مردانی هستم که رد کردن چنین دعوتی از سوی یک زن را بی‌احترامی به طبیعت می‌دانند.
مهین‌بانو در حالی‌که سعی می‌کرد صاف روی صندلی بنشیند، با وانمود به این که حرف رضا رویش تأثیر گذاشته، لبخندی ساختگی زد، لبانش را اندکی غنچه کرد و گفت:

- حالا که فکرش را می‌کنم، می‌بینم آن زمان‌ها که گرایش چپ داشتی، این‌طور به زن‌ها نگاه نمی‌کردی. یا شاید همین‌طور بودی و فقط خودت رو طور دیگری به ما معرفی کرده بودی! می‌خوام بگم که این حرف‌ها به قد و قواره‌ات نمی‌خوره. ضمناً تنها ما زن‌ها نیستیم که بخشی از طبیعتیم. همه در این طبیعت سهم دارند. منتهی سهم مردها اغلب تخریب و ویرانگری بوده و سهم زن‌ها ساختن و سوختن....
رضا دو پیک شراب ریخت و در حالی‌که داشت مقابل مهین‌بانو می‌نشست، گفت:

- از نیمه‌ی دوم تابستان من اینجام. جز فاصله گرفتن تو و گاهی زخم‌زبون‌هایی که زدی و داری می‌زنی، هیچ میلی برای گفتگو

با من ندیدم. حالا هم داری منو متهم به ویرانگری می‌کنی، با
این حرف‌هایی که بیشتر بوی دلخوری‌های کهنه می‌ده تا
انصاف.

مهین‌بانو پیکش را بلند کرد، نگاهی کوتاه به لوستر بالای سرشان انداخت
و بعد آرام گفت:

-    من سال‌های زیادی رو بیهوده از دست دادم، اما...

جمله‌اش نیمه‌کاره ماند. رضا جرعه‌ای از شراب را نوشید، کمی تو صندلی
فرو رفت، مستقیم در چشمان مهین‌بانو خیره شد و گفت:

-    خوب می‌فهمم منظورت چیه. وقتی آدم‌ها از همدیگر که دور
می‌شن و چیزی بین‌شون نمی‌مونه، شعله‌ی هر علاقه‌ای
خاموش می‌شه. اما فکر می‌کنم برای تو این اتفاق نیافتاده.
متأسفم که این سال‌ها رو با رنجی بیهوده گذروندی!

در آن لحظه، خشمی عمیق در چین‌های دور دهان مهین‌بانو نمایان شد؛
اما خیلی زود، طبق عادت همیشگی‌اش، جام شراب را به دست گرفت و
بر خودش مسلط شد. شراب را دوباره کنار گذاشت و با صدایی کنترل-
شده اما سنگین گفت:

-    نه انقلابی‌گری‌ات چنگی به دلم زد، نه مبارزه‌ات با ستم شاهی
اطمینان‌آور بود و نه حتی عشقی که آن سال‌ها به زبان می‌-
آوردی سرانجامی داشت. بگو ببینم رضا، در این دنیا چه کار
مهمی کرده‌ای جز...اغفال؟

آخرین واژه را با چنان قاطعیتی گفت که صدایش در سکوت آشپزخانه
پیچید. رضا بی‌هیچ واکنشی به نقطه‌ای ناپیدا زل زد و با لحنی کاملاً
بی‌تفاوت پاسخ داد:

-    کسی که ازدواج کرد، تو بودی..... نه من.

مهین‌بانو با نگاهی آکنده از نفرت، جام شراب را دوباره برداشت و یک-
نفس سر کشید و بعد با خشمی فروخورده گفت:

پیمان یاریان

-   کسی که رفت و حتی پشت سرش را هم نگاه نکرد، کسی که
    جز چند نامه‌ی بی‌نشان چیزی نفرستاد، تو بودی... نه من.
    شما مردها چقدر وقیحاید!

سکوتی سنگین مابین‌شان حکم‌فرما شد، اما هیچ‌کدام نگاهش را از
دیگری نگرفت. هر دو در آن خیره شدن خاموش، انگار موجی از پرسش‌
ها، حسرت‌ها و گره‌های ناگشوده‌ی ذهنی‌شان را دنبال می‌کردند. انگار
آن لحظه، تنها لحظه‌ی درست و واقعی‌ای بود که می‌توانستند در آن با
خودشان روبه‌رو شوند. مهین‌بانو از جا برخاست و با همان خشم در نگاه
به سوی رضا رفت و سیلی محکمی بر صورتش زد و با لحنی غضب‌آلود
گفت:

-   اما من از درد و رنج نجسته‌ام، انگار با درد زاده شده‌ام. طوق
    لعنتی که هیچ‌گاه گریبانم را ول نکرد.

مهین‌بانو لحظاتی به صورت رضا خیره ماند و بعد با گام‌هایی محکم به
سوی پله‌های سرسرا رفت و با همان وقار و راست قامتی همیشگی‌اش
از آن بالا رفت. رضا گردنش را کمی چرخاند و نگاه خالی‌اش را به
شیشه‌های پنجره که غرق در تاریکی شده بودند، دوخت. سپس
برخاست، از آشپزخانه بیرون رفت و به سوی خانه‌ی آن‌سوی عمارت
قدم برداشت.

آن شب گذشت. روز بعد هوا ابری بود و دل‌گرفته. فاطی‌جان وقتی قهوه‌
ی مهین‌بانو را روی میز کنار تخت گذاشت، دید که مهین‌بانو هنوز در
رختخواب بی‌آن‌که پلک بزند خیره به سقف چشم دوخته است. فاطی‌
جان گفت:

-   خانم‌جان، حالتون خوبه؟

مهین‌بانو بدون آن‌که به او بنگرد گفت:

-   فاطی!

فاطی‌جان با لحنی که وابستگی سرخورده از آن می‌تراوید گفت:

- جانم، خانم‌جان.

مهین‌بانو گفت:

- آخرین بار کی اتاق سرهنگ رو تمیز کردی؟

فاطی‌جان گفت:

- خانم‌جان، اگه اشتباه نکنم، هفته‌ی گذشته بود...... اما حالا می‌رم....

مهین‌بانو حرفش را برید و محکم گفت:

- گوش کن ببین چی می‌گم.

فاطی‌جان گفت:

- بله خانم‌جان.

مهین‌بانو گفت:

- برو زیرزمین، دو تا از قفل‌های بزرگی که اونجا تلنبار شده بردار، بیار و بزن به در اتاق سرهنگ و اتاق کیانوش. این اتاق‌ها باید برای همیشه بسته بشن. هیچ‌کس حق نداره واردشون بشه. فهمیدی؟!

فاطی‌جان آب دهانش را به سختی قورت داد و آرام گفت:

- چشم، خانم‌جان.

فاطی‌جان همین که از اتاق مهین‌بانو بیرون رفت، پیش از هر کاری دو قفل زنگ‌زده از زیرزمین برداشت و درهای اتاق‌های سرهنگ و کیانوش را برای همیشه قفل کرد. وقتی کارش تمام شد و از پله‌های سرسرا که پایین می‌آمد، حس می‌کرد که سرمایی سنگین و کرختی‌ای غریب از در و دیوار عمارت بالا می‌زند. حس خوبی نداشت. برای تسکین درون ناآرامش به اتاقش پناه برد و در برابر خدا بر طاقچه زانو زد. خدا با زیرِ چشمان پُف کرده و نفس‌های بریده‌بریده به صورت غم‌گرفته‌ی فاطی‌جان چشم دوخته بود و طوری او را نگاه می‌کرد که انگار سر از کارش

درنمی‌آورد. فاطی‌جان پس از خواندن اوراد همیشگی‌اش؛ آن زمزمه‌های
گنگ، نامفهوم و رازآلود، به دورتا دورش فوت کرد و رو به خدا گفت:

-      خداوندا، به تو پناه می‌برم.

اما خدا واکنشی نشان نداد؛ حتی پلکی هم نزد. فاطی‌جان گردنش را
کمی کج کرد و با صدایی خسته ادامه داد:

-      خداوندا....... خسته‌ام؛ از این زندگی، از این سرنوشت و از این
بی‌عدالتی.

تنها چیزی که از خدا می‌شنید، صدای خس‌خس سینه‌ی بیمارش بود
و تنها چیزی که باز از او می‌دید؛ پوستی شقه‌شقه از هذیان آدم‌ها،
نگاهی بی‌احساس، چهره‌ای رنگ پریده و شکمی همیشه گرسنه بود.
فاطی‌جان با سکوتِ طولانی خدا پیراهنی از تسکین بر تنِ روانش پوشاند.
نفس عمیقی کشید و از اتاق بیرون آمد. همان لحظه رضا را دید که
داشت برای خودش استکانی چای می‌ریخت. با چهره‌ای دژم و عبوس
جواب سلام فاطی‌جان را داد و گفت:

-      چطوری فاطی؟ حالت خوبه؟

فاطی‌جان تکیه به دیوار زد، دستانش را روی سینه در هم گره کرد و
آرام گفت:

-      خوبم..... بدی نیستم.

رضا استکان چای را روی میز گذاشت، صندلی را به سمت خودش کشید
و پشت میز نشست. با لحنی کسل گفت:

-      خیلی خسته‌ام، فاطی!

فاطی‌جان بی‌تفاوت و ملایم گفت:

-      شاید خوب نخوابیدین!

رضا سری را تکان داد، نوک زبانش را بر لب زیرین کشید و گفت:

-      درسته فاطی.... دیشب تا حالا چشم رو هم نذاشتم. داشتم
می‌نوشتم. می‌دونی، عجله دارم این کتاب رو هر چه زودتر

تموم کنم و بعدش از این‌جا برم. برای همین دارم به خودم فشار میارم.

فاطی‌جان نگاهی عمیق به صورت رضا انداخت، تکیه از دیوار گرفت، کنارش نشست و مدتی به دست‌های رضا خیره ماند. سرانجام کف دستش را به‌آرامی روی دست رضا کشید و پرسید:

- با کدوم دست می‌نویسی؟

رضا دست راستش را جلو آورد و با تعجب گفت:

- با این....... چرا پرسیدی، فاطی!

فاطی‌جان دست او را میان دستانش گرفت و با نگاهی که آرامشی غیرواقعی در آن موج می‌زد و صدایی پر از حسرت و نجوا گفت:

- از خدا هم می‌نویسی؟!

رضا با نگاهی ژرف به چهره‌ی آرامِ فاطی‌جان، لحظه‌ای مکث کرد و با کمی تردید گفت:

- گاه‌گداری از خدا می‌نویسم..... اما نه همیشه.

فاطی‌جان با نگاهی گرم‌تر، سرشار از محبت، چشم در چشم او دوخت و با آهنگی نرم گفت:

- یعنی با قلمت خدا رو ستایش می‌کنی؟ درسته؟

رضا با کمی تأخیر گفت:

- نه فاطی، من خدا رو ستایش نمی‌کنم. چون خدایی وجود نداره، خداپرستان رو به چالش می‌کشم.

فاطی‌جان با نگرانی پرسید:

- من سواد ندارم. چالش یعنی چی؟ یه ذره ساده‌تر برام بگو. یعنی آخرش با این خدا، چه رفتاری می‌کنی؟!

رضا کمی خودش را جمع‌وجور کرد، رو به فاطی‌جان چرخید و گفت:

- ببین فاطی،...چه‌طور بگم. راستش، از نظر من خدا وجود نداره. خدا نیست.

رنگ از چهره‌ی فاطی‌جان پرید. نگاهش دودو زد، تنش لرزید. بی‌هیچ کلامی از رضا رو برگرداند و از جایش بلند شد، چند قدم به‌سمت آشپزخانه رفت، اما همان‌جا ایستاد، دوباره برگشت، و در حالی‌که لبانش می‌لرزید، گفت:

- من......من باید دستامو بشورم.

رضا با تعجب، ابروهایش را درهم کشید و گفت:

- چرا فاطی؟!

فاطی‌جان گفت:

- من....همین حالا دستی رو گرفتم که با قلمش نام و نگاه خدا رو پاک می‌کنه! با یک جهنمی دست دادم..... و این برام خوشی‌مَن نیست.

رضا سرش را کمی کج کرد و خیلی جدی پرسید:

- دست‌بردار فاطی، این حرفا چیه! بهشت و جهنم یعنی چی؟ تو فقط یه‌بار زندگی می‌کنی، نه بیشتر. بار دیگری در کار نیست. فقط زندگی کن....

فاطی‌جان یک دستش را روی دهانش گذاشت و با دست دیگر چشمانش را پوشاند و زمزمه‌کنان گفت:

- خداوندا گوش‌هامو سُرب بریز تا هیچ کلمه‌ی ضد تو را نشنوم.

فاطی‌جان مدتی در همان حال ماند؛ عین ناقوسی که بر زمین افتاده باشد و زنگی کش‌دار و بی‌قرار در فضا بپراکند، ناله‌ای زوزه‌مانند از گلویش بیرون می‌خزید و با پاهایی که به زمین چسبیده بودند، بالاتنه‌اش را در موج‌هایی نرم و پیوسته تکان می‌داد. رضا فقط نگاهش می‌کرد؛ انگار می‌ترسید اگر نزدیکش شود، فاطی جیغ بکشد و عمارت را بر سرشان خراب کند.

رضا از جا برخاست، لحظه‌ای دیگر به فاطی‌جان خیره ماند، بعد از آشپزخانه بیرون زد و به سوی خانه‌ی آن‌سوی عمارت رفت. رفتار و

حرکات فاطی‌جان سرشار از تعجب بود؛ هر چند رضا خوب می‌دانست که او زنی است به غایت خرافاتی. در حین راه رفتن، ذهنش برای لحظاتی درگیر این حالات غیر عادی شد، اما دست‌آخر با خستگی او را کنار زد، سری تکان داد و به راه خود ادامه داد. شاید با خودش فکر می‌کرد که بیش از اندازه درگیر آدم‌های این عمارت شده است. در همان لحظه دلش برای غربتی تنگ شد که همیشه در گوشه‌ی دلش آن را زیر سوال می‌برد، چند و چونش را به توبره می‌کشید و گاهی شکایتی گذرا از آن می‌کرد. از این‌که در مملکت خودش برای غربت دلتنگ شده بود، خنده‌اش گرفت. زیر لب گفت؛"انسان موجودی‌ست ناراضی. به هیچ چیز قناعت ندارد و در همه حال به پیرامونش سیخ می‌زند."
در آن روزها رضا سخت مشغول نوشتن پایان رمانش بود. در خواب و بیداری به آن می‌اندیشید و روزهای آخر کتاب را رقم می‌زد. شمسی را هم از آن‌جایی که درگیر این کتاب کرده بود، شب و روز بخش‌های زیادی از آن را تایپ می‌کرد و گاهی جمله‌ها و پاراگراف‌هایی ذهنش را به طرز عجیبی مشغول می‌کردند، طوری که احساس می‌کرد باید آن‌ها را به درستی درک کند. یک روز رو به رضا کرده و گفته بود؛"چرا این‌قدر فلسفی می‌نویسی؟! من از این تغییرات مداوم حال‌وروز شخصیت‌ها و دگردیسی فضای داستان سر درنمی‌آورم." رضا اگر لازم می‌دید توضیحی می‌داد؛ وگرنه چیزی سر هم می‌کرد و پی سوالات پی‌درپی شمسی را نمی‌گرفت. رضا دیگر حتی به مهین‌بانو هم اهمیت نمی‌داد. اگر سر میز غذا و یا به صورت اتفاقی با او روبه‌رو می‌شد، جملات کوتاه و بی‌اهمیتی میانشان شکل می‌گرفت؛ چنان که انگار هر دو با نادیده گرفتن خاطرات گذشته دیگر ارزشی برای هم قائل نبودند. در بیزاری و نفرت به هم می‌نگریستند؛ به مانند جنگی ناپیدا که شعله‌هایش شاید روزی زبانه می‌کشید. این سردی برای اطرافیان هم جذابیت خودش را از دست داده بود و دیگر کنجکاوی و یا هیجانی برنمی‌انگیخت.

رضا گاه آن‌چنان در نوشتن غرق می‌شد که روزها و شب‌های سپری شده را به طرزی جادویی میانِ سطرهای کتابش زنده می‌کرد. اغلب تراژدی‌های در زندگی‌اش را حالا در پیکره‌ای از خنده می‌دید و با بُهتی خاموش به آن‌ها می‌نگریست. با خود می‌گفت:"چطور می‌شود با سپری شدن زمان دردها خنده‌دار شوند!" گاهی درونش را تب‌وتابی می‌گرفت که شب در میانِ درختانِ باغ تک‌وتنها پرسه زند. اما باغ آرامش چند ماه پیش را نداشت. با این حال؛ او دست‌بردار نبود. در هر گوشه‌اش سرک می‌کشید و افکار و خیالاتِ جورواجوری ذهنش را می‌ربود. همه‌ی آن خیالات را روی کاغذ می‌ریخت؛ و همین‌که کلمات شکل می‌گرفتند، حسی از دل‌زدگی، حتی تنفر، نسبت به زندگی در وجودش جان می‌گرفت. آن بلندپروازی که زمانی وجودش را سرشار از قدرت می‌کرد و او را وامی‌داشت تا بی‌پروا به سوی ناشناخته‌ها قدم بردارد، دیگر در درونش جایی نداشت. اکنون از بازگشت به وطن حسی آمیخته به سرخوردگی در دل احساس می‌کرد؛ چنان پشیمان که گویی هرگز نباید به این سفر تن می‌داد. دلش با گام‌هایی که بر خاک دگرگون‌شده‌ی این سرزمین می‌نشست، هیچ هم‌نوایی نداشت. فکرش به واقعه‌ی کودتای سال ۲۸ بازمی‌گشت و همین‌که در روزهای پریشان، پر از خون و دربدری آن دوران تأمل می‌کرد، اندوهی سنگین و سرآسیمگی غریبانه‌ای وجودش را در چنگ می‌گرفت. چهره‌ی تک‌تکِ دوستان، فامیل و آدم‌هایی که حالا در قید حیاط نبودند، در برابر چشمانش رژه می‌رفتند و او درمانده و بی‌پناه، احساس می‌کرد دیگر دستش به هیچ جایی بند نیست. در پیاده‌روی‌های شبانه با موج خیالاتی که ناغافل سراغش می‌آمدند، گاهی نفسش را بند می‌آورد. آن‌وقت به درختی تکیه می‌داد و به نقطه‌ای کور زُل می‌زد. در آن حال به روشنی می‌دید که چه ماجراهای پرپیچ‌وخمی را پشت سر نهاده است.

گاهی یاد مادرش می‌افتاد؛ زنی که هیچ‌گاه درباره‌اش با کسی حرفی نزده بود و نمی‌خواست که هیچ کلمه‌ای از او به زبان بیاید. زمانی باور داشت که می‌تواند این زن را برای همیشه به فراموشی بسپارد، اما این توانایی را هرگز در خود ندید. در گذشته، هربار چهره‌اش به یادش می‌آمد بلافاصله آن را از ذهنش دور می‌کرد. اما حالا، در عمارت معتمد و در آن روزهای سرد که می‌رفت آسمان دست یخی‌اش را بر زمین بکشد، بیشتر از گذشته صورت مادرش در برابرش تجسم می‌شد. نمی‌دانست آیا هنوز از او متنفر است یا نه. اصلاً این تنفر از کجا نشأت می‌گرفت؟! چشمانش را که می‌بست، خودش را درست در شبی می‌دید که پدرش با سری بریده از اتاق بیرون آمده و فریاد زده بود:"کُشتمش. این عجوزه رو کُشتم. ببین رضا. خوب نگاه کن...این عجوزه هیچ‌وقت مادرت نبوده و نیست. اگر بشنوم یا ببینم اسمش رو بیاری، سرت رو بیخ‌تابیخ می‌برم." وقتی پلیس‌ها که آمدند و پدرش را بردند، خاله‌ی مادرش دوان‌دوان به خانه‌شان آمد، دست رضا را گرفت و برای همیشه او را پیش خود برد. اسمش خاله زری بود. خاله زری، همان شب میان وسایل‌های مادر رضا که تندتند می‌گشت یک گل سینه‌ی زمرد را از ته جعبه‌ی بزرگی که لباس‌ها و خرت و پرت‌های مادر در آن نگهداری می‌شد بیرون آورد. در حالی‌که اشک از چشمانش می‌ریخت،گفت:"بمریم برای سر بریده‌ات خاله، برای بخت سیاه و دل ریش‌ریشت دختر." رضا هیچ‌گاه نتوانست پی به راز این گل سینه ببرد و هیچ‌وقت از خاله زری هم در این‌باره چیزی نپرسید. حالا که فکرش را می‌کرد راز این گلِ سینه رو دلش سنگینی می‌کرد. ولی دستش از زمین و آسمان کوتاه بود و گل سینه را هم در چنگ نداشت.

در تنگِ غروبی دلگرفته، زارسلیم کنار اجاق آشپزخانه نشسته بود. پشتش به دیوار تکیه داده و دست‌هایش را روی زانوهایش گره زده بود. لب‌هایش آرام می‌جنبیدند، زمزمه‌ای غریبانه به زبان می‌آورد. با زبانی

که از اعصار کهن بر جا مانده بود. اما کسی نبود که گوش دهد. اگر هم بود یک کلمه از آن را نمی‌فهمید. سرش را عین پاندول ساعتی بزرگ به این‌سو و آن‌سو تکان می‌داد و با صدایی خَش‌دار هر از گاهی دست از زبان اعصار کهن می‌کشید و می‌گفت:" آقا....آقا...آقا کیانوش....تو نمی‌آیی؟"

بعد خنده‌ای خفه و تلخ از دهانش بیرون آمد و در سکوتی سنگین فرو رفت. به آرامی روی زمین نشست، ژرف و بی‌رمق، و نگاهش به نقطه‌ای کور دوخته شد. آب دهانش از گوشه‌ی لبانش روی پیراهن کثیف و چرکینش چکید. در آن وقت، لای در اتاق فاطی‌جان در انتهای آشپزخانه باز بود و صدای خِس‌خِس سینه‌ای، زارسلیم را از آن حالت کرخت و گنگ به درآورد. چشمان وق‌زده‌اش را به اطراف چرخاند، بلند شد و آن صدا را تا آستانه‌ی اتاق فاطی‌جان دنبال کرد. آهسته وارد شد. فاطی‌جان را دید که در برابر تکه‌ای گوشت روی زمین بر زانوانش تا شده بود و خواب او را ربوده بود. تکه گوشتی با شیارهایی عمیق بر صورت و تن، ناآرام بر طاقچه نشسته بود. زارسلیم مدتی به آن گوشت و حرکات عجیب دست‌هایش خیره ماند. نمی‌دانست آن تکه گوشت خدا است. و خدا محو در بدن تاشده‌ی فاطی‌جان، وسواس‌گونه با تنی لرزان و نفس-هایی ناتمام، در حال استمنا بود. زارسلیم عاقبت جلو رفت و تکه گوشت را از بالای طاقچه برداشت و به صورت کریه‌المنظر، گود و لرزانش عمیق نگریست. نگاهی دیگر به فاطی‌جان انداخت. خواب بود. سپس آن تکه گوشت با چشم‌هایی حفره‌ای و شکمی برآمده را در آغوش گرفت و با خود به میان باغ برد. هنوز چند قدمی برنداشته بودند که خدا با صدایی بیمارگونه و تلخ پرسید:

-    منو کجا می‌بری مرد بلوچ؟

زارسلیم بی‌آن‌که بایستد و یا جوابی بدهد خدا را محکم‌تر در آغوش فشرد؛ آن‌چنان که از درد به خود پیچید. با گام‌هایی مصمم در دل

درختان پیش رفت. نه زارسلیم می‌دانست کجا می‌رود، نه خدا. باغ با هر قدم، فراخ‌تر می‌شد و درختان در هم تنیده‌تر. همه چیز حسی رازآلود داشت. مارهای آسودمِ هنوز آن بالا، میان شاخه‌ها، بی‌حرکت آویزان بودند؛ بی‌صدا، همچون سایه‌ها. خدا کمی تقلا کرد تا خود را از آغوش پرتوان زارسلیم رها کند، اما بی‌فایده بود.

در همان هنگام فاطی‌جان از خواب پرید. در ابتدا نفهمید که خدا نیست. از حالت سجود بیرون آمد و با خستگی زیاد روی زمین دراز کشید. دستانش را روی سینه گذاشت؛ چنان می‌نمود که گویی دارد از درون غمی سنگین را جابه‌جا می‌کند، بی‌آن‌که توان برداشتن ذره‌ای از آن را داشته باشد. اما ناگهان گوش‌هایش تیز شد. حس کرد صدایی از خدا نمی‌آید. دلش ریخت. ترس برداشتش. فکر کرد خدا مُرده است. و همین تصور چنان در جانش دوید که دیگر جرأت نداشت چشمان لوچش را به سوی طاقچه برگرداند، طاقچه‌ای که خدا آنجا بود، یا شاید نبود. عاقبت ترسان و لرزان نیم‌خیز شد. زانوهایش را در آغوش‌گرفت و با تردیدی کودکانه، نیم‌رخش را رو به طاقچه گرداند. خدا نبود. ناگهان فریادی از ته جانش برخاست، ضجه‌ای چنان پرشور که انگار پرده‌های دلش را می‌درید. تو گویی دنیا یکباره برایش به انتها رسیده بود و هیچ دست نجاتی از آسمان یا زمین نمی‌آمد. فاطی‌جان با نگاهی درمانده و لب‌هایی لرزان، مدام زیر لب وِرد می‌خواند، پناه می‌خواست اما یقین داشت که مصیبت نازل شده؛ آن‌گونه که فقط دل خرافه‌باور یک زن می‌تواند به سقوط جهان ایمان بیاورد. فاطی‌جان زیر لب اورادی غریب زمزمه می‌کرد، واژه‌هایی سوزان که گویی از دل آتشی کهن سر برمی‌آوردند و بی‌هیچ درنگی بر دشت هر اندیشه‌ی هوشیار سایه می‌انداختند. زبانه‌های این نغمه‌ها، خشمگین و پرحرارت، میان اشک‌ها و شیون‌هایی که رنگ سیاوش‌کُشون گرفته بودند، سربرمی‌آوردند و تن خانه را به لرزه می‌انداختند. آن‌چه از دهان فاطی‌جان جاری می‌شد دیگر ناله‌ی یک زن

در گم شدن خدا نبود، بلکه نوایی بود که گویی از طبل و سنج اسطوره‌ها سال سوگ در گوش‌ها می‌پیچید. طبلی بزرگ، کوبنده و بی‌امان، که گویی از خاطره‌ی زنی برآمده بود که از مادران عزادار عصرها، زخم به تن دارد. شمسی آشفته‌مو، سراسیمه و هراسان به اتاق هجوم آورد. بی‌هیچ درنگی فاطی‌جان را در آغوش کشید و میان هق‌هق‌های بی‌امانش به دلداری پرداخت، بی‌آن‌که هنوز بداند چه اتفاقی رخ داده است. فاطی‌جان گویی از خاک این زمان کنده شده و به تبار سوگ‌سرایان دوران‌های گمشده پیوسته بود با چشمانی اشک‌بار به طاقچه‌ی خالی می‌نگریست و در گوش جانش، کوبه‌ی طبلی می‌کوبید که جز خودش کسی نمی‌شنید. او تنها در ذهنش پیکری را می‌دید؛ پیکری سپیدپوش، خسته از جهان، که به سوی گورستان خدایان مهجور روانه بود. گورستانی نه بر نقشه‌های این جهان که در حافظه‌ی نیاکان، جایی میان اسطوره و زوال. و آن‌گاه نوای سیاوش کُشان از اعماق قرون برخاست. دستان رنج‌کشیده‌ی فاطی‌جان که عمری را پای هیزم، و خدمتکاری و پخت‌وپز تلف کرده بودند، بی‌هوا به آسمان رفتند و سپس چون پُتکِ اندوه، بر سینه‌ی نحیفش فرود آمدند. بر سر کوفت، بر صورت کوفت، و هر ضربه‌اش پژواکی از رنجی کهن بود، از عصری که زن‌ها خدایان را با ضجه می‌گریاندند و گاه با شوری مست‌گونه و رقصی در پا، تَن‌ها و پستان‌هایشان را به خدایان هدیه می‌کردند. شمسی وحشت‌زده خواست دستانش را بگیرد اما چه سود؟ انگار همه‌ی قدرت نسل‌های خاموش، در بازوان فاطی‌جان حلول کرده بود. آن‌جا زن رنج‌دیده‌ای بود که به تنهایی تمام طایفه‌ی ناله و نفرین را در خود زنده کرده بود. شمسی در بُهت و حیرتی تلخ، مات و مبهوت به فاطی‌جان خیره مانده بود. لب‌هایش تکان نمی‌خوردند اما نگاهش، نگاه زنی بود که چیزی را می‌بیند و نمی‌فهمد، یا شاید نمی‌خواست بفهمد. عاقبت چاره را در آن دید که با فریادی بلند

رشته‌ی ضجه‌های فاطی‌جان را قطع کند. میان آن همه اشک و ناله، با صدایی که از دل برمی‌آمد اما رنگی از عقل در آن بود، گفت:

- چی شده فاطی؟ این همه گریه و زاری چیه؟ چی شده که این‌طور ضجه می‌زنی؟

فاطی‌جان در میان هق‌هق‌هایی که انگار سر ایستادن نداشتند، نفس‌بُر و پریشان گفت:

- خدا نیست. شمسی، خدا رو کسی دزدیده....... خدا اون بالا بود، رو طاقچه. مظلوم، بی‌صدا ولی همیشه بیدار. مراقبم بود.... درد دلم رو می‌شنید.....وسط عبادتم خسته شدم، پلک‌هام سنگین شد، خوابم برد.... وقتی بیدار شدم، دیدم خدا نیست. نیست، شمسی، خدا نیست شده......

شمسی مانده بود معطل. لحظه‌ای پلک بر هم زد. چیزی میان شفقت و تردید در دلش تکان خورد. گیج مانده بود. چگونه باید با زنی روبه‌رو می‌شد که دزدیدن خدا را باور کرده بود؟ نگاهش نرم، اما از درون پُر از تشویش بود. نه دلش می‌خواست فاطی‌جان را برنجاند، نه می‌توانست در این جنون خاموش شریک شود. نگاهش از آن نگاه‌ها بود. عاقل‌اندرسفیه و در همان حال، پر از ترسی بی‌نام از چیزی که شاید واقعاً گم شده بود. نه خدای روی طاقچه که نقطه اتکایی در جان یک زن. نمی‌دانست در برابر دزدیدن خدایی که او از آن می‌گفت چه واکنشی از خود نشان دهد. رضا در انتهای همان روز که کوفته از پرسه زدن در باغ به خانه‌ی آن-سوی عمارت برگشت، خسته و مانده از درخت‌هایی که سایه‌هایشان بر زمین افتاده بودند و هیچ‌گاه به آسمان نمی‌نگریستند، روی تخت دراز کشید و با یکی از آن خیالات نخ‌نما خوابش برد. آسمان را سراسر ابرهایی سنگین و سیاه پوشانده بود. به طوری که نور کمرنگ روز چین و چروک-های روی تنه‌ی روز را برجسته‌تر نشان می‌داد. هوا سرد بود و رو به تاریکی مطلق می‌رفت. در آن تنگ غروب یک‌ریز باران می‌بارید. انگار در

واپسین روزهای پاییز دریچه‌ی آسمان را گشوده بودند و فراموش کرده بودند که آن را ببندند. شمسی با کلاهِ گشادِ مردانه‌ای سراسیمه و دوان- دوان به خانه‌ی آن‌سوی عمارت آمد، رضا را بیدار کرد و گفت:

-     من و حکیم هر چه می‌گردیم زارسلیم رو پیدا نمی‌کنیم.

رضا مدتی به صورت خیس از باران و نگران شمسی خیره ماند و بعد از تخت پایین آمد و پرسید:

-     همه جای باغ رو گشتید؟

شمسی قطرات باران را از چهره‌اش زدود و گفت:

-     همه جا رفتیم. نیست. انگار بال درآورده، پر کشیده رفته!

رضا گفت:

-     حکیم کجاست؟

شمسی گفت:

-     اونم هنوز داره می‌گرده. رضا... خیلی می‌ترسم.

رضا برای لحظه‌ای دستی بر شانه‌ی او گذاشت و با دل انگشتانش آن را به آرامی فشرد و گفت:

-     بیا بریم. نباید وقت رو از دست بدیم.

آن‌ها خانه را ترک کردند و زیر بارانی سیل‌آسا به میان انبوه درختان زدند. چراغی انگلیسی در دست رضا بود و شمسی با ترسی بزرگ، چسبیده به بازوی او، چشم در تاریکی دوخته بود تا شاید نشانی از زارسلیم بیابد. رضا سرش را بیخ گوش شمسی آورد و گفت:

-     باید بریم تا عمق این درختا.

شمسی که ترس زبانش را بند آورده بود، فقط سر تکان داد و بی‌آن‌که بازوی رضا را رها کند همراه او به سوی اعماق باغ رفت. هر چه بیشتر پیش می‌رفتند، باغ دیگر باغ نبود؛ گویی به دل جنگلی بزرگ و درهم- تنیده پا گذاشته بودند با درختانی فشرده که تنه‌هایشان به هم چسبیده بود. آن‌ها نمی‌دانستند به کدام سوی این جنگل به غایت وسیع بروند.

در سکوتی که وحشت و ترس بر آن‌ها چیره کرده بود همه‌ی حواس‌شان را به جست‌وجوی نشانه‌ای از حکیم و زارسلیم سپرده بودند. رضا ایستاد و چراغ انگلیسی را در دل تاریکی گرفت. جز تنه‌ی درختان و شاخه‌های بی‌برگ چیزی دیده نمی‌شد. رضا گفت:

- مطمئنی حکیم اینجاست؟!

شمسی با صدایی که آشکارا می‌لرزید گفت:

- آره، خودش گفت که بیام دنبالت با هم بریم.

دقایقی دیگر در سکوتی سنگین پیش رفتند. صدای قدم‌هایشان در گلِ شل گم می‌شد، در شُرشُر بی‌امان باران، باز ایستادند و شمسی بی‌محابا فریاد زد:

- حکیم....حکیم، کجایی؟

پاسخی نیامد. فقط باران بود که بی‌وقفه بر خاک خیس و تن عریان درختان می‌بارید. دیگر هیچ. رضا و شمسی راهی برای بازگشت نمی‌دیدند. شاید هم از بازگشت هراس داشتند و پیش‌روی را غیر ممکن. ذهن‌شان درگیر گم‌گشتگان دیگر بود. زارسلیم و حکیم. به هر قیمیت شده می‌خواستند آن‌ها را بیابند. باران شدیدتر شد و هوا بوی مرطوبی غریب به خود گرفت. کم‌کم زیر پایشان از سفتی درآمد؛ زمین نرم می‌شد، پُف‌دار و نَم‌ناک. و بویی زننده، تند، گویی لاشه‌ای پوسیده در هزار توی جنگل دفن شده باشد، به مشامشان خورد. بادی هم اگر می‌وزید، از پس آن بوی تعفن برنمی‌آمد. شمسی ناگهان ایستاد. با چهره‌ای برافروخته از ترس و گلویی که بغض در آن فشرده بود در میان رعد و برق نالید:

- این بوی گند چیه؟ ما اینجا چی می‌خوایم؟ بیا برگردیم..... من می‌ترسم.....

رضا چراغ انگلیسی را بیشتر در تاریکی گرداند. شعاع نورش در مه گم شد. بعد گفت:

-   ما گم شده‌ایم. باید بریم....بیا، بیا از اینور....

شمسی خسته، ناتوان و آمیخته به امیدی مبهم خود را به دست راهی سپرد که از وحشت انتخاب شده بود. رضا دستش را گرفته بود، محکم، اما در هر قدمی که برمی‌داشتند گویی پا به جهانی دیگر می‌گذاشتند. صداهایی از دور شنیده می‌شد؛ نعره‌هایی خاموش، صدای جاندارانی غریب. صداهایی که در هیچ باغی، هیچ جایی از دنیای آشنا، نمی‌توانستند وجود داشته باشند. حیواناتی که گویی در خواب‌های پریشان زندگی می‌کردند. به یکباره رضا ایستاد. در میان آن همه صداهای جورواجور و غریب برای این‌که صدایش به شمسی برسد، دهانش را به گوش او نزدیک کرد و گفت:

-   این تپه‌ها و کوه‌های دور و نزدیک رو می‌بینی؟ این‌جا یه جنگله.... اما مثل این‌که یه جنگل معمولی نیست. انگار جنگلی پنهان در دل کوه‌هایی صعب‌العبور.... جایی که شاید روی هیچ نقشه‌ای نیست.

شمسی لرزید. با صدایی خفه گفت:

-   ما چطور سر از این‌جا درآوردیم!

رضا خواست چیزی بگوید، اما صدایی مهیب، چون شکستن استخوان‌های فراوان در اعماق زمین، او را در سکوتی مطلق فرو برد. صدایی که از همه طرف می‌آمد، از دل خاک، از درون درختان، از آسمان حتی. شمسی با چشمانی وحشت‌زده گفت:

-   این صدای چی بود؟!

رضا ناباورانه گفت:

-   مثل صدای شکستن استخوان بود......

شمسی با هراسی غریب فریاد زد:

-   منو نترسون! تو از کجا می‌دونی صدای استخوانه؟

پاسخی نیامد. فقط باران، طوفان، و همهمه‌ی حیواناتی که در دل جنگل، میان شیارهای تاریک درختان عظیم، در سایه‌های پیچ‌درپیچ، صدا می‌کردند. گویی زمین زنده شده بود و چیزی را می‌بلعید. نه رضا و نه شمسی دیگر کلامی نگفتند. خاموش، تنها با نفس‌هایی تند، با گام‌هایی سنگین، راه را ادامه دادند. هر قدم، گویی گام در کابوسی بود که مرز میان واقعیت و خیال را شکسته بود. درختان دورشان، خمیده و پیچیده، ریشه‌هایی داشتند که به جای خاک در مه فرو می‌رفتند. و صخره‌های بالای سرشان، چون جانورانی در کمین، خاموش ایستاده بودند. زیر بارانی که بوی خون گرفته بود، به اعماق جنگل پیش می‌رفتند. به جایی که دیگر نه رضا بود، نه شمسی؛ فقط اراده‌ای نامرئی آن‌ها را به درون خود می‌کشید. انگار آن‌ها همچنان در جستجوی یک آینه بودند که در آن تمام گمشدگان جهان را بیابند. اما غافل از این‌که همه‌ی آینه‌ها شکسته‌اند و هر قطعه‌شان، هر تکه‌ی کوچک در تاریکی به هزاران چشم تبدیل می‌شود که به آن‌ها می‌نگریستند. در این میان فاطی‌جان با پای برهنه از میانِ توده‌ای مه غلیظ به درآمد. فریاد می‌کشید و خدا را طلب می‌کرد. رضا و شمسی مانده بودند معطل؛ این‌که با فاطی‌جان و فریادهایی که از ته دل برمی‌کشید چکار کنند. موی خیس از باران، بر پیشانی‌اش چسبیده بود و صدایش چون زنِ مصیبت‌زده‌ای از افسانه‌های دور در فریادی بی‌زمان پیچید:

- زارسلیم کجایی؟ خدا رو برگردون ملعون، بشنو صدای منو، برگردونش...

صدایش میان درختانی که گرفتار رعد و باران بودند، پیچ‌خورد، ولی جوابی نیامد. فقط پژواک خودش بود که از لابه‌لای شاخه‌های خیس، با طعنه بازمی‌گشت. رضا و شمسی هنوز ساکت بودند. نفس فاطی‌جان بریده‌بریده و چشم‌های لوچش، همچون آینه‌ای که بغض را منعکس می‌کرد، برق می‌زد. کمی جلوتر رفت. ناگهان در نور لرزان چراغ

انگلیسی‌ای که در دست رضا بود، قامت زارسلیم پیدا شد. ایستاده بر لب گودالی تاریک، خیس از گِل و باران، در آغوشش پیکری خسته، زخمی و بی‌حرکت؛ خدا بود. زارسلیم با چشمانی درخشان از جنون، لبخندی هذیانی بر لب داشت. او با زبانی صحبت می‌کرد که کسی سر از آن درنمی‌آورد. برای آن‌ها کاملاً نامهفوم بود و فاطی‌جان را بیشتر به بی‌قراری و ناشکیبایی می‌کشاند. دور دهان زارسلیم از آن همه هذیان و پریشان‌گویی کف کرده بود. خسته از روزگاران کهنه بود و خسته از دردی که انگار سال‌ها در دل نهان کرده بود و اکنون با خدایی که در آغوش گرفته و حرکاتی دیوانه‌وار، زه هر بندی را می‌خواست پاره کند. در نگاه رضا همه چیز معنای خود را از دست داده بود و آبی تبدیل به خاکستری شده بود تا بر خرابه‌های بی‌معنایی، قرمز، به رنگی که نمی‌توان نامی بر آن گذاشت، معنایی جدید خلق شود. درختان در باد رقصان بودند، هر برگ نگاهی که از آن‌ها بر زمین می‌افتاد، نغمه‌ای از زمان‌های دور را زمزمه می‌کرد، همان‌هایی که به گوش انسان نمی‌رسند، زیرا او در دنیایی زندگی می‌کند که هیچ چیز نمی‌داند چرا به وجود آمده اما همچنان در تلاش است که از درون تاریکی‌ها شعله‌ای به دست آورد. هر قدمی که برمی‌دارد زمین زیر پاهایش به یک دریای بی‌انتهای سراب می‌شود؛ جایی که او خود را می‌بیند، اما نمی‌تواند لمس کند. شاید هیچ‌گاه این راه به پایان نرسد، زیرا او در زمان است نه زمان در او. همه چیز همچون کلماتی هستند که در میان باد پراکنده شده‌اند؛ بی‌معنی، بی‌ریشه، و بی‌لحظه‌ای برای تمام شدن.

زارسلیم نگاهی به چهره‌ی بی‌رمق خدا انداخت و بعد چشمان دیوانه‌وارش را به عمق گودالی که انتهایش پیدا نبود دوخت. فاطی‌جان انگار دستش را خوانده باشد به سمتش دوید. خواست به سمت گودال برود. خواست دست ببرد و خدا را بازگیرد. اما به یکباره پاهایش، آن پاهای رنج‌دیده، میخ شدند به زمین. نگاهش فرو رفت در جسم خیس و بی‌

رمقی که زارسلیم در آغوش داشت. یادش آمد تمام سال‌هایی که زیر پله‌ی سرسرای این عمارت خوابیده بود. تمام روزهایی که در تنهایی و ترس و با انگشتان ترک‌خورده از کارهای سخت به دل هوای اطرافش خطی از امید به پناهی بزرگ کشیده بود. شب‌هایی که در سکوت با چشم‌هایی پُر از اشک دعا کرده بود اما هیچ جوابی نیامده بود. بالاتنه‌اش از یادآوری این همه رنج و درد تکان‌تکان خورد. دستانش را خواست رو به خدا بگیرد اما با انبوه رنج و عبث در اندیشه فرو افتادند.

حکیم پشت درختی ایستاده بود. خاموش. گویی از آمدن همچنین روزی شُکه شده باشد. چشم‌هایش قرمز شده بودند و نگاهش میان رضا و فاطی‌جان و زارسلیم سرگردان بود. به یکباره چیزی در درونش شکست اما صدایش نیامد. ولی خم به ابرو آورد و لبش را گزید. او این خدا را آن خدایی که از طفولیت به گوشش فرو کرده بودند توفیر داشت.

رضا هنوز کنار شمسی ایستاده بود. دهانش خشک بود و نور چراغ انگلیسی در دستش انگار کور شده بود، شعاعش کوتاه و لرزان بود. اما رضا نمی‌توانست پلک بزند. در ذهنش تمام کلماتی که عمرش را صرف نوشتن‌شان کرده بود، صف کشیده بودند:"خدا نیست، ما او را آفریدیم تا نترسیم....با چراغی روشن و مدرن باید به جنگ تاریکی رفت." شمسی دلِ دستانش به ذق‌ذق و لرزه افتاده بودند. صدای ریزش خاک میان باران همچون ضرب‌آهنگ ضمیری بود که جایی در جان بشر فراموش شده بود. نفس کشید. هوا بوی گند تاریخ می‌داد. زارسلیم در حالی‌که خدا را روی دستانش بلند کرده بود، دوباره صدایش برخاست، تیز و بریده‌بریده، شبیه ضجه‌ای ناشی از شادی دیوانگان:

-   ببین فاطی، چقدر سبک شده! انگار دیگه حتی نفس نمی‌کشه. این رو باید خاک کنیم. خاک کنیم، خاک کنیم......

صدایش میان درختان و رعد و طوفان پیچید و تَن‌های شمسی و فاطی-جان را لرزاند. تو گویی زنانی که در اعماق تاریک خدا را آفریده بودند

اکنون مورد پرسش واقع شده بودند اما قادر به گفتن هیچ کلمه‌ای نبودند. فاطی‌جان با فروافتادن بر زانوانش به گودال نزدیک شد. قطرات باران روی صورتش می‌لغزیدند و با اشک‌هایی که حالا دیگر برای پرستش نبودند، قاطی شده بودند. نگاهی کرد به خدا، به آن جسم کوچک، زشت، ناتوان و بی‌اراده از نگهداشتن گُه و ادرار و کثافتش. و بعد با صدایی گرفته، خسته و لرزان گفت:

- دلم به حالش می‌سوزه، شاید، شاید ما زیادی دوستش داشتیم،..... زیادی باورش کردیم،..... زیادی عبادتش کردیم و زیادی به درگاهش آویزان شدیم.... شاید باید بذاریمش تا برای همیشه بخوابه و این خیر و شر یکجا دفن بشه.

زارسلیم ناگهان شروع به چرخیدن کرد، با خدا در بغل، خیس و گِل‌آلود می‌رقصید، می‌چرخید، پای کوبید و گِل به آسمان پاشید:

- دفنش می‌کنیم، دفنش می‌کنیم! تا دیگه نگه؛ ببخش یا صبر کن یا قسمت این بوده!

خنده‌اش برید. ناگهان ایستاد. با نگاه خیره‌ای به درختان اطراف گفت:

- ببین، ببین رضا! اون‌جا...اون‌جا یه پلک داره که بازه....داره ما رو نگاه می‌کنه! نخند...نخند... اون هنوز زنده‌ست! نذار نگاه کنه...نذار...

زارسلیم به یک حرکت خدا را درون گودال انداخت، خنده‌اش مثل اره‌ای در هوا پیچید و جهان ناباورانه فریادی بلند سر داد. و آن‌گاه بی‌آنکه کسی چیزی بگوید، فاطی‌جان مُشت اول خاک را برداشت و بعد مشت دوم را شمسی با لرزیدن دستانش برداشت و رضا چشم‌هایش را بست تا برای این لحظه از درون شادمانی‌اش را سبک سنگین کند. حکیم اما همچنان ایستاده بود و در بُهت و ناباوری به آن چیزی که می‌دید خیره شده بود. و زارسلیم همچون کودکی بازیگوش، با خنده خاک را بر سر خدا ریخت. رضا به کلماتی می‌اندیشید که در طول این سال‌ها با آن‌ها

خدا را منکر شده بود. شمسی به سختی قدم برداشت. نگاهی به فاطی-
جان انداخت بعد به گودال نزدیک شد و دوباره مشتی از خاک را برداشت
و بر خدا ریخت. اما به این هم قناعت نکرد و بر زانوانش افتاد و با کف
دستانش خاک را بر پیکر نحیف خدا روانه کرد. انگار می‌خواست هر چه
زودتر از شر آن خلاص شود.

در آن لحظه در دل جنگلی که مه و خاکستر در آن آمیخته بود، تنبور،
آهسته و لرزان نواخته شد. صدایش همچون ناله‌ی جان‌هایی بود که
قرن‌ها در برابر آسمان بی‌پاسخ زانو زده بودند. زخمه‌های نخستین، نه
پر شور، که پر از اشک بودند؛ زخمه‌هایی که انگار خودشان نیز نمی-
دانستند باید عزادار باشند یا آزاد.

هم‌زمان که زارسلیم و رضا و شمسی با فروریختن مُشت مُشت خاک
بر پیکر خاموش خدا روانه می‌ریختند، صدای تنبور اوج گرفت. صدایی
زخمی، اما بی‌خشم؛ مثل کسی که با عشق کسی را ترک می‌کند که
سال‌ها به او تکیه داده بود اما دیگر نمی‌تواند با دروغش زندگی کند. در
آن لحظه، تنبور نه سازی موسیقایی که زبان اجداد بود؛ واژه‌ای که به
زبان نیامده اما هزار نسل در خود گریسته بود. هر نت انگار تلنگری بود
بر دل آدمی. "آیا او مرد؟ یا تو بزرگ شدی؟" و وقتی خاک آرام‌آرام
تمام پیکر خدا را پوشاند، تنبور ضربی نواخت. ضربی که نه به شادی نه
به سوگ، بلکه به حیرت شبیه بود. انگار انسان پس از قرن‌ها با دستان
خود مسئوولیت آسمان را به زمین بازگردانده بود. و حالا هیچ‌کس نمی-
گریست. تنها صدای تنبور بود که همچون بادی در قبرستان خدایان
می‌پیچید؛ نه برای مرده، بلکه برای آن‌که زنده مانده بود.

۱۷

در عصری که سرمایی سوزناک تا عمق استخوان نفوذ می‌کرد و لرزه به دندان‌ها می‌انداخت، حاشیه‌ی رودخانه‌ی کوچک آن‌سوی عمارت، با لایه‌هایِ نازکِ کریستال‌های یخ پوشیده شده بود. عمارتی که در رنگ و بوی فرسودگی و زوال تدریجی دست و پا می‌زد. و با عبور هر از گاه کلاغی سمج در آسمان همیشه خاکستری‌اش، دایره‌ی تنهاییِ انسانی که بر ویرانه‌های خود مبهوت مانده و انگشت اتهام به سوی دیگری دراز کرده، یادِ نقاشی آخری که نقاشِ مشهور هرگز نتوانست آن را بکشد در اندیشه‌ای کدر شده جولان می‌داد.

دو مرد در حالی‌که یقه‌ی پالتوهایشان را بالا کشیده بودند و گرم گفت‌وگویی مهم به نظر می‌رسیدند از در عمارت بیرون آمدند. حکیم با بی‌میلی در را برایشان گشوده بود و آن‌ها چنان‌که گویی از کنار شیئی بی‌اهمیت عبور می‌کنند، حتی نیم‌نگاهی هم به او نیانداختند. در زیر بغل یکی از آن دو مرد که سن و سالش به میانسالگی قد می‌داد، دفتری بزرگ دیده می‌شد، از همان‌ها که در دفترخانه‌های رسمی به کار می‌رود. آن‌ها همین‌که مقداری از در عمارت پیش رفتند، حکیم نگاه بی‌تفاوتش را از پشت سرشان برگرفت و با قدم‌هایی که زیاد جدی نمی‌نمودند به سوی اصطبل رفت. آن روزها مهین‌بانو مدام به او گوشزد می‌کرد که حواسش به اسب‌ها باشد، به‌ویژه آن اسبی که به کیانوش تعلق داشت و حالا عزیزدردانه‌اش شده بود. همین موضوع حالِ رضا و شمسی را به هم می‌ریخت؛ اما هر دو می‌کوشیدند به آن فکر نکنند و هیچ‌گاه صحبتی ازش به میان نیاورند. حالا اما همگی گِردِ میهن‌بانو نشسته بودند و در سکوتی سنگین چای می‌نوشیدند. شمسی نگاهش به نقطه‌ای کور روی زمین دوخته شده بود. انگار در دنیایی دیگر سیر می‌کرد. مهین‌بانو با

کنار زدن چند برگ کاغذ، پاکت سیگار وینستون را از کشوی کمدِ گوشه‌ی اتاق بیرون آورد و با روشن کردن نخ سیگاری، در افکاری عمیق فرو رفت. رضا اما نگاهش هنوز بر تکه‌ای کاغذ مُهروموم شده می‌لغزید و برای چندمین‌بار داشت آن را مرور می‌کرد. حالتش چنان بود که انگار نمی‌توانست به مُفاد آن باور داشته باشد. مدتی در همان حال گذشت. مهین‌بانو با روشن کردن نخ دوم از همان پاکت گوش به صداهای خاموش گذشته سپرده بود. گذشته‌ای که دیگر در چنگ نداشت و خود را در ورطه‌ای می‌دید که در خواب نیز باورش نمی‌آمد. رضا کاغذ مُهروموم شده را روی زانویش نگه داشته بود، اما دیگر آن را نمی‌خواند. فقط خیره به روبه‌رو می‌نگریست، مثل کسی که متنِ تقدیرش را یک بار برای همیشه خوانده باشد.

شمسی آهی کشید. نه از غم، نه از خشم که انگار فقط برای شکستن آن سکوت خفه کننده. تمام تلاشش را هم به کار می‌برد که نگاهش با نگاه مهین‌بانو تلاقی نکند. این عادتی شده بود که از درون برزخیِ ذهنش انگار شعله می‌کشید و گویی راه حلی برایش وجود نداشت. مهین‌بانو با چشمانی قرمز که معلوم بود که آن روزها درست و درمان خواب به چشمش نمی‌آمد، یکباره گفت:

- تو چرا هیچی نمی‌گی شمسی؟ انگار نه انگار تکه‌تکه‌مون کردن. ناسلامتی تو هم دختر این خونه‌ای.

شمسی پلک نزد. بی‌آن‌که سر بلند کند، آرام گفت:

- گفتنی‌ای نیست. سهممون همین بوده... از اولش.

کمی سکوت کرد و با اکره گردنش را به سمت مهین‌بانو گرفت و با لحنی که بلوغ و تجربه‌ای نورس در آن موج می‌زد گفت:

- چرا وقتی می‌خوای کنترلم کنی و یا سر اینگونه مسائل بی‌اهمیت، به یکباره من دختر این خونه میشم؟!

مهین‌بانو صدا را بلند کرد، زخمی و از تهِ دل:

- سهمِ؟!...سهمِ ما اینه که مثل مهمون ناخوانده از خونه‌مون پرتمون کنن بیرون؟ که اون دختر بی‌چشم و رو همه‌ی دارونداد معمتد رو صاحب بشه و تو سرتو بندازی پایین؟! ...این کنترل شدی اینجوری از آب دراومدی. اگه کنترل نمی‌شدی چی می‌شدی!

شمسی لب‌هایش را جمع کرد. صدایش صاف و بی‌لرز بر جان اتاق نشست:

- نه دنبال حجره‌م، نه عمارت. از اون روزی که فهمیدم که اون مَرد توی صیغه‌نامه اسممو نوشته حسابِ خودم رو جدا دونستم. حالا هم هر چی هستم همینه که می‌بینی...

مهین‌بانو سیگارش را با غیظ و خشمی پنهان در خاکستر خاموش کرد. صدایش می‌لرزید؛ خشم در رگ‌های کلماتش می‌دوید:

- حساب جدا؟ تو دختر معتمدی. همونقدر که اون یکیه. حالا نشستی اینجا مثل سنگ، مثل سایه... نه چیزی میگی، نه چیزی می‌خوای... انگار تو رو اصلاً به این دنیا دعوت نکردن!

شمسی که سرش را به طرفی دیگر گرفته بود در ته آن چشم‌های آرام چیزی غریب موج می‌زد:

- بعضی‌هامون توی این عمارت کوفتی مهمونیم مهین...از اول نه دیوار برامونه، نه سقف و نه حتی اسمی روی در.

میهن‌بانو که نمی‌توانست طغیان نگاهش را مهار کند با نیشخند تلخی گفت:

- می‌بینم نشست و برخاست با بعضیا تو رو شاعر کرده. ولی این فکرها، این نگاه‌های روشنفکرمآبانه نون و آب نمیشن. همه‌اش تباهی و دروغه.

این را که گفت سرش تیز چرخاند به سمت رضا و گفت:

- بی‌چشم‌ورویی این دختر، بی‌خیالیش نسبت به اموالی که حقشه، تقصیر توئه.

رضا اما نه به میهن‌بانو نگاهی انداخت، نه به شمسی. حتی درگیری لفظی‌شان برایش اهمیتی نداشت. ذهنش جای دیگری پرسه می‌زد. زمانی گفته بود:"مالکیت باید از بین برود. انسان با مالکیت، طبیعت و انسانیت را تباه می‌کند."

اکنون باز به این فکر افتاده بود که گرفتن حق امر دیگری‌ست. انسان باید حق زندگی داشته باشد؛ با آگاهی از آنچه دارد و ندارد. با این حال باز هم هدف تهمت‌های مهین‌بانو قرار گرفته بود. اما خودش را نباخت. دلش با رؤیایی تازه گرم بود؛ آن روزی که چمدانش را ببندد و از این عمارت و خاطراتش دل بکند. این شده بود بزرگ‌ترین دلخوشی‌اش. همان‌طور که نشسته بود، دولا شد، آرنج‌هایش را بر زانوانش تیکه داد و گفت:

- تو نباید کوتاه بیایی. این خانم ...همین پوران....حتی زحمت نداد بیاد رودرو باهات حرف بزنه. قانون رو فرستاده سراغت. قانونی که همیشه پشت قدرتمنده.

شمسی با بغضی که گلویش را می‌فشرد، زمزمه کرد:

- حتی سراغی هم از کیانوش نگرفت.....

مهین‌بانو سرش را با تندی تکان داد:

الآن وقتِ حرف زدن از کیانوش نیست. داریم زیر دست و پای پوران له می‌شیم...

لحظه‌ای سکوت کرد، بعد لبان چین‌دار و خشکش را گزید و با چشم‌هایی تنگ‌شده ادامه داد:

- البته این حماقت و لجاجت کار معتمد بود. اون تاجر بی‌احساسی که جز پول و زن و شهرت چیزی تو ذهنش جولان

نمی‌داد. مرتیکه‌ی گوربه‌گور شده.....حالا پوران داره وصیت پدرش رو سروسامون می‌ده.

رضا و شمسی به صورت برافروخته و خشمگین مهین‌بانو خیره ماندند. اما هیچی نگفتند. همه چیز روشن بود.

آن روز دو مرد از دفترخانه‌ای آمده بودند؛ گفتند معتمد در زمان حیاتش دار و ندارش را به پوران داده و حالا عمارت به فروش گذاشته شده. اهالی باید جایی دیگر برای خود پیدا کنند. مهین‌بانو از قبل می‌دانست؛ پوران بالاخره روزی به سراغش خواهد آمد. اما نه به این زودی. پیش از آمدن آن دو مرد، در سرمایی کرخ کننده و تلخ، مهین‌بانو به آلاچیق رفته بود. به درختان باغ خیره شده بود. خاطرات گذشته، چون برگ‌های زرد از ذهنش می‌ریختند. دیگر آنقدر سن کرده بود که به تجربه‌ها نیاندیشد. خودش را در مسیر خودویرانی رها کرده بود. رضا برایش خاطره‌ای دور شده بود اما هنوز زخم‌هایی پنهان وجود داشت که التیام نیافته بودند. سرش را به آسمان گرفت. بادی سرد چشم‌هایش را تنگ کرد. یاد روزی افتاد که رضا را برای دومین‌بار در یکی از قدیمی‌ترین خیابان‌های تهران دید...

نبش لاله‌زار، اردیبهشتی نیمه‌ابری بود. آفتاب میان ابرها بازی می‌کرد، گاه می‌درخشید، گاه در پناهی ناپیدا فرو می‌رفت. هوا بوی شکوفه‌های دیررس را داشت و خیابان پر از جنب‌وجوش بود؛ صدای چرخ بستنی‌فروش، آوای دوردست فروشنده‌ای که قرص نان سنگک در دست داشت، خنده‌ی دخترکانی که نگاه پسرها را زیرجُلکی می‌دزدیدند و همهمه‌ی مردمی که برای تماشای فیلمی تازه صف بسته بودند. همه چیز انگار در لحظه‌ای از زندگی مکث کرده بود. اما دلِ مهین‌بانو مکث نداشت، تپش داشت، نگران بود. آن‌سوی خیابان مردم با گام‌هایی آرام به سویی نامعلوم می‌رفتند اما او هنوز نمی‌دانست که رضا از کدام سو خواهد آمد. مردم یکی‌یکی به او نگاه می‌کردند. ژاکتی سفید بر تن داشت با دامنی کوتاه

از ابریشم که طرحی کم‌رنگ از شقایق در کنارش می‌رقصید. لب‌هایی آراسته و گونه‌هایی که رنگ شرم و دلواپسی بر آن نشسته بود. ایستاده بود؛ بی‌هیچ حرکت، بی‌هیچ سخنی. گویی از جنس همین پیاده‌رو نبود. پاشنه‌ی کفشش را آرام بر زمین می‌کوبید؛ محکم و لرزان نبود، بلکه با وقاری که فقط زنان بسیار دیده و بسیار سوخته دارند. اما واقعیت این بود که او هنوز جوان بود و در ابتدای راه زندگی قرار داشت؛ نه بسیار دیده بود و نه در زندگی جِر خورده بود. مردم به زیبایی و آراستگی بیش از حدش خیره شده بودند. اما هیچ‌کس نمی‌دانست زیر آن ظاهر شکیل، قلبی می‌تپد که هنوز رضا را باور نکرده بود؛ هنوز نمی‌دانست این مرد راه است یا دره؟ نجات است یا شکست؟

در همین گیرودار، صدای مردی حرکت پاشنه‌ی کفشش را متوقف کرد. سرش را که به آرامی بلند کرد، رضا را در برابر خود دید. گونه‌هایش به سرعت سرخ شد، دستپاچه شد و نمی‌دانست که چه بگوید. رضا با نیم‌-خندی که نگاه سمجش را از لب‌ها و گونه‌های او برنمی‌داشت، گفت:

- چطوری مهین؟ خیلی وقته وایسادی؟ ببخش که دیر کردم.

مهین‌بانو زیر لب سلامی کرد، اما نگاهش را نمی‌توانست بر نقطه‌ای ثابت نگه دارد. رضا پرسید:

- جایی رو نشون کردی که بشینیم و گلویی تازه کنیم؟

مهین‌بانو کوتاه گفت:

- نه.

انگار این تنها واژه‌ای بود که در آن لحظه توان گفتنش را داشت. رضا شانه‌ای بالا انداخت و با لحن همیشگی‌اش که میان شوخی و جدی معلق می‌ماند، گفت:

- بریم کافه نادری. چون بعدش هم اونجا یه قراری دارم.

در کنار هم راه افتادند. مهین‌بانو سرش پایین بود و رضا با تبسمی که همیشه زمان می‌برد تا از چهره‌اش محو شود، بی‌تکلف و رها از هر قید و بندی دست در جیب شلوارش فرو برد و گفت:

- تا حالا پات به کافه نادری خورده؟

مهین‌بانو با حالتی دلخور و انگار در وضعیتی ناخواسته گرفتار شده، آهسته قدم می‌زد. هنوز نمی‌دانست سوال‌های رضا از سر کنایه است یا عادتش همین‌طوری است. با ابروهایی درهم کشیده گفت:

- خیلی وقت پیش یه بار با هوشنگ رفتم. جای زیاد دلچسبی نبود.

رضا در حالی‌که گره کراواتش را کمی شُل می‌کرد، گفت:

- این وقت روز کافه تقریبا خالیه. راحت میشه حرف زد.

مهین‌بانو حس خوبی نداشت. بی‌تابی درونش کم‌کم داشت بر صورتش نمایان می‌شد. شب پیش از خوشحالی خوابش نبرده بود اما حالا با سری پایین افتاده و لبانی نیمه‌باز که گره درونش را فاش می‌کرد، درگیر ذهنی پر از تردید و سرزنش بود. اما آن لب‌ها برای رضا معنایی دیگر داشت؛ نشانه‌ای از خواستن، از میل، از تملک.

رضا چند سالی از هوشنگ، برادر مهین‌بانو، کوچک‌تر بود. روزنامه‌نگاری بود که به هر دری می‌زد تا اسم‌ورسمی دست‌وپا کند، و دوستی با هوشنگ این مسیر را برایش هموارتر کرده بود.

مدتی پیش‌تر از این دیدار، مهین‌بانو همراه با مادرش هلن در حیاط خانه‌شان در شمیران نشسته بودند که هوشنگ با رضا وارد شد و گفت:

- مادر، این دوستم رضا نغمه‌ست. تازه از فرنگ برگشته. ولی زیاد بهش رو نده، چونه‌ش گرم بشه، سر درد می‌گیری!

هلن خندید و با صمیمیتی بی‌تکلف رضا را پذیرفت. در آن لحظه، رضا هنگام خوش‌وبش با هلن، نگاهش حتی لحظه‌ای به مهین‌بانو نیافتاد. اما

وقتی رو به او برگشت و دستش را فشرد، عمیق در چشمانش خیره شد
و گفت:

-       فکر نمی‌کردم هوشنگ خواهری به این خوشگلی داشته باشه!
مهین‌بانو سعی کرد مستقیم به چشمانش نگاه کند و با تبسمی زورکی
تشکر کرد. سپس روی صندلی لم داد و تا آخر چیزی نگفت.

هلن با آن چشمان تیزبین و موهایی که از بوری به سفیدی می‌زد،
مجذوب هیجان و پرگوییِ رضا شده بود. گه‌گاهی آن‌چه به ذهنش می‌-
رسید، بی‌پرده به زبان می‌آورد. اما با بالا گرفتن بحث‌های سیاسی میان
هوشنگ و رضا کم‌کم سکوت اختیار کرد، به صندلی تکیه داد و دیگر به
جز از چیزهای پراکنده لب وانکرد.

آن روز، هوشنگ با حرارتی خاص از دکتر مصدق، نخست‌وزیر وقت،
سخت جانبداری می‌کرد. رضا اما با گوشه و کنایه و گاهی پراندن واژه‌ای
انگلیسی که چندبار مهین‌بانو را به خنده وامی‌داشت، مصدق را مردی
ابله، بیمار و پریشان‌احوال می‌دانست. معتقد بود هر نخست‌وزیری که
شاه انتخاب کند یکی دوتا تخته‌اش کم است! این نیش و کنایه‌های رضا
نسبت به دکتر مصدق، هوشنگ را از کوره به دَر می‌برد. هوشنگ آشکارا
از شاه بد می‌گفت و او را دست‌نشانده‌ی غرب می‌دانست. در مقابل، رضا،
شاه را دیکتاتوری آگاه می‌نامید و باور داشت که دیکتاتورها آدم‌های
بسیار باهوشی‌اند. هوشنگ درحالی‌که عمیق به حرف‌ها و کنایه‌های رضا
گوش می‌داد، بی‌وقفه سیگار هم می‌کشید. پیش از بیان هر نکته‌ای،
چشمانش را کمی تنگ می‌کرد و بعد به آرامی و شمرده‌شمرده شروع
به صحبت می‌کرد.

در آن زمان، هوشنگ ستوان دوم ارتش بود. یک سالی از مرگ همسرش
"لیلی" گذشته بود و پسرشان علی دوساله و نیمه بود. اغلب هوشنگ و
رضا در متینگ‌های سیاسی مختلف شرکت می‌کردند. بیشتر متن
سخنرانی‌های هوشنگ را رضا می‌نوشت. گرچه همیشه بر سر محتوا با

هم درگیر می‌شدند، چون رضا نظراتی را وارد متن می‌کرد که با باورهای هوشنگ هم‌خوانی نداشت و این مسئله هوشنگ را عصبی می‌کرد. با این حال، چون آن دو را همواره در محافل عمومی کنار هم می‌دیدند، کمتر کسی از این اختلاف‌نظرها باخبر بود. اما گویا با تمام فراز و فرودهای رابطه‌شان تصمیمی برای متارکه‌ی دوستی نداشتند. همچنان به قول رضا،"با عناوین مختلف، رژیم سلطنتی را انگولک می‌کردند."

با توجه به درگیری‌های سیاسی آن روزگار و نقش فعالی که هوشنگ برای خود در این عرصه پدید آورده بود، عملاً از نگهداری پسرش علی عاجز مانده بود. به همین خاطر، او را نزد هلن و میهن‌بانو گذاشته بود و خود همچنان در همان آپارتمانی زندگی می‌کرد که پس از ازدواج با لیلی، چند سال زندگی مشترکشان را در آن سپری کرده بودند. انگار دل کندن از آن خانه برایش آسان نبود؛ نمی‌خواست به این زودی از خاطرات خوب و بدی که با لیلی داشت، فاصله بگیرد.

گاه آنقدر دیر به خانه‌ی مادرش می‌رفت که علی خوابیده بود و او تنها می‌توانست در سکوت بالای سرش بایستد و با نیم‌خندی تلخ به صورت خواب رفته‌اش خیره بماند. آن روزها برای هوشنگ، تلخ و عبوس بودند.

یاد لیلی هنوز آزرده‌اش می‌کرد؛ همسری که همیشه با دیده‌ی شک به او می‌نگریست و به باورها و اهدافش ارزشی قائل نبود. همین نگاه، فاصله‌ای میانشان انداخته بود که روزبه‌روز ژرف‌تر می‌شد.

لیلی مریضی لاعلاجی داشت و همچون هر مادر دل‌نگرانی، همه‌ی فکر و ذکرش پیش تنها فرزندش، علی بود. همیشه نگران این بود که پس از مرگش چه بر سر پسرش خواهد آمد. وقتی بیماری‌اش شدت گرفت، از هوشنگ جدا شده بود و همراه علی دوران نقاهتش را در خانه‌ی پدری سپری می‌کرد. هرگز در ذهنش نمی‌گنجید که روزی سرپرستی کامل علی به هوشنگ واگذار شود؛ این چیزی نبود که می‌خواست یا حتی به آن اطمینان داشته باشد. گاه‌گاهی، احساس می‌کرد درگیر افکار صدتا

یک غاز شده، و این افکار، حالش را از پیش هم بدتر می‌کرد. اما درست در همان روزهای آخر زندگی‌اش بود که به هوشنگ گفت:

-   خوشحالم علی تو رو داره. پسرمون تنها نیست.

همه می‌دانستند که هوشنگ، نظامی‌ای با افکاری چپ‌گرا و ضد سلطنت است. در خفا با برخی از نیروهای سیاسی مخالف شاه همکاری نزدیکی داشت. ساواک دو بار او را دستگیر کرده بود، اما هر دو بار با پادرمیانی و دستور مافوق خود از دادگاه و زندان و تبعید رهایی یافته بود. رازی که کمتر کسی از آن باخبر بود.

خانواده‌ی لیلی نیز دل‌خوشی از هوشنگ نداشتند. او را مردی سنگدل می‌دانستند که کسی از کاروبارش سر درنمی‌آورد و همواره در گوش دخترشان پچ‌پچ می‌کردند که: "این مرد با آن نگاه سردش، پدر خوبی برای بچه‌ات نخواهد بود."

در آن وقت روز، کافه نادری خلوت بود. مهین‌بانو، شَق و رق و با چهره‌ای توهم‌رفته، پیش از رضا وارد شد و به سوی انتهای کافه قدم برداشت. رضا مکثی کرد، بعد به دنبالش روانه شد. پشت میزی چهارنفره در سه کُنج کافه نشستند. مهین‌بانو پا روی پا انداخت و انگار تکیه زدن به میز برایش نوعی اجبار بود، نیشخندی گوشه‌ی لبش نشست. رضا با ابروهای تابه‌تا که صورتش را اندکی متفاوت‌تر از همیشه نشان می‌داد آرنج‌هایش را لب میز گذاشت و پرسید:

-   چای یا قهوه؟

مهین‌بانو بی‌درنگ گفت:

-   قهوه لطفاً.

او هنوز نتوانسته بود با خودمانی صحبت کردن رضا کنار بیاید. از نظر او، طرز برخوردش طوری بود که گویی سال‌هاست همدیگر را می‌شناسند. این با نوع تربیت مهین‌بانو منافات داشت. چندین بار خواست

از سر میز بلند شود و یا به خانه برگردد و یا گوشه‌ای خلوت در این شهر بزرگ را گیر بیاورد و اندکی فکر کند. اما این کار را نکرد. دل و چشمانش در افسون او اسیر شده بود و نگاهش بر نقطه‌ای کور از میز دوخته مانده بود.

مهین‌بانو، شب همان روزی که در خانه‌شان رضا را برای اولین‌بار ملاقات کرد تا صبح خواب به چشمانش نیامد. انگار جادویش کرده باشند؛ صدای رضا در گوشش دلینگ‌دلینگ دل‌نوازی داشت. جنباندن بی‌وقفه‌ی دست‌هایش، نگاه‌های زیرزیرکی‌اش به مهین‌بانو که با تکان دادن چانه‌ی خوش‌تراش و مردانه‌اش که شیوه‌ی دیدش را به گونه‌ای دل‌انگیز تغییر می‌داد او را هر دم به سوی خود جذب می‌کرد. خوش‌لباس و خوش سروزبانی‌اش، با آن موهای کوتاه سیاه که چشمان و دهانش را در صلابت مردانه‌ای به رخ می‌کشید، در قاب ذهنِ مهین‌بانو آویزان شده بود. ته لهجه‌ی انگلیسی چاشنی فارسی‌اش شده بود؛ چیزی که مهین‌بانو آن را دوست می‌داشت و آرزومندانه امید می‌تراشید که آن ته لهجه از بین نرود.

از آن روز به بعد اغلب آن‌ها همدیگر را در جاهای مختلف ملاقات می‌کردند. در همین دیدارهای خیلی کوتاه بود که مهین‌بانو به سرکشی و بی‌پروایی رضا پی برد؛ نوعی پنهان‌کاری مرموز نیز در رفتارش موج می‌زد. در ابتدا مهین‌بانو آن را به کارهای سیاسی نسبت می‌داد. اما وقتی فهمید که رضا دست‌کم به شکل آشکار، وارد سیاست نشده و تنها دل‌مشغول ادبیات و هنر است، کنجکاوی‌اش برای کشف رازهای پنهانی رضا بیشتر شد. او از مادرش آمئخته بود که باید صبور باشد؛ بی‌پروا نباید به آب زد.

گاهی می‌نشست و با خودش فکر می‌کرد که نقطه اشتراکات هوشنگ و رضا در چیست. حتی چند بار به صرافت افتاد که علاوه بر شباهت‌ها،

تضادهایشان را هم روی کاغذ بیاورد. اما از آن که فارغ می‌شد، کاغذ را پاره می‌کرد و به کار خودش می‌خندید.

در آن دیدارهای پنهانی، که همیشه آمیخته با هیجانی غریب بود، یا وقتی رضا بی‌خبر سر نهار یا شام در خانه‌شان پیدا می‌شد، مهین‌بانو هر بار چیز تازه‌ای در او کشف می‌کردکه دلبستگی‌اش را عمیق‌تر می‌کرد. با این حال، ته‌دلش امیدی به آینده‌ای مشترک نداشت. گاه‌به‌گاه حس می‌کرد رضا با زن‌های دیگری هم سر و سری دارد و سرانجام به این نتیجه می‌رسید که مردانی از این جنس، تن به قید و بند ازدواج یا رابطه‌ای پایدار نمی‌دهند. با این همه، باز به این فکر خودش می‌خندید. نمی‌توانست ریشه‌ی این افکار متناقض را پیدا کند. این رفت و برگشت ذهنی، کم‌کم او را به خستگی فرساینده و آزاردهنده کشاند.

حالا مهین‌بانو، در دلِ جسارت‌های خاموش‌شده‌اش، بی‌صدا و ساکت روی تخت دراز کشیده بود. احساس می‌کرد دیگر هیچ‌چیز او را به این زندگی بند نمی‌کند. بزرگ‌ترین ترسی که گاه با سرانگشتانی داغ بر سینه‌اش می‌خزید، این بود که روزی، تنها و بی‌کس در خیابان جان دهد؛ جایی که نه کسی او را بشناسد و نه بداند چه روزگار عجیبی را پشت سر گذاشته است. با این افکار، پلک‌هایش را در تمسخری آشکار دوبار باز و بسته کرد. گویی هر اندیشه‌ای را که از سر می‌گذراند، بی‌درنگ به باد تمسخر می‌گرفت، انگار قادر نبود هیچ فکری را جدی بگیرد. "مگر مهم است کسی من را بشناسد؟ بداند من در این زندگی چه سختی‌ها و یا خوشی‌هایی کشیده‌ام؟! مگر من کی‌ام؟! در همان حال، دانه‌های درشت برف، پرده‌ای سفید و شناور جلو پنجره‌ی اتاقش کشیده بودند. بی‌اراده نیم‌خیز شد، آرنج‌هایش را ستون دست‌هایش کرد و چشم دوخت به پنجره‌ی زمستانی. با لحنی لرزان گفت: "نتیجه‌ی این همه سرما چیست؟" در همین لحظه، چند ضربه به در نواخته شد و پشت‌بندش

فاطی‌جان با سینی‌ای که در آن کاسه‌ای سوپ و چند برش نان بود، وارد اتاق شد. یکراست به سوی میز کوچک کنار تخت رفت و گفت:

- خانم جان، لطفا این سوپ رو میل کنید. همون‌طوری که امروز دکتر گفت؛ شما باید خوب غذا بخورید تا دوباره سلامتی کاملتون رو به دست بیارید. اگه به خودتون رحم نمی‌کنید، لااقل به ما رحم کنید.

لحن قاطع واژه‌های دستوری آخر فاطی‌جان، او را واداشت تا به صورت خسته‌اش نگاهی بیاندازد. فاطی‌جان در نظرش دور و دورتر می‌آمد؛ گویی فرسنگ‌ها فاصله گرفته بود و دیگر توانِ به چنگ آوردنش را نداشت. مهین‌بانو دوباره چشم به پنجره دوخت. دانه‌های برف هنوز می‌باریدند. دلش می‌خواست در آن برف قدم بزند، بی‌آنکه به چیزی بیاندیشد. اما مگر می‌شد جلوی فکر کردن، خودخوری و این خود را به توبره کشیدن‌های همیشگی را گرفت؟

با کمک فاطی‌جان روی تخت نشست و شروع به خوردن سوپ کرد. دستانش می‌لرزید، و هیچ تلاشی برای پنهان کردن‌شان نکرد. فاطی‌جان لحظاتی به او نگاه کرد و وقتی مطمئن شد که خانمش مشغول خوردن است، بی‌آن‌که حرفی بزند، اتاق را ترک کرد. بی‌هیچ شتابی از پله‌های سرسرا پایین رفت. استکانی چایی برای خودش ریخت و با چهره‌ای که انگار غم دنیا را در آن حک کرده باشند، پشت میز بلند آشپرخانه نشست و به نقطه‌ای کور زُل زد. مدت‌ها بود که فاطی‌جان دست و دلش به هیچ کار نمی‌رفت. به زحمت خودش را می‌کشاند تا غذایی بپزد یا اطرافش را آب و جارو کند. روی هر چیزی انبوهی گردوغبار نشسته بود و او در بند حتی دستمال کشیدنی ساده بر آن‌ها برنمی‌آمد. همه‌ی این دردها، خستگی‌ها و دل شکستگی که درمانی برایش متصور نبود، از آن‌جا شروع شد که دو هفته‌ای می‌شد مهین‌بانو از اتاقش بیرون نیامده بود. او در ضیافتی شبانه به همه گفته بود که تا پایان عمرش از آن اتاق بیرون

نخواهد آمد. شمسی وقتی تصمیم مهین‌بانو را جدی دید سعی کرد با او حرف بزند تا بلکه منصرفش کند. اما قاطعیت مهین‌بانو آنقدر محکم بود که شمسی از آن‌جایی که او را یک‌دنده و خودرأیی می‌یافت، هیچ پافشاری نکرد. رضا هم او را به حال خودش گذاشت و بی‌وقفه قلم بر کاغذ می‌آورد، اما حس می‌کرد که فضای اطرافش روزبه‌روز او را در تنگنایی جانکاه فرو می‌برد. سیگار را با سیگار روشن می‌کرد و روایت داستانش را در ضمیر بی‌هوشی زمان کِش‌وقوس می‌داد. صدای درونش در دل واژه‌هایی می‌نشست که لرزه بر پیکر سیالیت وجود می‌انداخت؛ چنانکه خواب واقعی در این روایت گم شده بود و سکوت در آن به هزار راه کشانده می‌شد.

شب که می‌شد بر شاخه‌های درختان باغ پرنده‌هایی می‌نشستند که تاریخِ طبیعت آنان را هرگز به خود ندیده بود. زارسلیم در آخرین نگاهی که به آن‌ها انداخت، زبانش برای همیشه بند آمد. همه می‌پنداشتند که او نمی‌خواهد صحبت کند اما واقعیت این بود که زارسلیم واژه‌ها را گم کرده بود. چیزی که نمی‌شناخت کلمه بود. گویی هرگز با هیچ واژه‌ای خودش را تعریف نکرده بود. در این گیرودار رضا به این می‌اندیشید؛ تاراج انسان اگر از حد بگذرد نه زبان، نه فرهنگ و نه تاریخ و نه بلندای پر از درد و افتخاراتش سودی برای انسان نخواهد داشت.

شبی که آسمان یک‌دست خاکستری بود و زمین، پوشیده از برف، زارسلیم در اصطبل، روی انبوهی علفِ خشک دراز کشیده بود. نگاهش در سقفِ چوبی دودو می‌زد و قلبش رو به جایی دوردست بال گشوده بود؛ جایی که نه خودش شناختی از آن داشت و نه حتی دیگری. در آن لحظه سوزی سرد از درزهای بی‌شمار اصطبل تو می‌آمد. او چشم از سقف برگرفت و به اسب‌ها خیره ماند. بی‌محابا از سر جا برخاست و دوان‌دوان به زیرزمین رفت. سال‌ها بود که در آن‌جا پتو و ملافه‌های زیادی نگهداری می‌کردند. تعداد زیادی از آن‌ها را برداشت و باز به

اصطبل بازگشت. یکی‌یکی پتوها را روی دوش اسب‌ها انداخت. وقتی از آن کار فارغ شد، دستی بر سر اسب کیانوش کشید و بی‌هیچ مکثی از آن‌جا بیرون رفت. هوا سرد بود. آسمان، انگار در انجمادی یک‌دست، می‌رفت تا زمین و زمان را یخ بزند. زارسلیم در آن سرمای کُشنده، با ریش و سبیلی یخ‌زده، همچون سایه‌ای لرزان میان درختان خواب‌رفته‌ی زمستانی می‌چرخید. درختانی که انگار حتی اگر آفتاب هم سر برآورد، دیگر بیدار نخواهند شد. او دیگر چیزی را بازنمی‌شناخت، نه درختان را، نه زمین را، نه خودش را. ذهنش در مهی غلیظ از گذشته و هذیان، راه گم کرده بود. رفته‌رفته، همان اندک آشنایی‌اش با جهان پیرامون نیز در او خاموش شد. ناگهان خود را در جایی دید که نه باغ بود، نه زمین، نه آسمان. جایی که مرگ، نه با قساوت که با خستگی بر جان آدمی دست می‌کشید. آن‌قدر رفت، آن‌قدر بی‌جهت قدم برداشت تا رسید به جماعتی خاموش که گرد آتشی عظیم حلقه زده بودند. با حالتی بین هجوم و پناه، خود را در میان‌شان جا داد، بی‌آنکه بداند چرا یا چگونه، اما گرمایی نیافت. آتش، هر چند بلند و زبانه‌کِش، اما سرد بود. سرمای آنجا نه از نبود آتش، بلکه از چیزی ژرف‌تر می‌آمد؛ از دل آتشی که گرم نمی‌کرد. هیچکس چیزی نمی‌گفت. سکوتی بی‌تاریخ و بی‌زبان در فضا معلق بود. هر یک کتابی از تاریخ پیش روی خود داشت. آرام، بی‌شتاب، برگ‌برگ آن را می‌کندند و به درون شعله‌ها می‌سپردند. شعله‌هایی که نه برای روشنی بلکه برای فراموشی افروخته شده بودند.

زارسلیم با چشمانی خیره، بدون فهمی روشن، به این شعله‌ها نگاه کرد. کتاب‌ها می‌سوختند؛ قرون می‌سوختند. روایت‌ها، خون‌ها، قهرمانان، خائنان، خندق‌ها و فریادها...همه ورق‌ورق در میان زبانه‌ها بلعیده می‌شدند. اما هیچ‌کس گرم نمی‌شد. آتش از جنس واقعیت نبود. تب نداشت، داغی نداشت. فقط می‌سوزاند تا چیزی باقی نماند. گذشته‌ای که آزار می‌داد، دانشی که درد می‌آورد، حافظه‌ای که زندگی را سنگین کرده

بود، همه باید در این آتش، خاموش می‌شدند. اما این آتش از خود انسان بود؛ بی‌رحم‌تر از یخ، سردتر از سکوت. زارسلیم لرزید. لرزشی بی‌صدا، از درون استخوان‌های بی‌هویتش. می‌خواست دست‌هایش را به آتش نزدیک کند، اما نتوانست. نه به خاطر سوزش، که از آن رو که هیچ چیزی درونش نمی‌خواست گرم شود. گویی در عمق روانش، همه چیز تصمیم گرفته بود که برای همیشه منجمد بماند. او هنوز واژه‌ای در خاطر نداشت. تاریخ برای او نیز دیگر زبانی نداشت. نه از آن رو که به آن اعتقاد نداشت، که اصلاً آن را به یاد نمی‌آورد. چیزی در او خاموش شده بود؛ همان‌چیزی که می‌توانست فرق بگذارد بین گرما و سرما، بین آتش و خاکستر، بین آدم و سایه. آنجا در دل آن حلقه‌ی بی‌کلام در میان شعله‌هایی که تنها می‌بلعیدند، زارسلیم ایستاده بود؛ یخ‌زده، بی‌واژه، بی‌حافظه و ناتوان از فرار.

زارسلیم هنوز در میان آن شعله‌ها ایستاده بود، بی‌آنکه گرمایی حس کند، بی‌آنکه بداند چرا نمی‌لرزد، چرا نمی‌سوزد. زمان دیگر خطی نبود؛ کش آمده بود. در هم پیچیده، خمیده، مثل ذهن او که در هیاهوی خاموشی‌اش به هزار سو می‌رفت و به هیچ‌جا نمی‌رسید. آنگاه بی‌آنکه بداند، بی‌آنکه حتی بخواهد، داس مرگ از دوردست، با بی‌شتابی بی‌رحمانه‌ای به سویش آمد. نه همچون ضربه‌ای ناگهانی که چون نسیمی خزنده، سرد، بی‌صدا که ذره‌ذره در رگ‌ها می‌خزد و هر حسی را با خود می‌برد. نه زخمی بود، نه فریادی. فقط رفتن بود. رفتنی خاموش، بی‌کلمه، بی‌چشم. در دلِ آن رفتن همیشگی، ناگهان چیزهایی در ذهن تیره‌ی او جرقه زدند. نه یاد، نه خاطره، که چیزی شبیه به تصویرهایی مواج، سایه‌هایی مه‌آلود که بی‌دلیل پیدایشان شد و همان‌گونه بی‌دلیل ماندند.

فاطی‌جان، با آن صورت همیشه نگران و دستانی که همیشه کاری برای انجام دادن داشت، پیش چشمش آمد. گویی هنوز با همان سینی سوپ

و یا فنجان قهوه از پله‌ها بالا می‌آمد، با نگاهی که نمی‌خواست بپرسد، اما همه‌چیز را به گونه‌ی خود لمس می‌کرد. و پس از او، مهین‌بانو در چهارچوبی ایستاد، با نگاهی که هیچ‌چیز نمی‌خواست و هیچ‌چیز نمی‌داد. ردپای خستگی در چشمانش نهفته بود اما هنوز چیزی در ایستادنش بود که زارسلیم را به خود می‌کشید. زنی که سال‌ها پیش، شاید از دور دیده بود، شاید هم هیچ‌گاه واقعاً ندیده بود اما اکنون انگار به نزدیک‌ترین چهره‌ی زندگی‌اش بدل شده بود. و سرانجام، معتمد تاجر، مردی که زمانی آقایش بود، صاحب صدایش، صاحب نگاهش، صاحب فرمانش. اکنون اما در نظر زارسلیم نه چون ارباب، بلکه چون سایه‌ای فرسوده جلوه کرد. همان‌گونه که تاریخ سوخت، رابطه‌ها نیز خاکستر شدند. زارسلیم که روزگاری چشم و گوش بسته برای او کار می‌کرد، اکنون با چشمانی گشوده، اما بی‌درک، به قامتش می‌نگریست. همه‌شان آن‌جا بودند. نه در قالب انسان، که در قالب حضوری شناور در ذهن کسی که دیگر خودش را هم نمی‌شناخت. صدایی نه از دهان، بلکه از عمق روحش برخاست: "من می‌رفتم؟ یا اینان می‌آمدند؟"

و داس مرگ، بی‌شتاب، بی‌چرخش، بی‌برق، درون او فرود می‌آمد. نه بر گردن، نه بر جان، که بر آن تاریک‌خانه‌ای که روزی به آن می‌گفتند ذهن. زارسلیم می‌رفت؛ نه چون کسی که جانش را می‌گیرند، که چون کسی که از درون تهی می‌شود. آتش هنوز می‌سوخت. اما او دیگر نه سرد بود، نه گرم. او دیگر، فقط نبود. زارسلیم مرده بود.

مرگ زارسلیم هیچ صدایی نداشت. نه در آسمان، نه در اصطبل، نه در اتاق‌های تاریک عمارت معتمد. او بی‌آنکه کسی بداند کِی رفته است برای همیشه از قاب‌های تکرار زندگی ناپدید شد. نه جنازه‌ای برای وداع بود و نه سرودنِ شعری هنگام بدرقه‌ی تَنِ خسته‌اش. هیچِ هیچ. تنها رفت، همان‌گونه که بود؛ خاموش، ناپیدا، بی‌نام. اما آن شب، در دل باغ خاموش، کلبه‌ی چوبی کهنه‌ای که سال‌ها پیش یک‌بار دیگر هم سوخته بود، بار

دیگر در دل نیمه‌شب شعله گرفت. شعله‌ها بلند نبودند، اما تلخ می‌سوختند؛ مثل آهی که از تهِ تاریخ بیرون کشیده شود. هیچ‌کس نفهمید چگونه آغاز شد. این آتش، آتشِ چیزهایی بود که به چشم نمی‌آمدند: گذشته، خیال، خاطره.

درخت صنوبرِ کهنسال که در کنار کلبه بود و کسی عمرش را نمی‌دانست، هم‌زمان با کلبه در آتش افتاد. با صدایی مهیب، گویی استخوانی از اعماق زمین ترک برداشت. کسی نگفته بود صنوبر چند ساله است، اما همه می‌دانستند که این درخت قبل از عمارت، قبل از آدم‌ها، قبل از حتی معتمد تاجر آن‌جا بوده. حالا اما در آتشی فرو ریخته بود. باز در دل همان کلبه، چیز دیگری هم بود؛ میز چوبی بزرگ معتمد تاجر. میزی که زارسلیم سال‌ها با چشم و گوش بسته بر آن نظاره کرده بود. میزی که معتمد تاجر نامه‌هایش را بر آن نوشته بود و خدمتکاران هرگز به مُفاد آن نامه‌ها پی نبردند. همان میزی که تابستان گذشته رضا نیمی از روزهایش را بر آن گذرانده بود؛ نوشتن رمانش در خلوتی که فقط آن کلبه می‌توانست فراهم آورد. حالا کلبه در شعله، صنوبر در خاکستر، و آن میز، سیاه شده، نیم‌سوخته با حفره‌ای زغالی بی‌حرکت در میان خاکستر ایستاده بود. شاهد بی‌کلامی که انگار هنوز چیزی در دل داشت که سوختنش کامل نشده باشد.

حکیم، جوان و خسته، نخستین کسی بود که بوی سوختن را حس کرد. دوید. شمسی پشت سرش سراسیمه شد. رسیدند و دیدند. کلبه رفته بود. صنوبر افتاده بود و میز، آن میز، هنوز پابرجا بود، سیاه، بی‌جان، سوخته با جای دستانی که دیگر نبودند. و گرمایی که به طرز غریبی سرد می‌نمود. حکیم ایستاد. برای کمک دیگر دیر شده بود. او فقط میخواست بفهمد که چه چیزی رُخ داده است. اما چیزی برای فهمیدن نمانده بود. آن کلبه، که سال‌ها پیش پنهانی چیزی را در دل سوزانده بود، این‌بار هم چیزی را بی‌هیچ رد و نشانی در خود بلعیده بود. شاید

زارسلیم، شاید هم فقط سایه‌اش، روحش، آن بخشی از او که دیگر جایی برای ماندن نداشت. کسی دیگر هرگز زارسلیم را ندید. شاید همان‌جا با آتش و میز و درخت خاکستر شده بود. و شاید هنوز ذره‌هایی از او لای چوب نیم‌سوخته‌ی آن میز مانده بود.

فردا صبح، فاطی‌جان با قدم‌هایی بلند و دلی که در سینه‌اش می‌سوخت به سوی اصطبل رفت. ایستاد. سکوت، دیگر نه یک حالت، که یک موجود زنده شده بود؛ چیزی که در هوا چرخ می‌خورد، از دیوارها بالا می‌رفت و می‌نشست روی شانه‌ها. در را که باز کرد، هوای بی‌نفس اصطبل به صورتش خورد. هیچی نبود. نه زارسلیم، نه ردپایی، نه حتی سایه‌ای. هیچِ هیچ. فاطی‌جان بغضش را فرو خورد و با سری افکنده به سوی ساختمان عمارت بازگشت. جایی که در آن روزها مکانی غیرقابل تحمل برایش شده بود. از آن روز، فاطی‌جان کمتر حرف زد. کارهایش را می‌کرد، بی‌وقفه، اما آن‌طور که آدمی برای ادامه‌ی زندگی کاری نمی‌کند، بلکه برای این‌که زیر بار آن نایستد.

مهین‌بانو، بی‌آنکه کسی چیزی بگوید، همان شب مطلبی را فهمید. از روی تخت نیم‌خیز شد. هوا تاریک بود. برف می‌بارید، آرام و بی‌صدا. به پنجره نگاه کرد و زیر لب گفت:"دوباره....همون آتیش... آتیشی که سال‌ها پیش شعله کشیده بود." این را که گفت یاد شراب صد ساله افتاد. و زیرزمینی که نشانه‌های زیادی در آن موج می‌زد. صدایش به گوش خودش هم نرسید. اما چیزی در چین‌های صورتش شکست. در دلش گذشت که شاید آن آتش کوچک در دل باغ، همان جایی بود که زارسلیم در آن گم شد. نه فقط او که بخشی از تاریخ عمارت و آدم‌هایش. چیزی که در زمان اول سوخت، دوباره برگشته بود تا ادامه‌ی خود را بسوزاند. و او باز به این اندیشید که شراب و آزادی هنوز در یک رنگ می‌سوزند.

رضا گیج و منگ بود. او هیچی نگفت. اما همان شب پشت میزش نشست، قلم برداشت و نوشت:"آدم‌ها قبل از مرگ رو به زوال می‌روند و پیش‌تر از آن با افکار و کلماتی سنگین همدیگر را از پا درمی‌آورند."

وقتی صبح شد و آفتاب سردی روی شاخه‌های برفی تابید، شمسی دوباره نالید. حکیم کنار درخت سرو کهنه، جایی در عمق باغ، جنازه‌ی خان، گربه‌ی مهین‌بانو را پیدا کرده بود. او دُم نداشت. چشم‌هایش باز مانده بود و پاهایش سوخته. حکیم فقط ایستاد. نمی‌دانست چه بگوید. نمی‌دانست حتی چرا دلش می‌لرزد. شمسی که از دور آمد، لبش را گزید اما هیچی نگفت. وقتی خبر به مهین‌بانو رسید در ابتدا سکوت کرد. بعد دست به صورت کشید، چشم دوخت به در و آهسته گفت:

- خان؟ پاهاش سوخته؟ خان هم مُرد؟

و ناگهان فریادی از دلش برخاست؛ نه از گلو بلکه از اعماق وجود. فریادی بی‌نام، از زنی که هیچ‌چیز برای از دست دادن نداشت، اما هنوز با درد دست و پنجه نرم می‌کرد. چین‌های صورتش در آن لحظه نه فقط از سن، بلکه از تاریخ پُر شدند. و برف بی‌وقفه ادامه داشت.

از آن پس سکوتی مرگبار عمارت را در خود فرو بلعید. صداها گویی رفته بودند به جایی دور، جایی که حتی باد هم جرأت عبور از آن را نداشت. پله‌ها دیگر زیر پا ناله نمی‌کردند، درها به آرامی بسته می‌شدند و پرده‌ها به جای رقص، تنها آویزان بودند. شب که فرا رسید در خانه‌ی آن‌سوی عمارت فاطی‌جان، شمسی، حکیم و رضا به گرد میزی کوچک نشسته بودند. شمعی بزرگ میانشان می‌سوخت؛ روشن شده با یاد زارسلیم. نورش لرزان بود مثل نفسی در حال جان دادن. روشنی فقط به اندازه‌ی یک صورت می‌رسید و آن‌سوی صورت‌ها همچنان تاریک می‌ماند. سکوت همچون پوستی نازک و سفت بر دهان جمع کشیده شده بود. هر کدام‌شان در خلوت خاموش درونش را مرور می‌کرد. فاطی‌جان به اصطبل خالی فکر می‌کرد. جایی که اسب‌ها برای همیشه رفته بودند و دیگر

جارو نمی‌خواست. شمسی دست‌ها را در هم گره کرده، چشم به شعله دوخته بود و در دل آینده‌ای را که از دیدش می‌گریخت دنبال می‌کرد. حکیم صدای افتادن صنوبر را در ذهنش دوباره شنید. هنوز بوی چوب سوخته در بینی‌اش جا خوش کرده بود. و رضا با دفتر بسته روی زانو، تصویر آن میز سوخته را در ذهنش می‌چرخاند. میزی که به جای خاکستر انگار صدایی در دل داشت. در دلش پرسید:"چه چیزی مانده در آن چوب سیاه شده؟ آیا هنوز حرفی هست که نشنیده باشم؟" شمع، بی‌شتاب می‌سوخت. و آن جمع هر یک با چشم‌اندازی پنهان در تاریک‌روشنای سکوت غوطه‌ور بودند. هیچ‌واژه و یا حتی نگاه معناداری بین‌شان رد و بدل نشد. انگار از همه چیز بریده بودند و راهی برای دوباره ساختن در خود نمی‌دیدند. عمارت با همه‌ی درهای بسته‌اش بی‌آنکه صدایی کند آرام خودش را نشان می‌داد؛ اما نه در زبان که در لرزش نور شمع، در قطره‌های جای سرد و در بوی دوردستی از چوبی که هنوز می‌سوخت. انگار چیزی داشت از گذشته‌های دور به اکنون می‌رسید و در دل همان سوختن آرام‌آرام بازمی‌مرد.

شمع که به نیمه رسید جمع برخاستند. بی‌کلام، بی‌قرار، شمسی وقتی به چشمان رضا نگریست، نتوانست جلوی فروغلطیدن اشک‌هایش را بگیرد. فاطی‌جان دو بار کف دستانش را با دردی فروخورده به هم کوفت و حکیم با گرهِ بزرگی که بر پیشانی‌اش افتاده بود پیرتر از سن و سالش به چشم می‌آمد. رضا ماند و دفتری که هنوز به آخر نرسیده بود. احساس می‌کرد دنیایی واژگونه با همه‌ی سنگینی‌اش بر دلش آوار شده و در این زیر خاکستر بودن دیگر راهی برای فرار نیست. دیگر پوست زندگی آن طراوت گذشته را برایش نداشت و این روزهای محنت‌زا او را به تأملی عمیق‌تر از گذشته واداشته بود. زمان برایش نه مفهومی از آینده داشت، نه وعده‌ای از فردا. چیزی که مانده بود تنها نوشتن بود و آن هم نه از سر امید بلکه از سر ضرورت، مثل آخرین تلاش‌های انسانی که می‌خواهد

برای مرگ نامه‌ای بنویسد، حتی اگر خود مرگ خواندنش را از یاد برده
باشد. از پشت میزی که جز خودش کسی بر آن ننشسته بود، برخاست
و به سوی میز کارش در سمت چپ پنجره رفت. کاغذهایی را نگاه کرد
که از فرط تکرار و دود انگار سیاه شده بودند و حالا در دل شب خودشان
را برای نوعی پایان، نوعی مرگ بی‌صدا آماده می‌کردند. رضا به آرامی
نشست. تصمیم گرفته بود رمانش را در دل آن تاریکی تمام کند. اما در
دلش آنچه می‌خواست به پایان برساند تنها رمان نبود. نوعی زیستن بود
که دیگر در او رمقی نداشت. و شاید، با نوشتن آخرین جمله می‌توانست
چیزی را از خودش نجات دهد و یا دست‌کم خاکسترش را آبرومندانه به
باد بسپارد.

قلم را به دست گرفت. در سکوتِ سنگین نیمه‌شب، در حالی‌که از درون
چون کوره‌ای بی‌صدا می‌سوخت، آخرین سطرهای رمانش را نوشت؛ نه
به امید خوانده شدن، بلکه با اضطرابی خاموش از آن که شاید دیگر چیزی
برای گفتن نمانده باشد. جمله‌ها می‌آمدند اما نه در ذهن که از زخمی
کهنه در دل. سطرها نه پایان داستان، بلکه وداعی خاموش با خویشتن
بودند. و باز به رسم هر باری که می‌نوشت، کاغذها را یک‌دست به هوا
افشاند. اما این‌بار برخلاف همیشه همان‌جا میان واژه‌های پراکنده ماند.
دور خودش چرخید، آرام و بی‌مقصود. چرخید، چنان‌که گویی می‌-
خواست از دایره‌ی زمان بیرون بپرد. و در آن حرکت‌های تکرار شونده و
بی‌پایان ناگهان سرش گیج رفت و افتاد کنار همان میزی که شامگاه
برای زارسلیم شمعی روشن کرده بودند. شمع هنوز می‌سوخت. رضا
خیره ماند به شعله‌ی لرزان و در آن نور ضعیف انگار زندگی را در حال
عقب‌رفتن دید. اندیشه‌ای در سرش چرخ می‌زد؛ اندیشه‌ای که دیگر
جایی برای روشنی باقی نگذاشته بود. آرام برخاست. توده‌ای از کاغذهای
رمان را برداشت. نه با خشم، نه حتی با دلتنگی، بلکه با نوعی تسلیم
بودنی خسته، واژه‌ها را به شعله‌ی شمع سپرد. شعله نخست تردید کرد؛

بعد آرام گُر گرفت، و سطرها را بلعید. زمانی نگذشت که آتش خانه‌ی
آن‌سوی عمارت را فرا گرفت. کاغذ، چوب، سکوت، دیوار، خاطره، همه
طعمه شدند. رضا میان آن شعله‌ها ایستاده بود. نمی‌دوید، فریاد نمی‌زد.
انگار سال‌ها بود این لحظه را می‌شناخت. تاب واژگانش آن‌قدر سنگین
بود که حتی شعله هم برای سوختن‌شان باید درک می‌کرد. او ایستاد،
همچون آخرین واژه‌ای که دیگر نوشته نمی‌شود. خانه عاقبت در یک
تکان فرو ریخت. و رضا در کام نبودنی رفت که هیچ تصوری از بودن در
آن نمی‌گنجید. نه پایان ‌یک زندگی بلکه گم شدن نویسنده در واژه‌هایی
که دیگر حتی خودشان را باور نداشتند.

صبح که رسید دیگر چیزی از خانه‌ی آن‌سوی عمارت نمانده بود. هوا
بوی خاکستر داشت، بوی واژه‌های سوخته، بوی مغزی که در خواب آتش
دیده و در بیداری خاک شده بود. بر زمین تنها چند میخ سوخته، تکه
چوبی نیمه‌سوخته، و گوشه‌ای از پارچه‌ی خاکستری رنگ به جا مانده
بود؛ شاید از پرده‌ای که شعله نتوانسته بود تمامش را ببلعد. رضا رفته
بود؛ آن‌چنان رفته بود که گویی هرگز نبوده. حتی استخوانی، حتی
سایه‌ای، حتی خطی از دست‌خطش باقی نمانده بود. در آن‌سوی عمارت،
فاطی‌جان ناگهان بی‌آنکه کسی چیزی بگوید روی پاهایش نشست. انگار
بندها بریده شده بودند. انگار رشته‌ای پنهان در وجودش از درون پاره
شده بود، و حالا این زن که عمری بند زده و پخته و دوخته بود دیگر
نای بلند شدن نداشت. با دستانی لرزان، پیش‌بندش را از تن بیرون آورد
و آن را چون پرچمی شکست روی زمین پهن کرد. چشم‌هایش نه اشک
داشتند نه نگاه. همه چیز در او ته‌نشین شده بود؛ درد، مرگ، فروپاشی،
خاکستر. شمسی اما دیگر ماندن را تاب نیاورد. غروب همان روز، پس از
ناله‌ها و اشک‌ریختن‌های زیاد، آهسته از پله‌های عمارت بالا رفت، لباس
مشکی مهین‌بانو را پوشید، روسری‌ای سپید بر سر کرد و با دستی لرزان
از پله‌های سرسرا پایین آمد. به سر در عمارت که رسید طنابی آورد و

در خاموشی عمارت خود را به سقف تاریخ آن عمارت از گردن آویخت. او جان خودش را در آنجا گرفت زیرا جایی نبود که جانش را بگذارد. مرگ در این عمارت راه رفتن را از پاها گرفته بود. حکیم اما شباهنگام، بی‌هیچ کلامی، ساک کوچک و مندرس پارچه‌ای‌اش را برداشت. در آن چیزی نبود جز یک عکس قدیمی و پیراهنی که دیگر اندازه‌اش نبود. به فاطی‌جان نزدیک شد، سکوتی رد و بدل کردند که شبیه وداع بود و گفت:

- فاطی، دیگر چیزی برایم نمونده، من باید برم....

و رفت. بی‌آنکه برگردد.

عمارت حالا در نیم‌سکوتی محض نفس می‌کشید. نه با صدای زنده‌ای از زندگی، که با ناله‌ی بادی که در راهروهای خالی می‌پیچید. و آن‌جا در دل این پیکر سوخته‌ی بزرگ، تنها دو زن باقی ماندند؛ مهین‌بانو، فرسوده، نشسته بر صندلی روبه‌روی پنجره‌ای که دیگر چیزی در آن نبود، و فاطی‌جان، زنی که به زمین چسبیده بود، چون دیگر حتی توان خم شدن بر سر زنی که جانش را داده بود نداشت. و عمارت آهسته، به شب دیگری فرو رفت. شب بی‌رضا، بی‌شمسی، بی‌حکیم. اما با سایه‌هایی که هنوز از گوشه و کنار، بر دیوارها می‌لغزیدند و چیزی را زمزمه می‌-کردند که دیگر کسی آن را نمی‌فهمید.

پایان

۲۷ اکتبر ۲۰۲۴

بازبینی نهایی

۳۱ مه ۲۰۲۵

درباره نویسنده

پیمان یاریان، متولد ۱۳۵۰ در غرب ایران، فعالیت فرهنگی خود را پس از اخذ دیپلم در کانون پرورش فکری کودکان و نوجوانان آغاز کرد و در مقام مربی فرهنگی به پرورش ذوق و تخیل نسل جوان پرداخت. همزمان، همکاری با روزنامه‌هایی چون اعتماد و چند نشریۀ محلی در سنندج، او را به عرصۀ روزنامه‌نگاری و نقد ادبی وارد کرد.

در این دوره، آثاری از او منتشر شد؛ از جمله مجموعه‌داستان، رمان و فرهنگ نام‌ها. پس از مهاجرت نیز همکاری‌اش با نشریات خارج از کشور ادامه یافت و کتاب‌هایی چون کلاغها، کتاب‌سوزان و ژان را منتشر کرد. او همچنین در مطبوعات هلند فعالیت داشته و دو مجموعه‌داستان کوتاه به زبان هلندی نیز از او به چاپ رسیده است.

یاریان در کنار فعالیت‌های ادبی و مطبوعاتی، به‌عنوان پرستار با سالمندان مبتلا به آلزایمر و دیگر انواع دمانس نیز کار کرده است.

انتشارات آسمانا (تورنتو) منتشر کرده است:

پژوهش‌های علمی و دانشگاهی

- *Music on the Borderland: Remembering and Chronicling the 1979 Revolution's Shadow on Iranian Music*, by K. Emami, 2024.
- *Whispers of Oasis: Likoo's Poetic Mirage*, by M. Ganjavi, A. Fatemi and M. Alimouradi, 2024.
- *نمایش در سفر*، دومان ریاضی، ۲۰۲۵.
- *زبان، انسان و جامعه: ادبیات و زبان‌های اقلیت در ایران*؛ ویرایش امیر کلان؛ مهدی گنجوی، آنیسا جعفری و لاله جوانشیر، ۲۰۲٤.
- *تنگلوشای هزار خیال؛ جستارهایی در ادب و فرهنگ*، رضا فرخفال، ۲۰۲٤.
- *دلالت‌های تحلیل طبقاتی در سرمایه‌داری امپریالیستی*، محمد حاجی‌نیا و شهرزاد مجاب، ۲۰۲٤.
- *شبِ سیاه و مرغان خاکسترنشین؛ شعر نیما در دهۀ دوم: ۱۳۲۱ـ۱۳۱۱*، ۲۰۲٤.
- *حافظ و باژگویی*، تالیف رضا فرخفال، ۲۰۲٤.
- *زنان کُرد در بطن تضاد تاریخی فمینیسم و ناسیونالیسم*، تالیف شهرزاد مجاب، ۲۰۲۳.
- *شورش دهقانان مکریان ۱۳۳۲ـ۱۳۳۱: اسناد کنسولگری، مکاتبات دیپلماتیک و گزارش روزنامه‌ها*، پژوهش امیر حسن‌پور، ۲۰۲۲.

تصحیح انتقادی

- *فن گفتن و نوشتن*، تالیف میرزا آقاخان کرمانی (به کوشش م. رضایی تازیک)، ۲۰۲۵.

- *ریحان بوستان‌افروز*، تالیف میرزا آقاخان کرمانی (به کوشش م. رضایی تازیک)، ۲۰۲۵.
- *تکوین و تشریع*، تالیف میرزا آقاخان کرمانی (به کوشش م. رضایی تازیک)، ۲۰۲۵.
- *تاریخ شانژمان‌های ایران*، تالیف میرزا آقاخان کرمانی (به کوشش م. رضایی تازیک)، ۲۰۲٤.
- *رستم در قرن بیست‌ودوم* (تصحیح انتقادی و مصور)، تالیف عبدالحسین صنعتی‌زاده (ویرایش م. گنجوی و م. منصوری)، ۲۰۱۷.

زندگی‌نامه

- *رنگ و راز*، ایرن مونیک صالحی، ۲۰۲۵.

شعر

- *Prism of Wounded Light*, poems by Amin Haddadi, translated by Dariush Shahinrad, 2025.
- *Shape of Extinction,* poems by Bijan Jalali, translated by Adeeba Shahid Talukder and Aria Fani, 2025.
- *زیر گنبد دوار*، شعر از عباس امانت، ۲۰۲۵.
- *شهرآشوب*، شعر از امیر حکیمی، ۲۰۲۵.
- *خمار صدشبه*، شعر از منصور نوربخش، ۲۰۲۵.
- *دفتر الحان*، شعر از امیر حکیمی، ۲۰۲٤.
- *با سایه‌هایم مرا آفریده‌ام*، شعر از هادی ابراهیمی رودبارکی، ۲۰۲٤.
- *شهروندان شهریور*، غزل از سعید رضادوست، ۲۰۲٤.
- *آینه را بشکن*، شعر از نانائو ساکاکی، ترجمه مهدی گنجوی، ۲۰۲٤.
- *عجایب یاد*، شعر از امیر حکیمی، ۲۰۲۳.

- *کهکشان خاطره‌ای از غروب خورشید ندارد*، شعر از مهدی گنجوی، ۲۰۲۳.
- *غریبه‌هایی که در من زندگی می‌کنند*، شعر از مهدی گنجوی، ۲۰۲۱.
- *تبعیدی راکی*، شعر از علی فتح‌اللهی، ۲۰۱۸.

داستان

- *Destined to Lead?*, a novel by Hushand Dowlatabadi, translated by Hadi Dowlatabadi, 2025.
- *An Iranian Odyssey*, a novel by Rana Soleimani, translated by Fereidon Rashidi, 2025.
- *Family Secret Momories,* a novel by Mohammad Qassemzadeh, translated by Mahshad Abdoli, 2025.
- *Stories from Tehran,* short stories by Fereshteh Molavi, 2025.
- *فرار از مجتمع دخترانه*، رمان از محبوبه موسوی، ۲۰۲۵.
- *از شمال غرب*، مجموعه داستان از امیرحسین بختیاری، ۲۰۲۵.
- *۵۶ درجه*، رمان از حسین نوش‌آذر، ۲۰۲۵.
- *بالشت پرم شوهر*، رمان از فاطمه زارعی، ۲۰۲۵.
- *مستیم و خرابیم و کسی شاهد ما نیست*، رمان از مهدی گنجوی، ۲۰۲۵.
- *اسباب شر*، رمان از جواد علوی، ۲۰۲۵.
- *جلوی خانه ما یکی مرده بود*، مجموعه داستان از اکبر فلاح‌زاده، ۲۰۲٤
- *زینت*، رمان از وحید ضرابی‌نسب، ۲۰۲٤
- *فیل‌ها به جلگه رسیدند*، رمان از کاوه اویسی، ۲۰۲٤
- *مقامات متن*، رمان از مرضیه ستوده، ۲۰۲٤
- *انتظار خواب از یک آدم نامعقول*، مجموعه داستان از مهدی گنجوی، ۲۰۲۰

نمایش‌نامه

- بغلم کن، *لعنتی، بغلم کن*، نمایش‌نامه از علی فومنی، ۲۰۲۵.
- *درنای سیبری*، نمایش‌نامه از علی فومنی، ۲۰۲۴.
- یوسف، یوزف، جوزپه، نمایش‌نامه از علی فومنی، ۲۰۲۵.

برای ارتباط با نشر آسمانا:

Asemanabooks.ca

Our Decline

A novel by

Peyman Yarian

Asemana Books
2026